Margarete van Marvik

Schatten der Erinnerung

Margarete van Marvik

Schatten der Erinnerung

Bibliografische Information der Deutschen Nationalbibliothek:
Die Deutsche Nationalbibliothek verzeichnet diese
Publikation in der Deutschen Nationalbibliografie; detaillierte
bibliografische Daten sind im Internet über http://dnb.ddb.de
abrufbar.

Mein besonderer Dank geht an:

Alexandra Eryiğit-Klos - Korrektur, Lektorat, Dipl.-Sprachenlehrerin

www.fast-it.net

Herstellung und Verlag: BoD – Book on Demand, Norderstedt

ISBN 9 783748194 279

7,99 Euro (D)

Oktober 2017

Amelie schreckte auf, und obwohl sie jetzt auf einen Schlag hellwach war, sah sie Eva weiter vor sich. Sie lag im Abgrund – ihr Körper verdreht, den Kopf in einer Blutlache, das Gesicht verzerrt. Amelies Herz raste. Sie setzte sich auf. Es dauerte einige Sekunden, bis sie realisierte, dass sie nicht auf der Almhütte, sondern im Bett ihrer Zelle lag. Der schwache Lichtkegel aus dem Innenhof des Gefängnisses erhellte auf seiner Runde für einen kurzen Augenblick den Raum, dann war er auch schon wieder weg.

Noch verwirrt von dem Albtraum, wischte sie sich die schweißnassen Haare aus der Stirn und starrte an die Wand, die ebenso leer war wie ihr Inneres. Sie zog das durchgeschwitzte T-Shirt aus und rieb sich damit ihren Körper trocken. Ein Blick auf die Armbanduhr zeigte ihr, dass sie sich erst in zwei Stunden auf den Weg in die Freiheit machen würde, eine Freiheit, die man ihr vor fünf Jahren genommen hatte. Bis heute wusste sie nicht, ob sie das, wofür sie verurteilt worden war, wirklich getan hatte. Es fehlte ihr die Erinnerung von dem Abend, an dem das alles passiert war. Sosehr sie sich auch das Gehirn zermarterte – dieser Abend blieb wie ausgelöscht, nicht vorhanden. Fünf Jahre wegen fahrlässiger Tötung hatte sie bekommen …

Mit einem Gefühl endloser Schwere schob sie die Bettdecke von sich und ging die vier Schritte bis zum Waschbecken. Erst als sie sich das eiskalte Wasser ins Gesicht spritzte, nahm sie sich selbst wieder wahr und der Albtraum verblasste. Anschließend drückte sie das Gesicht kurz in das raue Handtuch und wandte sich danach dem Stuhl zu, auf dem seit gestern Abend neben der Gefängniskleidung auch ihre eigene lag. Sie ging hinüber, strich über die alte, verwaschene Jeans und den dünnen hellbeigefarbenen Pullover und zog beides an. Als sie den Knopf der Jeans schloss, fiel ihr auf, dass die Hose am Bauch fast eine Handbreit Luft hatte. Auch der Pullover, der ihren Oberkörper früher eng umschlossen hatte, schlabberte um sie herum.

„Wenigstens die Turnschuhe werden noch passen", murmelte sie, holte sie unter dem Bett hervor und zog sie an. Anschließend nahm sie die Strickmütze vom Regal und stülpte sie sich tief in die Stirn. Nur die schwarze Strähne ließ sie hervorschauen. Danach blieb ihr nur noch übrig, die Bettwäsche abzuziehen und die Handtücher und die Gefängniskleidung zusammenzulegen, die sie später in der Wäschekammer abgeben musste. Der Blick auf die Uhr zeigte ihr, dass noch immer viel Zeit übrig war. Sie setzte sie sich auf den Stuhl und starrte auf die Tür. In weniger als zwei Stunden konnte sie endlich wieder eigene Entscheidungen treffen, ohne dass das Regelwerk der JVA ihr dazwischenfunken konnte. Und … das Erste, was sie tun würde, war, herauszufinden, ob sie wirklich zu Recht verurteilt worden war. Trotzdem, zuerst würde sie sich um die neue Arbeit kümmern müssen. Sie hatte unverschämtes Glück, dass eine ihrer vielen Bewerbungen scheinbar den richtigen Adressaten gefunden hatte. Schon am Mittwoch hatte sie das Einstellungsgespräch. Sie verdrängte den Gedanken daran, dass es eventuell schiefgehen konnte. Hilfe bei dem, was sie da draußen zu bewältigen hatte, konnte sie so oder so keine erwarten. Ihre Freunde hatten sich nach ihrer Verurteilung schneller von ihr abgewandt, als sie gucken konnte. Ihr Verlobter hatte sich unmittelbar nach ihrer Verhaftung von ihr getrennt. Es tat noch immer weh.

Sie erhob sich vom Stuhl und lief unruhig hin und her. Warum ging die Zeit so langsam rum? Doch dann hielt sie an und horchte. Es waren Schritte auf dem Gang zu hören. Sie endeten vor ihrer Zellentür. Kurz darauf wurde sie aufgeschlossen. Max trat ein. Kaum war er drin, schloss sich die Tür auch schon wieder hinter ihm.

„Guten Morgen, meine Liebe, lass dich ansehen." Er nahm sie an den Schultern und strahlte sie über das ganze Gesicht an, wofür er den Kopf ein Stück weit in den Nacken legen musste, denn Amelie überragte ihn um fast einen Kopf. „Ich freue mich so für dich, dass du das alles hier jetzt hinter dir hast! Aber trotzdem werde ich dich vermissen."

„Ach Max!" Sie umarmte ihn. „Mir werden die Gespräche mit dir auch fehlen. Ohne dich hätte ich die Zeit hier drin nie überstanden. Ich wäre an meiner Wut erstickt."

Max strich sich verlegen über sein spitzes Kinn. „Ich habe gehört, dass du den alten Laptop an Sybille weitergegeben hast. Das freut mich. Sie gehört ja auch zu meinen Schützlingen."

„Du bist ein echter Freund."

Er grinste spitzbübisch, griff in seine Tasche und brachte ein Handy zum Vorschein. „Hier, für dich! So kannst du mich anrufen, wenn du Hilfe brauchst."

„Du bist der Beste! Und klar werde ich dich anrufen, aber ich hoffe nur, um dir berichten zu können, wie gut alles läuft!"

„Das wird es, du wirst sehen! Pass gut auf dich auf, du weißt, dass ich dich hier hinter diesen Mauern nicht mehr sehen will."

„Logisch nicht." Sie musste lächeln. „Ich hoffe nur, ich vermassele das Einstellungsgespräch nicht. Wenn ich diese Arbeit bei diesem Rechtsanwalt Schmidt bekommen würde, wäre das wirklich der ideale Start für da draußen!"

„Das wird schon klappen, mach dir keine Sorgen. Ich habe gestern noch einmal mit ihm telefoniert. Er ist total beeindruckt, dass du hier im Knast acht Semester Jura studiert hast. Er wartet schon auf dich! Ihm ist es egal, ob du vorbestraft bist. Im Übrigen hat er sich darauf spezialisiert, zu Unrecht Verurteilten zu ihrem Recht zu verhelfen. Du bist dort genau richtig! Also, hol dir dein Leben zurück!"

„Und ob, ich schwöre es."

„Bevor ich es vergesse …" Max griff in seine Hosentasche und zog einen Zettel und einen Schlüssel hervor. „Das hier sind der Schlüssel und die Adresse für die Wohnung, die ich dir besorgt habe. Sie ist sogar in der Nähe deiner neuen Arbeitsstelle. Und fürs Erste übernimmt das Amt die Kosten."

Die Zellentür ging auf. Eine der Wärterinnen schaute herein. Es war Regina. „Du kannst frühstücken gehen", meinte sie und ließ die Tür gleich offen.

„Jetzt heißt es Abschied nehmen." Amelie bückte sich zu Max hinunter, umarmte ihn und hielt ihn einige Sekunden fest. Als er die Umarmung löste, wirkte er gerührt und drückte ihr noch einmal fest die Hände. Er ging aus der Zelle, drehte sich um, winkte ihr aufmunternd zu und verschwand um die Ecke. Sie lauschte den hallenden Schritten hinterher, bis sie nicht mehr zu hören waren.

Für einen Augenblick glaubte sie, es wirklich schaffen zu können. Es wurde Zeit, den Aufenthaltsraum aufzusuchen. Etwas essen konnte sie sicherlich nicht, dazu war sie viel zu aufgeregt. Dennoch nahm sie ihr Frühstück, das am Vorabend ausgegeben worden war, vom Regal und machte sich auf den Weg. Es war ihr wichtig, ein letztes Mal mit diesen Frauen zu frühstücken, bevor sie sich verabschieden würde. Mit gemischten Gefühlen betrat sie den hellgrau gestrichenen Aufenthaltsraum. Nur die Bilder mit den Motiven der Schwäbischen Alb an den Wänden unterbrachen den ansonsten in eintönigem Hellgrau gestrichenen Raum. Vier Frauen waren bereits am Frühstücken. Mit keiner von ihnen hatte sie einen engeren Kontakt gehabt, und auch heute rief sie ihnen nur ein kurzes „Guten Morgen" zu.

Erst als sie weiter in den Raum trat, sah sie auch Sybille. Mit ihr war sie sehr eng befreundet. Sybille stand an der kleinen Küchenzeile und kochte Kaffee. Sie hatte ihr den Rücken zugewandt, aber mit den raspelkurzen Haaren und dem Tattoo im ausrasierten Nacken konnte man sie kaum verwechseln. Amelie rief auch ihr einen Gruß zu und nahm wie gewöhnlich ihren Stammplatz an dem hintersten Tisch ein. Sybille brachte den Kaffee und setzte sich mit einem breiten Grinsen links neben sie. „Na … und …? Kannst es sicher kaum noch erwarten, wie?"

Jetzt betrat auch Vicky den Raum. Sie war klein, hager und hatte Brandwunden auf ihrer linken Gesichtshälfte. Auch mit ihr war Amelie befreundet. Vicky setzte sich neben sie und stupste sie in die Seite. „Wow, du bist überhaupt nicht wiederzuerkennen in deiner privaten Kleidung. Was sagst du, Sybille? Ich habe doch recht, oder?" Vicki lachte. „Komm, steh noch mal auf, ich will dich ansehen!"

„Mach schon – uns zuliebe", bettelte nun auch Sybille.

Amelie gab sich geschlagen und stellte sich lachend vor ihnen auf.

„Wenn es mit deinem Job nicht klappt, bewirb dich als Model. Bei deiner Figur und deinen langen Beinen reißen sie sich bestimmt um dich. Du wirst sehen! Die Hose enger geschnallt und einen Gürtel um den zu weiten Pulli und schon ist alles im grünen Bereich." Sybille kicherte.

Es tat so gut, ihre Freundinnen lachen zu hören. Sie würde sie vermissen. „Mädels, macht mal halblang. Ich bin 33 – viel zu alt, um noch Model zu werden. Aber danke für das Kompliment."

Ihre Freundinnen nickten und widmeten sich weiter dem Frühstück. Auch sie schmierte sich ein Brot, obwohl sie noch immer befürchtete, keinen Bissen herunterzubekommen.

Die Tür flog auf und Roswitha trat in den Raum – übellaunig wie immer. Ihr Hängebackengesicht hätte jedem Bluthund zur Ehre gereicht, dachte Amelie und sah, wie Roswitha auf sie zugewalzt kam. In der Tat machte sie erst vor ihrem Tisch halt, stellte sich breitbeinig vor ihr auf und schaute Amelie mit hasserfüllten Augen an. Roswitha stützte ihre dickwanstigen Hände auf der Tischplatte ab und sah sie mit zusammengekniffenen Augen an. „Du bist bald wieder hier drinnen, wetten?"

Amelie zwang sich, ruhig zu bleiben. Betont langsam erhob sie sich von ihrem Stuhl. „Lass uns in Ruhe frühstücken."

„Ach, wie? Jetzt, wo du entlassen wirst, riskierst du 'ne große Lippe?"

Gerade noch rechtzeitig sah sie, wie Roswithas tätowierter Arm nach vorn schoss, blitzschnell wich sie zurück. Das Auftreten dieses Mannsweibes nervte sie gewaltig. Sie schluckte die Wut, die in ihr aufstieg, hinunter und zischte nur: „Lass – uns – in – Ruhe – frühstücken."

„Ah, du willst Streit!" Roswitha griente.

Amelie fühlte regelrecht die frostige Stille, die schlagartig den Raum erfüllte. Kaum machte Roswitha einen neuen Schritt auf sie zu, erhoben sich Sybille und Vicky von ihren Stühlen. Ihre Freundinnen schoben sich zwischen sie und Roswitha. Auch die anderen vier Frauen legten ihr Frühstück zurück auf die Teller, standen auf und bildeten einen Halbkreis um Amelie. Es war allen klar, was Roswita mit dem Streit bezwecken wollte: Sie wollte einen Aufschub für Amelies Entlassung bewirken.

„Du hast es offensichtlich noch immer nicht überwunden, dass ich deinen Drogenhandel hier drinnen vereitelt habe, oder?" Amelie hielt ihrem Blick stand. „Du hast dich doch dafür gerächt, indem du mich krankenhausreif geschlagen hast. Was willst du jetzt noch?"

Die anderen Frauen machten Roswitha unmissverständlich Zeichen zu verschwinden. „Wie du siehst, kannst du heute nichts erreichen", knurrte Sybille Roswitha an. „Wir sind zu viele. Also lass es gut sein."

Roswithas Versuch, die Frauen mit ihrem schweren Körper zurückzudrängen, misslang.

Amelie wusste, dass sie diesem Spuk hier ein Ende setzen musste. Sie wollte nicht, dass die Frauen jetzt doch noch in ihren alten Kampf mit Roswitha reingezogen wurden. Sie bat die vier Frauen, wieder ihren Frühstücksplatz einzunehmen. Doch kaum setzten sich die Frauen in Bewegung, trat Roswitha erneut schwer schnaufend an sie heran. Im gleichen Moment ging die Tür erneut auf. Petra, eine der Aufseherinnen, schaute herein und erfasste auf einen Blick die Situation. Sie forderte Roswitha auf, den Frühstücksraum zu verlassen. Diese protestierte lautstark, schimpfte und fluchte. Kurz bevor sie den Raum verließ, drehte sie sich noch einmal um und bullerte: „Dann tragen wir das eben draußen aus! Ich habe nur noch acht Monate und sei gewiss: Ich finde dich. Zieh dich schon mal warm an!"

„Wenn du nicht aufhörst mit den Drohungen, sorge ich dafür, dass dir ein paar Monate drangehängt werden", hörte Amelie Petra kontern, während sie Roswitha nach draußen zerrte und die Tür hinter sich schloss.

„Wieso ist Petra aufgetaucht?", fragte Sybille verwundert.

„Ich … ich habe sie gerufen." Alle drehten sich um. Es war Ilona, die Neue. Amelie hatte sie gar nicht hereinkommen sehen.

„Das darf Roswitha nie erfahren, hört ihr?" Amelie sah alle beschwörend an. „Sonst hat Ilona keine ruhige Minute mehr. Versprecht es mir!"

„Danke, du hast was gut bei uns, Ilona", erwiderte Vicky. Keine der Frauen dachte noch ans Frühstücken. Sybille zog Amelie an sich. „Komm, lass dich noch mal richtig drücken!" Sybille umarmte sie so fest, dass Amelie kaum noch Luft bekam.

„Bau ja kein Mist", hörte sie Sybille in ihr Ohr flüstern.

„Lass sie los, du erdrückst sie ja. Ich will mich auch verabschieden", vernahm sie Vickys Stimme. Kaum hatte Sybille sie freigegeben, drückte Vicky sie auch schon. „Finde den, der dich in den Knast gebracht hat!"

„Mach ich!" Amelie spürte plötzlich einen Kloß im Hals, der auch nach mehrmaligem Schlucken nicht weichen wollte. Sie hatte die beiden Frauen in ihr Herz geschlossen. Fast vier Jahre verbrachten sie miteinander in diesem Trakt.

Die schrille allmorgendliche Sirene ertönte. Schlagartig wurde es still. Sie alle wussten, die Arbeitszeit begann. Sie mussten pünktlich sein.

Die vier anderen Frauen verabschiedeten sich mit einem Handschlag und einem aufmunternden Spruch auf den Lippen. Leonie drückte ihr ein Erinnerungsstück in die Hand. Sybille und Vicky umarmten sie erneut. Amelie war überwältigt und wischte sich eine Träne aus dem Augenwinkel. „Tschüss", mehr konnte sie nicht sagen. Nie hätte sie es für möglich gehalten, dass es ihr so schwerfallen würde, sich zu verabschieden. Dann gingen auch die Freundinnen und der Raum wirkte plötzlich wie leer gefegt. Amelie atmete flach, schloss für einige Sekunden ihre Augen und war überwältigt von der Solidarität, die ihr vor wenigen Minuten entgegengebracht worden war.

Nachdenklich ging sie durch den Gang, zurück in ihre Zelle. Wieder wurde sie zum Warten gezwungen. Aber es würde das letzte Mal sein.

Eine knappe halbe Stunde später erschien Marlies im Türspalt.

„Guten Morgen Amelie. Ich habe extra meinen Dienst getauscht. Es ist doch in Ordnung, dass ich dich hinausbegleite?" Ein verschmitztes Lächeln folgte. Ihr breites, sommersprossiges Gesicht strahlte noch heller als sonst.

„Und wie das für mich in Ordnung ist!" Amelie trat ihr erfreut entgegen und hätte Marlies am liebsten umarmt, aber sie wusste genau, dass jeder körperliche Kontakt zu den Wärterinnen verboten war.

„Oh Mann!" Marlies strich ihr feines Haar zurück und sah sie an. „Ich werde dich echt vermissen!"

„Meinst du meine Tipps beim Schachspielen oder wirklich mich?", feixte Amelie.

„Natürlich nur die Tipps!" Marlies lachte auf. „Komm, pack deine Wäsche, wir müssen eine Etage tiefer." Sie steckte ihre Hände in die Hosentasche ihrer Uniform und wartete. Amelie griff nach dem Bündel und gemeinsam liefen sie den schmalen Gang entlang. „Mensch, Marlies, meinst du, ich werde mich da draußen überhaupt noch zurechtfinden?"

„Nanu, höre ich da etwa Panik in deiner Stimme?"

Amelie schwieg. Sie konnte es sich selbst nicht erklären, ob es Panik vor dem Ungewissen war, die ihren Puls schneller schlagen ließ. „Da habe ich so lange auf diesen Tag gewartet – und jetzt habe ich Fracksausen. Ist das nicht verrückt?"

„Nein, das ist normal. Du kannst nicht abschätzen, was auf dich zukommt. Aber du wirst bald wieder auf eigenen Beinen stehen. Du bist stark, hast Biss. Du schaffst den Sprung da draußen. Bevor du hierhergekommen bist, hattest du einen tollen Beruf, Freunde und gutes Auskommen. Hol es dir zurück! Sieh nach vorn." Marlies blieb stehen. „Du wirst die Wahrheit herausfinden. Den Rest lässt du die Justiz machen."

„Die Justiz?" Amelie biss sich auf die Lippen. „Die hat mich doch hiereingebracht!"

„Hey, lass keine Wut aufkommen. Du bremst dich nur selbst. Hier meine private Handynummer, ruf mich an, wenn du Hilfe brauchst." Sie drückte ihr einen Zettel in die Hand. Amelie steckte ihn in ihre

Hosentasche. Mehr zu sich selbst sagte sie: „Ja, ich werde die Wahrheit herausfinden. Egal wie lange es dauern wird."

Marlies nickte. Es war alles gesagt. Ihre Schritte hallten, als sie den langen, dunkelgelb gestrichenen Gang hinunterliefen. Im Vorbeigehen registrierte Amelie die Namensschilder, die an jeder der verschlossenen Stahltüren hingen. Plötzlich hatte sie es sehr eilig, hier herauszukommen. Ihre Schritte wurden augenblicklich schneller. Kurz darauf kamen sie an der Tür zur Wäschekammer an. Die Wärterin, die die Wäsche entgegennehmen sollte, grüßte mit einem Kopfnicken. Als Amelie ihr alles ausgehändigt hatte, bekam sie, nachdem die Wärterin es kontrolliert hatte, die Empfangsbestätigung. Sie gingen weiter in den nächsten Raum. Dort würde sie ihre Entlassungspapiere bekommen. Wieder ein vergitterter grauer Raum, fast ohne Licht. Hinter dem Schreibtisch erhob sich ein Wärter, dessen Mundwinkel nach unten gezogen waren. Schlecht gelaunt kam er auf sie zu.

„Sind Sie Amelie Hardt?"

Sie bejahte. Marlies drückte sich an ihr vorbei und überreichte dem Mann die Papiere zum Abstempeln. Er nickte, holte die übrigen Papiere aus dem Regal und schob sie Amelie hin. Ihre Hände zitterten, als sie das angesparte Geld von 1.088,75 € und das Kästchen mit dem Verlobungsring und der Halskette, die sie am Tag ihrer Verhaftung getragen hatte, entgegennahm. Als Letztes griff sie ihren kleinen verschlissenen Rucksack und packte die gerade erhaltenen Utensilien hinein. Als sie die Empfangsbestätigung unterschreiben musste, war sie so aufgeregt, dass sie kaum den Kuli halten konnte. Hastig legte sie den Stift zurück in die dafür vorgesehene Schale, drehte sich ohne einen weiteren Gruß um und ging zum Ausgang. Marlies folgte ihr.

„Bald ist es geschafft", hörte sie Marlies hinter sich sagen, als sie den Gang überquerten, der zum Ausgang des Gebäudes führte. Langsam öffnete sich die große eiserne Schiebetür der JVA vor ihr.

„Holt dich jemand ab?", wollte Marlies wissen.

„Nein. Es gibt niemand, der sich für mich interessiert."

Marlies griff nach ihrer Hand, hielt sie fest und warf ihr einen eindringlichen Blick zu. „Du schaffst das, ganz bestimmt."

Amelie nickte, sie schluckte die Tränen hinunter. Es fiel ihr schwerer als gedacht, sich von Marlies zu verabschieden. Sie drückte ihre Hand. Das Tor stand nun offen und Marlies lächelte ihr aufmunternd zu. Amelie atmete tief ein, hielt die Luft an und stieß sie dann mit einem kurzen kräftigen Stoß aus ihrer Lunge. Als sie durch das Tor hindurchging, hörte sie, wie sich hinter ihr die große eiserne Schiebetür schloss.

Nun stand sie außerhalb der Gefängnismauern … Sie kniff ihre Augen zu und zog tief die feuchte Luft durch ihre Nase. Es roch anders, frischer als hinter den Mauern.

Sie war frei! Geschafft!

Aber es fühlte sich unwirklich – nicht real – an. Dennoch … Sie war draußen! Sie durfte nun kochen und essen, was ihr schmeckte, fernsehen, wann sie wollte, Musik hören, durchschlafen können, ohne Angst haben zu müssen, nachts angefasst oder aus dem Bett geholt zu werden … Endlich … selbst im Leben stehen und keine Bevormundung mehr. Es war vorbei, wirklich vorbei!

Sie sog die feuchte Luft so tief in ihre Lungen, dass ihr schwindlig wurde. Amelie riss sich zusammen, konzentrierte sich auf die Umgebung und hob den Kopf. Ihr Blick blieb an den tief hängenden, dunkelgrauen Wolken haften. Als Nächstes sah sie auf die Straße und bemerkte, dass sie noch menschenleer war. Auf dem Vordach eines Hauses hörte sie eine Taube gurren. Ein unangenehmer Nieselregen setzte ein. Sie zog ihre Mütze tiefer in die Stirn. Ihr fiel ein, dass Marlies von einem Café hier in der Nähe gesprochen hatte. Es sollte bereits in den Morgenstunden geöffnet haben. Amelie zog ihre Lederjacke enger an den Körper, schulterte ihren Rucksack neu und machte sich auf den Weg. Als sie einige Schritte gelaufen war, entdeckte sie ein kleines Haus mit einer dunkelblauen Eingangstür, hellblauen, mit Ornamenten versehenen Rollläden aus Holz und ein großes Schild: *Muriels Café*. Dort würde sie ihren ersten vernünftigen Kaffee trinken, darauf freute sie sich. Es war genügend Zeit, bis ihr Zug Richtung Stuttgart ging.

Ein Auto näherte sich vom Ende der Straße. Es kam langsam auf sie zu. Als sie ihren Kopf hob und zu dem Fahrer hinsah, gab er plötzlich Gas. Komisch, kannte sie den? Nein, unwahrscheinlich, überlegte sie. An der Bushaltestelle hielt sie an, schrieb sich von der Tafel die Fahrzeiten zum Bahnhof auf und schaute über ihre Schulter. Der Wagen von eben hatte ein Stück weiter hinten geparkt. „Hör auf, da hinzusehen, das hat doch nichts mit dir zu tun", murmelte sie. Die letzten Schritte bis zum Café lief sie zügig. Dort angekommen, drückte sie erleichtert die Tür auf. Ein herrlicher Duft von warmen Brötchen und frisch gebrühtem Kaffee wehte ihr entgegen. Wie bei *Omas Stuben,* dachte sie sofort und schaute sich in dem kleinen, gemütlich eingerichteten Café um. Amelie entschied sich für den runden Tisch in der Nische und ließ sich in einen der alten, mit Plüsch bezogenen Sessel fallen. Schon kurz darauf kam die Bedienung. Sie bestellte sich einen Kaffee und ein Croissant. Es dauerte nur wenige Minuten, bis das Gewünschte vor ihr stand. Langsam, Schluck für Schluck, genoss sie den frisch gebrühten Kaffee und pickte später auch noch den letzten Krümel ihres Croissants auf. Sie bat um die Rechnung, bezahlte und machte sich auf den Weg zum Bus, der sie zu ihrem neuen Leben bringen sollte.

Ein neuer Anfang

Amelie stieg in den Bus und ergatterte sich den letzten Platz am Fenster. Während der Fahrt zum Bahnhof sah sie hinaus und genoss die Lebendigkeit auf der Straße. Sie beobachtete den Verkehr, die Fußgänger, einfach alles! Sie lauschte dem Gemurmel im Bus. Einzelne Blätter einer Zeitung raschelten. Es klang wie Musik in ihren Ohren. Augenblicklich wurde ihr bewusst, wie sehr ihr die Lebendigkeit des freien Lebens gefehlt hatte. Marlies hatte recht, sie würde Zeit brauchen, um sich wieder zurechtzufinden. Das laute Bremsgeräusch des Busses holte sie aus ihren Gedanken. Sie war am Bahnhof angekommen, stieg aus, lief zum Hauptbahnhof und zog sich die Bahnfahrkarte. Schon wurde der ankommende Zug ausgerufen. Na, das ging ja reibungslos, dachte sie und hastete zum Bahngleis. Erst als die mit ihr eingestiegenen Fahrgäste ihre Plätze aufgesucht hatten, lief sie durch die Waggons, bis sie ein leeres Abteil für sich entdeckte. Hinter ihr schien ebenfalls jemand einen ruhigen Platz zu suchen und sie hoffte inständig, dass er sich nicht im selben Abteil niederlassen würde. Doch der Mann lief mit gesenktem Kopf an ihr vorbei. Erst als er aus ihrem Blickfeld verschwunden war, zog sie die Schiebetür auf, trat ein und setzte sich ans Fenster. Den kleinen Rucksack mit den Papieren, dem Geld und der Tüte Lakritze, die sie sich in der Bahnhofshalle am Kiosk gekauft hatte, legte sie neben sich auf die Sitzbank. Der Zug setzte sich in Bewegung. Der Gedanke, ein völlig neues Leben anfangen zu müssen, ließ ihr Herz schneller schlagen. Was hatte sich verändert in den letzten Jahren? Diese Frage, die sie sich immer wieder stellte, ließ ihre Kehle trocken werden. Sie nahm die Wasserflasche aus dem Rucksack und trank einen kräftigen Schluck. Trotzdem … ihre Kehle blieb trocken, als sie an die Verhaftung denken musste.

Der Schuldspruch klang noch immer in ihren Ohren:

„Die Angeklagte wird nach Auffassung des Gerichts nach § 212 StGB wegen Totschlags im minderschweren Fall zu fünf Jahren Haft verurteilt. Begründung: Wer einen Menschen tötet, ohne Mörder zu sein, wird als Totschläger mit Freiheitsstrafe nicht unter fünf Jahren bestraft. Das Gericht hält fünf Jahre für ausreichend, da Sie bisher keinerlei Eintragungen im Strafregister haben. Das Gericht ist jedoch davon überzeugt, dass Sie Eva Roth in einem Streit den Abhang hinuntergestoßen haben. Der Diebstahl des mit Diamanten besetzen Rings im Wert von 50.000 € konnte Ihnen nicht nachgewiesen werden.“

Amelie erschrak vom eigenen Stöhnen, als Bilder wie Blitze an ihrem inneren Auge vorbeischossen. Da war die Almhütte – die Polizei – der Durchsuchungsbefehl – das Blut unter den Fingernägeln – die Fasern von Evas Schal an ihrer Kleidung – Handschellen – Kommissariat – und die Untersuchungshaft. Die Indizienkette war erdrückend gewesen. Einzig der gestohlene Ring war bei ihr nie gefunden worden. Nur deshalb plädierte die Staatsanwaltschaft auf Tötung. Amelie schloss die Augen und versuchte die Bilder zu verscheuchen. Doch stattdessen sah sie sich selbst vor Augen, wie sie die Anschuldigungen hilflos hinnehmen musste. Bis heute war es ihr nicht möglich gewesen zu erfahren, was an diesem Abend tatsächlich passiert war. Sie konnte sich an nichts erinnern, bis heute nicht. Mit diesem Urteil war ihr bisheriges Leben ausgelöscht gewesen. Am schwersten war es ihr gefallen, sich nach den Regeln der Strafanstalt zu richten. Das fing schon damit an, dass man ihr alles genommen hatte. Noch nicht einmal die Haarbürste, die Zahnseide und die Nagelschere hatte sie behalten dürfen. Der Gürtel, die Haarklammern und die Halskette wurden eingeschlossen. Für die Leibesvisite musste sie sich komplett ausziehen. Sämtliche Körperöffnungen wurden nach

Drogen durchsucht. Nach dem Duschen drückte man ihr ein Morgenmantel mit der eingestickten Nummer 324 im Kragen in die Hand. Wie in Trance nahm sie anschließend die graue Gefängniskleidung, die Bettwäsche und die Handtücher entgegen. Nur die widerlichen Schritte, die abstoßend in ihren Ohren hallten, waren zu hören, als sie mit der Wärterin über mehrere Gänge lief. Die geordneten schweren verschlossenen Stahltüren ließen ihr keine Luft zum Atmen. Dann die 4-Bett-Zelle. Zwei Stockbetten, ein vergittertes Fenster. Ein dumpfer Plopp – und die Zellentür schlug hinter ihr zu –. Nur dreißig Quadratmeter, die sanitäre Anlage mit eingerechnet, war die Zelle groß. Mit dem Bündel in der Hand stand sie mitten in dem trostlosen Raum. Drei Frauen starrten sie an und sie hatte das Gefühl, ein zweites Mal ausgezogen zu werden.

Die erste Woche war die Hölle pur. Wecken um 6 Uhr, frühstücken in der Zelle. Zelle auf – Hofgang – Zelle zu. Mittagessen um 12 Uhr – Zelle auf – Speisesaal – Zelle zu um 13.30 Uhr. Um 14.40 Uhr Zelle wieder auf – Entgegennahme des Abendbrots und des Frühstücks für den nächsten Tag. Die Zellen blieben nun fünfundsiebzig Minuten lang offen. In dieser Zeit durften sie sich alle auf dem Flur bewegen und der Nachbarzelle einen Besuch abstatten. Gegen 16 Uhr erneut Zelleneinschluss bis zum nächsten Vormittag. Der Stress am Nachmittag begann, wenn sich alle Zellen geschlossen hatten. Fernseher ohne Kopfhörer, Schnarchen, werden die Fenster in der Nacht geöffnet oder geschlossen, werden die Vorhänge zugezogen oder nicht? Es gab genügend Gründe für Hassattacken innerhalb einer Zelle. Dann die Hofgänge! Alle Nationen waren vertreten. Schwere Fälle wie Mord, heimtückischer Mord und Drogenhandel waren keine Seltenheit. Und sie bekam es am eigenen Körper zu spüren. Sie wurde angerempelt und ärgerte sich, dass diese Roswitha sich nicht bei ihr entschuldigte. Unwillig steckte sie die Hände in die Jackentasche und fühlte etwas, was nicht dort hingehörte. Sie holte es heraus und erkannte, dass es ein Päckchen von dem Stoff war, der gegen Geld im Knast verhökert wurde. Ihr war klar, dass nur Roswitha ihr das Zeug zugesteckt haben konnte. Sofort nahm sie es und warf es vor ihre Füße. Blitzschnell, bevor eines der Aufseher es mitbekam, hob diese das Päckchen auf und steckte es in die eigene Tasche. An dem Nachmittag hatte sie es sich bei dieser Frau verscherzt. Noch vor Einschluss in die Zellen drosch Roswitha mit einem klatschnassen Handtuch auf sie ein. Als sie am Boden liegen blieb, rief jemand eine Aufseherin. Roswitha wanderte für fünf Tage in eine Einzelzelle, sie selbst musste auf die Krankenstation. Nach diesem Vorfall wurde sie in einen anderen Trakt verlegt, in die Zelle von Vicky. Über Vicky lernte sie Max kennen. Er betreute sie danach die letzten vier Jahre. Amelie griff in ihren Rucksack, holte sich die Tüte mit der Lakritze heraus und steckte sich ein Stück in den Mund. Sie wollte nicht weiter an das Vergangene denken. Deshalb konzentrierte sie sich auf ihre Lakritze, die sie langsam im Mund zergehen ließ.

„Ankunft Plochingen in fünf Minuten", hörte sie mit einem Mal über eine Lautersprecheranlage. Sie nahm ihren Rucksack und wartete, bis der Zug hielt. Erst als fast alle Reisenden den Zug verlassen hatten, stieg sie aus. Mit schnellen Schritten lief sie am Bahngleis entlang bis zur Treppe, die nach unten in die Bahnhofshalle führte. Als sie die Bushaltestelle erblickte, lief sie darauf zu und stieg in den Bus Nr. 378. Den Fahrer bat sie ihre Haltestation auszurufen. In Gedanken richtete sie bereits die Wohnung ein, in der sie demnächst untergebracht sein würde. Sie hoffte, dass diese vernünftig und ein wenig farbenfroh möbliert war. Sie wünschte sich große Fenster, eine funktionierende Küche, gute Nachbarn, natürlich auch ein Einkaufszentrum in ihrer Nähe.

Zweimal musste der Busfahrer die angegebene Haltestelle ausrufen, bevor sie begriff, dass es ihre Haltestelle war, die ausgerufen worden war. Die Türen im Mittelgang öffneten sich und Amelies Blick blieb an den hohen aneinandergereihten Hochhäusern hängen. Fassadenplatten hingen teilweise herunter und schienen bald abfallen zu wollen. Das war nun wirklich nicht ihre Vorstellung von wiedergewonnener Freiheit.

„Junge Frau, Sie müssen aussteigen!", hörte sie erneut die Stimme des Busfahrers.

„Sind Sie sicher?"

„Ja, das hier ist die gewünschte Haltestelle."

„Danke", murmelte sie und stieg aus. Der Bus fuhr sofort weiter. Etwas unschlüssig blieb sie stehen, den Rucksack fest an den Bauch gepresst. Ihr Blick wanderte die Straße entlang, bevor sie sich langsam in Bewegung setzte. Amelie suchte die Hausnummer, die Max auf den Zettel geschrieben hatte. Während sie lief, wich sie den überquellenden Mülltonnen, Plastiktüten, Pappbechern, Glasscherben und Zigarettenstummeln aus. Etwas krallte sich an ihrer Jeans fest. Sie sah an sich hinunter und blickte in kleine traurige Augen eines blonden Jungen. An seiner Nase lief der Rotz herunter.

„Haste was Süßes?"

Automatisch griff sie in ihre Jackentasche, holte die Tüte mit der Lakritze heraus und drückte ihm eine Handvoll in seine flach ausgestreckte Hand. Den Rest schob sie wieder in ihre Jackentasche. „Teil es mit den anderen, hörst du?" Sie drehte sich von ihm weg, sie hatte genug Elend in den Augen des Jungen gesehen. Schnell lief sie weiter. „Hier muss es sein", murmelte sie und blieb vor einem der Hochhäuser stehen. Amelie ging näher an die Klingeltafel heran und überflog die teils stark beschädigten Schilder. Mit ihrem Taschentuch wischte sie den Schweiß aus ihrem Nacken.

Das mussten über hundert Wohnungen sein!

Schlimmer als im Knast wird es wohl nicht sein, versuchte sie sich zu beruhigen. Dennoch, ihren Neuanfang hatte sie sich anders vorgestellt, ein bisschen freundlicher. Sie zog den Jackenärmel über ihre rechte Hand und drückte die Tür zum Treppenhaus auf. Sofort streifte ein muffliger Geruch ihre Nase, als sie die Schwelle übertrat.

„Guten Tag, wollen Sie zu jemand Bestimmtem?" Ein schwergewichtiger Mann mit rundem Gesicht und einem Stoppelbart trat ihr entgegen.

„Ja." Sie fischte Max' Zettel aus der Tasche und hielt ihm diesen hin.

„Da müssen Sie sich gedulden. Der Aufzug klemmt wieder oder wollen Sie 12 Etagen laufen? Sie könnten zwar über den zweiten Aufzug hochfahren, aber da müsste ich mit Ihnen einsteigen. Der Übergang vom zweiten Lift zu diesem Haus ist kompliziert. Verstehen Sie? Viele verwinkelte Ecken und so. Besser, Sie warten bis wir hier fertig sind."

Sein schmieriges Grinsen war nicht zu übersehen. „Wie lange wird es noch dauern?"

„Bin ich Hellseher? Weiß ich, wann dieser Monteur auftaucht?"

„Dann werde ich wohl ausharren müssen." Insgeheim war es ihr egal. Es wartete sowieso niemand auf sie.

„Übrigens, ich bin Melzer, der Hausmeister. Ich versuche hier Ordnung zu halten." Er nahm seine Pranke aus der Hosentasche und reichte sie ihr. Geistesgegenwärtig wischte sie sich eine schwarze Strähne aus der Stirn. Keinesfalls war sie gewillt, ihre Hand in diese Pranke des Hausmeisters zu legen. Melzer fing an, auf dieses Haus zu schimpfen, während er mit seinen kräftigen Armen vor ihr herumfuchtelte.

„Wer kann, zieht weg aus dem Plattenbau mit den dünnen Wohnungstüren und den Fluren, in denen es nach Armut riecht, nach billigem Essen, Haustieren und Tabakrauch. Ständig hört man die Streitereien der Nachbarn. Fast täglich erstatte ich Anzeige wegen beschmierter Wände, eingetretener Türen und gestohlener Kabel. Und Sie wollen hier einziehen? Ehrlich? Sie passen hier nicht rein."

Amelie spürte, wie ihr die Röte ins Gesicht schoss. Schnell sah sie in eine andere Richtung. Klar würde sie lieber woanders hinziehen. Aber sie hatte keine andere Wahl. Kein Wohnsitz – kein Job. So war das nun mal in ihrer Situation.

Ein kleiner drahtiger Mann mit blauer Schirmmütze trat in den Hausflur.

„Grüß Gott", hörte sie ihn sagen, als er an ihr vorbeilief, direkt auf den Aufzug zu. Mit wenigen Handgriffen öffnete er die Tür.

„Herrgottsdonnerwetter, was ist denn das?!", brummte der Mann vor dem nun offenen Fahrstuhl. Er starrte auf den Boden, der Hausmeister und sie ebenfalls. Da war ein Fleck direkt an der Türschwelle, nein, eher eine Lache.

„Ist da was runtergetropft?", hörte sich Amelie selbst fragen. Fast gleichzeitig hoben die Männer ihre Köpfe. Auch sie war neugierig geworden und hob ebenfalls ihren Kopf.

Dort oben baumelte etwas, in dem Spalt zwischen der Decke des Aufzugs und der Schachtwand.

„Eine Socke?", fragte Melzer.

Hektisch lief der Monteur zum zweiten Aufzug. Sie selbst und der Hauswart stiegen mit ein. Stillschweigend fuhren sie hoch in den 15. Stock. Das Schachtlicht im Maschinenraum ging an. Fast gleichzeitig blickten sie hinunter, mehr als 40 Meter tief, auf das Dach des Fahrkorbes.

„Da liegt einer", hörte sie den Monteur sagen.

„Was zum Teufel ist das schon wieder?", brüllte Melzer nun völlig außer sich. Sein Gesicht glich einem roten Kaktus. Er drückte den Knopf. Sie fuhren einige Stockwerke tiefer. Der Monteur, öffnete an einem der unteren Stockwerke die Tür zum Schacht. Ein Mann lag regungslos auf der Seite. Die Schuhe waren von seinen Füßen gerutscht. Etwas baumelte im Spalt zwischen der Decke des Aufzuges und der Schachtwand. Ein Arm, in einem Jackenärmel steckend ragte in den Spalt zwischen Aufzugdach und Schacht hinein. Melzer bekam Schnappatmung und griff hastig nach seinem Handy. Er stotterte fürchterlich, als er Polizei und der Feuerwehr erklärte, dass in seinem Aufzug ein zerfetzter Arm hing.

Das war ihr Signal zu verschwinden. Sie hatte genug gesehen. Auf keinen Fall wollte sie mit der Polizei etwas zu tun haben. Das Gebrüll vom Hausmeister blieb nicht unbeachtet. Hausbewohner hatten sich bereits vor dem Aufzug gesammelt.

„Endlich wieder mal was los in diesem Haus", hörte sie eine Frau geifern. Amelie musste weg hier, und zwar sofort. Sie schob sich durch die Menge. Schließlich erreichte sie den Hinterhof und zwängte sich durch ein schmales Tor, das nach draußen auf die Straße führte. Erst als sie weit weg zu sein schien, hielt sie an und blickte zurück. Blaulichter und ein Aufgebot der Polizei standen vor dem Hochhaus.

Es lief ihr kalt den Rücken herunter, als sich das Bild des hängenden, zerfetzten Armes vor ihre Augen schob.

„Willkommen in der realen Welt", murmelte sie. Gehetzt lief sie weiter die Straße entlang und sah sich suchend um. Sie spürte, dass ihre Knie sie nicht mehr lange tragen würden. Endlich, wenige Meter vor ihr, entdeckte sie eine Bank auf einer kleinen Grünfläche. Geradewegs lief sie darauf zu und ließ sich auf die Bank fallen. Nur langsam ließ das heftige Pochen in ihren Schläfen nach. In diesem Moment vibrierte das Handy in ihrer Jackentasche. Sie zuckte zusammen. Als sie es umständlich aus der Jackentasche zog, konnte sie das Zittern in ihren Händen kaum unterdrücken. „Ja, mit wem spreche ich?"

„Hallo Amelie, ich bin es, Max. Bist du gut angekommen? Und hast du dich in dem Zimmer schon häuslich eingerichtet?"

Die Antwort darauf blieb ihr im Hals stecken.

„Amelie, was ist los?"

„Nichts ist, wie es sein sollte. Gerade eben bin ich davongerannt. In dem Haus, in dem sich meine künftige Wohnung befindet, liegt ein toter Mann auf dem Aufzugsdach. In den Seilen hing ein zerfetzter Arm im Ärmel. Es wimmelt von Polizisten, Feuerwehrmännern und Sanitätern. Dorthin bringen mich keine zehn Pferde mehr. Verstehst du, nichts ist in Ordnung!" Amelie hörte, wie Max' Atem heftiger wurde.

„Tut mir leid, Amelie, aber ich habe das Haus genauso wenig gesehen wie du. Die Miete ist sehr niedrig, mehr zahlt das Amt nicht! Hast du dir das Zimmer wenigstens angesehen?"

„Nein, dazu kam es gar nicht. Wie gesagt, im Aufzug war eine männliche Leiche. Die Kripo und die Feuerwehr lassen weder jemanden rein noch raus. Ich konnte gerade noch rechtzeitig entwischen. Verstehst du, ich will mit denen nichts mehr zu tun haben. Wie sieht das denn aus? Gerade aus dem Knast und schon wieder ein Toter in meinem unmittelbaren Umfeld! Nein danke." Sie fluchte leise, als ihr das Handy aus den Fingern rutschte.

„Amelie, bist du noch da? Was war das für ein Geräusch eben? Du nimmst doch das Vorstellungsgespräch bei dem Anwalt an, oder?"

„Du hast vielleicht Sorgen! Erst einmal muss ich mir eine andere Unterkunft besorgen. In dieses Hochhaus ziehe ich jedenfalls nicht ein!"

„Ist schon gut, ich verstehe deine Aufregung. Du kannst tun und lassen, was du willst, du bist eine freie Frau und du hast keinen Bewährungshelfer, bei dem du dich melden musst. Die dir auferlegte Strafe hast du abgesessen. Melde dich, wenn du etwas Passendes gefunden hast. Wenn du finanzielle Hilfe brauchst, ruf mich an. Versprochen?"

„Ja, und danke."

„Übrigens, gewöhn dich an die Umgebung! Diese Kanzlei ist in einem abbruchreifen Haus, gleich in deiner Nähe. Der Anwalt ist ein komischer Kerl, ich hatte ihn in einer anderen Sache mal aufgesucht. Aber er soll sehr kompetent sein, habe ich mir sagen lassen."

„Egal wie der ist, ich brauch den Job. Ein paar Euro habe ich noch, ich suche mir jetzt ein möbliertes Zimmer. Den Wohnungsschlüssel schickte ich in die JVA zurück."

„Amelie, mach langsam und gewöhn dich an die Freiheit. Vieles hat sich verändert, die Zeit ist nicht stehen geblieben."

Max legte auf und seine Worte hallten nach. Ja, sie war frei, und weiter? Sie hielt Ausschau nach einem Internetcafé und suchte dort nach preiswerten Pensionen. Sie hoffte, dass der restliche Tag besser verlaufen würde.

Die erste Nacht außerhalb der JVA

Für einige Zeit vergaß sie das Geschehen im Hochhaus. Sie musste sich auf die Umgebung konzentrieren. Zu lange war sie schon unterwegs. Fast hatte sie die Hoffnung aufgegeben, diese Pension zu finden. Doch dann entdeckte sie das Schild, das an einem Laternenmast befestigt war: „Zur Pension Hubertus." Der Pfeil zeigte in die Richtung, in die sie lief. Der restliche Weg dorthin war zäh und schien kein Ende zu nehmen. Für einen kurzen Moment blieb sie stehen, nahm den Rucksack vom Rücken und stellte diesen auf dem

Asphalt ab. Sie nahm die Wasserflasche, trank den Rest aus und schulterte erneut den Rucksack. Wie gewohnt, warf sie einen Blick über ihre Schulter. Da sah sie ihn wieder, den dunklen Wagen, der genau in diesem Augenblick auf der anderen Straßenseite hielt. Es war derselbe Wagen wie vor dem Café in Schwäbisch Gmünd. Bevor sie jedoch darüber nachdenken konnte, erblickte sie die Pension Hubertus. Endlich – sie stieß einen kurzen kräftigen Stoß aus ihrer Lunge, bevor sie den großzügig angelegten, von Kastanienbäumen gesäumten Weg zur Rezeption überquerte.

Mit einer überschwänglichen Begrüßung wurde sie in Empfang genommen. Es war ihr peinlich, sie mochte kein künstliches Theater. Es stellte sich heraus, dass er der Inhaber war. Hubertus reichte ihr ein Formular über den Tresen der Rezeption und bat sie, dieses auszufüllen. Amelie gab die Adresse des Hochhauses an und hoffte, dass Hubertus nicht ihren Ausweis sehen wollte. Dort stand noch Schwäbisch Gmünd. Sicherlich war der Inhaber froh, einen Gast zu haben, deshalb fragte er nicht danach. Sie stiegen die Treppen nach oben und Amelie bestaunte die nostalgische Einrichtung. Die Decke des Treppenhauses war mit Ornamenten aus edlem Holz geschnitzt. Die Tapete im Treppenhaus stellte eine großflächige Blumenwiese dar. Mächtige handbemalte Bodenvasen mit frischen Schnittblumen standen auf jeder Etage. Amelie war überzeugt davon, dass diese Pension schon einmal bessere Tage gesehen haben musste. Hubertus schloss ihr Zimmer auf und überreichte ihr die Schlüssel, wünschte ihr einen schönen Aufenthalt und zog sich diskret zurück.

Mit einem Blick erfasste sie die Einrichtung. Ihr Blick blieb an den schweren, mit Brokat bestickten Übergardinen hängen, die das Zimmer düster erscheinen ließen. Sie ging darauf zu und zog diese zurück. Amelie öffnete das Fenster. Licht drang in den Raum. Sie sah sich genauer um und zog anschließend mit spitzen Fingern den schweren, aus Flicken geknüpften Überwurf vom Bett und steckte diesen in den alten massiven Eichenschrank, der das halbe Zimmer ausfüllte. Das Haustelefon stand auf dem kleinen Tischchen neben dem Bett. Ein Fernseher war nirgends zu entdecken. Das Bad und die Toilette waren im Flur. Obwohl dieses Zimmer auf den ersten Blick gepflegt aussah, löste es bei ihr eine beklemmende Stimmung aus. Für eine Nacht oder auch zwei würde sie es aushalten, hoffte sie und nahm mit einem tiefen Seufzer den Rucksack von ihrem Rücken. Sie legte ihn auf den Nachttisch, neben das Haustelefon. Sie schien der einzige Gast auf dieser Etage zu sein. Das war doch schon mal was, so konnte sie das Badezimmer allein nutzen. Amelie ließ das lauwarme Wasser über ihre Haut rieseln und allmählich spürte sie wieder Leben in ihrem Körper. Erfrischt zog sie die Badezimmertür hinter sich zu und ging zurück in ihr Zimmer. Sie sah aus dem Fenster. Es war bereits dunkel, nur wenige Laternen beleuchteten die von dichtem Laub überzogene Straße. Sie drehte sich weg vom Fenster und ließ sich auf das Bett fallen. Mit einem Mal packte sie eine innere Unzufriedenheit – oder war es eine innere Leere, die sie unruhig werden ließ? Sie schnellte vom Bett hoch und lief im Zimmer auf und ab. Dann blieb sie stehen und lauschte, versuchte etwas zu hören! Irgendetwas, egal was – doch da war nichts! Kein Schlagen von Stahltüren, kein Geschimpfe und Geschrei auf den Gängen, kein Klappern von Schlüsseln. Es blieb still, unheimlich still. Hastig griff sie in ihren Rucksack und nahm das letzte Stück Lakritze heraus, in der Hoffnung, dieses Ding würde ihr dabei helfen, die innere Unruhe, die sie ergriffen hatte, zu bändigen. Sie musste wieder in normales Fahrwasser gelangen, analysieren, warum sie mit einem Mal so unruhig war. Das Stück Lakritze ließ sie im Mund zergehen, während sie sich vor den großen Innenspiegel des massiven Schranks stellte und zu ihrem Spiegelbild flüsterte:

„Amelie Hardt, du bist frei, dir kann keiner mehr etwas diktieren! Kein Abschließen der Zellen, kein Ausschalten des Lichts um 22 Uhr. Ab heute ist es egal, wann du das Licht ausknipst, wo du hingehst und was du tun wirst."

Mit einem Mal bekam sie das Verlangen nach einem Drink. *Genau das war es, was sie brauchte, einen Drink!* Hier hielt sie es sowieso nicht mehr aus, in diesem Zimmer. Rasch zog sie die abgestellten Turnschuhe wieder an, griff nach ihrer bunten Wollmütze, stülpte die über den Kopf und nahm die Lederjacke vom Haken. Die Tür schloss sie hinter sich sorgfältig ab. Der Teppich unter ihren Füßen dämpfte ihre Schritte.

Sie sah auf den Mann mit schütterem Haar und schmalem Mund, der von einem Schnäuzer verdeckt wurde. Als er sie freundlich anlächelte, wurde eine große Zahnlücke sichtbar. Er hatte Hubertus abgelöst.

„Guten Abend, Frau Hardt. Ich soll Ihnen die Fahrpläne geben, die Sie bei Herrn Hubertus angefordert haben."

Amelie streckte die Hand aus und nahm einen Notizzettel entgegen, auf dem die Busfahrten standen. Sie bedankte sich bei ihm und entschied, den Bus um 7:03 Uhr zu nehmen.

„Kann ich bei Ihnen den Weckdienst für 6:30 Uhr bestellen?"

„Gerne doch."

„Haben Sie zufällig einen Tipp, wo ich hier in der Nähe eine Kneipe oder Ähnliches finde?"

„Ja, habe ich", er zog einen Stadtplan aus der Schublade und kreiste mit einem Stift die *Casablanca Bar,* zwei Straßen von der Pension entfernt, ein.

„Aber passen Sie auf, junge Frau, dass sie nicht abgeschleppt werden." Er lachte.

„Vielen Dank für Ihren Tipp und ja, ich werde aufpassen." Sie wünschte ihm einen ruhigen Abend und verließ die Pension. Draußen vor der Tür stellte sie den Kragen ihrer Lederjacke auf, als sie das zweite Mal den geräumigen Innenhof des Anwesens überquerte. Sie trat auf die schmale Nebenstraße, die rechts und links von hohen Hecken umzäunt war. Fast hatte sie die kleine Bar an der Ecke erreicht, als sie eine aus dem Augenwinkel erfasste Bewegung irritierte. Sie blieb stehen und versuchte die Dunkelheit zu durchdringen. Sie hätte schwören können, dort jemanden an der mannshohen Hecke gesehen zu haben. Sie drehte sich um und machte einen Schritt in die Nähe der Hecke. Im selben Moment hörte sie das Geräusch von sich schnell entfernenden Schritten. Jemand lief im Schutz der Hecke an einer Hofeinfahrt entlang in Richtung Hauptstraße. Bevor sie jedoch reagieren konnte, lagen geschätzte fünf oder zehn Meter zwischen ihr und dem sich entfernenden Geräusch. Danach tauchte der Körper kurz im Licht der Straßenlaterne auf. Es war eine Gestalt, die sich im Laufen umdrehte und ihr einen kurzen Blick über die Schulter zuwarf. Dann waren die Gestalt und das Geräusch wieder verschwunden. Der Moment war zu kurz, das Licht zu schlecht gewesen, als dass sie jemanden hätte erkennen können. War es wieder ein Zufall? Sie schüttelte ihren Kopf, sie wollte jetzt nicht darüber nachdenken. Für heute hatte sie genug erlebt. Mehr von dieser Art Überraschungen ertrug kein Mensch, und sie schon gar nicht.

Die Tür zur Bar ließ sich schwer öffnen. Die Beleuchtung war schwach und das Inventar kaum zu erkennen. Mit zusammengekniffenen Augen erfasste sie kleine Nischen rund um die Tanzfläche. Ein Pärchen tanzte verliebt nach einem Song, den sie nicht kannte.

Na super, der erste Abend in Freiheit und ich lande direkt in so einer Kaschemme. Das bringe auch nur ich fertig, dachte sie und setzte sich hastig auf den erstbesten Hocker an der Bar. Mit einem Kopfnicken grüßte sie den Barkeeper, der sie amüsiert anzusehen schien. Amelie versuchte es mit einem Lächeln, doch sie merkte schnell, dass es ihr gründlich misslungen war. Also entschied sie sich für einen doppelten Cognac. Kaum dass der Barkeeper ihr das Glas hingestellt hatte, sprach sie eine Männerstimme an.

„Darf ich Ihnen noch einen bestellen, hübsche Frau?"

Wie von der Tarantel gestochen drehte sie sich um und starrte auf den Typ mit den breiten Koteletts an den Wangenknochen. Die Frisur wirkte lächerlich mit seiner Elvis-Tolle, die sicherlich nicht mehr zeitgemäß war. Sein breites Grinsen war widerlich und schmierig.

„Lassen Sie mich in Ruhe." Angewidert drehte sich weg von ihm. Der Typ hatte verstanden. So leise wie er gekommen war, verschwand er auch wieder.

Amelie drehte das Kognakglas in ihren Händen und starrte auf das braune Etwas. Sie prostete dem Keeper zu und trank in einem Zug das Zeug runter. Das Gesöff brannte wie Feuer in ihrer Kehle. Trotzdem – sie bestellte sie sich einen zweiten. Auch diesen kippte sie mit einem Zug in ihre Kehle. Sie spürte kalten Schweiß auf ihrer Stirn, dann im Nacken. Schnell nahm sie die Hände vom Tresen, der vor ihren Augen plötzlich zu wanken anfing. Das Gesicht des Kneipiers sah sie auf einmal verzerrt. Vier Hände und zwei Handtücher polierten die Gläser. Amelie schüttelte vorsichtig den Kopf, es sah alles so komisch aus. Sie starrte auf die Wand hinter der Bar, die anfing, sich wellenartig zu bewegen. Als dann auch noch der Boden unter ihren Füßen zu verschwinden schien, krallte sie sich am Tresen fest. Keinesfalls wollte sie vom Barhocker fallen. Amelie fluchte über ihre eigene Unvernunft. Hätte sie nicht wissen müssen, dass ihr der Alkohol nach so vielen Jahren Abstinenz nicht mehr bekommen konnte? Dazu noch dieses Desaster mit dem Mord im Hochhaus! Oder war es Selbstmord?

Unmerklich zuckte sie mit den Schultern, sie wusste es nicht, es war ihr im Augenblick auch völlig egal. Schließlich hatte sie genug eigene Probleme, so wie gerade jetzt, als sich ihr Magen hob und senkte. Sie musste schleunigst hier raus! Dabei fiel ihr ein, dass sie den ganzen verfluchten Tag außer der Lakritze noch keine Bissen zu sich genommen hatte. Sie hielt ihren Blick auf den Barkeeper gerichtet, als sie ihr Portemonnaie aus der Lederjackentasche zog und das Geld für ihre Drinks auf den kleinen Teller neben der Rechnung legte. Ihr wurde übel, ihr Kopf und ihr Magen fuhren gnadenlos Achterbahn. Mit höchster Konzentration schaffte sie es, sich ein Taxi zu rufen. Danach bewegte sie sich langsam, mit geradem Rücken, einen Schritt vor den anderen setzend, aus der Bar. Der Gang zur Toilette war schmal, so konnte sie sich an den Wänden abstützen, bis sie diese erreichte.

Endlich … gerade noch rechtzeitig! Hastig riss sie die Tür auf und stürmte auf eines der Becken zu. Stoßweise würgte sie die bittere Masse aus sich heraus. Ihre Hände, die sie zu Fäusten ballte, drückte sie in den Magen, der sich nicht beruhigen lassen wollte. Sie wankte zum Waschbecken, drehte den Hahn auf und spritze sich das kalte Wasser ins Gesicht. Dann in ihren Mund. Der bittere Geschmack in ihrem Rachen wollte nicht weichen. Noch immer benebelt torkelte sie aus der Toilette und schlich aus dem Lokal zurück auf die Straße. Das Taxi wartete schon.

„Zur Pension Hubertus." Der Weg zur Pension war kurz. Mit einem „Tschüss", drückte sie dem Fahrer fünf Euro in die Hand und stieg aus. Immer an der Wand entlang zog sie sich die Treppen nach oben ins Zimmer. Völlig ausgelaugt warf sie sich auf das Bett und schloss für einen kurzen Augenblick die Augen … Genau in dieser Sekunde streifte sie das Bild einer Frau, die in dieser Situation der Welt trotzig entgegengetreten wäre … einer Frau, die sie selbst einmal gewesen war … – in einem früheren Leben. Was um Gottes willen war aus ihr geworden? War sie eine schreckhafte, verzweifelte alte Schachtel, die sich nicht mehr im Griff hatte? Mit diesen Gedanken fiel sie in einen leichten unruhigen Schlaf.

Als das Telefon klingelte, schreckte sie auf, und als sie aufstehen wollte, gehorchten ihr ihre Beine nicht. Nach dem dritten Versuch gelang es ihr, aus der tiefen Matratze zum Stehen zu kommen. Völlig daneben und unkonzentriert fuhr sie sich mit den Fingern durch die Haare. Sie fühlte sich hundeelend. Da fiel ihr plötzlich wieder der gestrige Schatten ein.

Natürlich, der Schatten war schuld an ihrem dicken Schädel! Amelie schleppte sich zum Fenster und zog den Vorhang zur Seite. Sie wollte wissen, ob sie sich das gestern Abend nur eingebildet hatte. Ihr Blick erfasste die gegenüberliegende Straßenseite. Der graue Volvo mit demselben Kennzeichen von gestern Abend stand wieder da. Sie konnte nicht erkennen, ob jemand in dem Wagen saß. Sofort war sie hellwach. *Das alles kann kein Zufall sein. Aber warum will man ausgerechnet mir jemand auf den Hals hetzen?* Sie griff zum Haustelefon und bat den Nachtportier, ein Taxi für sie zu rufen. Wenige Minuten stand der Wagen vor der Tür. Hastig streifte sie ihre dunkelbraune Lederjacke über und zog ihre Wollmütze tief in die Stirn. Noch einmal sah sie sich in dem kleinen Zimmer um, sie wollte nichts zurücklassen. Den Rucksack nahm sie vom Nachttisch und lief auf die Straße. Sie murmelte einen kurzen Gruß, stieg ein und setzte sich auf die Rückbank. Immer wieder warf sie einen Blick über ihre Schulter. Der Volvo von der anderen Straßenseite folgte ihr im geringen Abstand. Amelie fühlte sich gehetzt, obwohl sie nicht wusste warum. Sie bat den Fahrer, sie direkt an der Bushaltestelle Nr. 7 abzusetzen. Der Bus war pünktlich, sie stieg ein und bezahlte ihre

Fahrkarte. Drei Stationen musste sie fahren, um die Kanzlei Schmidt zu erreichen. Als der Bus hielt und sie ausstieg, blickte sie auf das Hochhaus, in dem gestern der Tote gefunden worden war. Sofort stellten sich die Härchen an ihren Armen auf. Hastig überquerte sie die Straße, die in die Stresemannstraße überging. Der gestrige Abend hing ihr gewaltig nach. Außerdem rebellierte ihr Magen, sie musste irgendetwas zwischen die Zähne bekommen. So konnte sie sich unmöglich in der Kanzlei vorstellen. Zu sehr befürchtete sie, vor Schwäche umzukippen. Wie von einem Seil gezogen, lief sie weiter. Rechts und links hasteten die Menschen an ihr vorbei. Plötzlich zog der Duft von frisch gebackenem Brot an ihrer Nase vorbei. Schlagartig blieb sie stehen, sah sich um und entdeckte einen Brezelstand. Erleichtert, etwas Essbares gefunden zu haben, lief sie darauf zu und kaufte sich zwei Stück von dem warmen Backwerk. Nach einem tiefen Atemzug biss sie herzhaft in eines der Brezel und ging weiter, den Blick auf die Hausnummer gerichtet.

Hier muss es sein, dachte sie und ging näher heran. An der Hauswand war ein großes Messingschild angebracht.

Sie las: „Anwaltskanzlei Gerold Schmidt – Schwerpunkt Strafverteidigung."

Tatsächlich ... es war die Kanzlei. Hier musste sie sich also vorstellen.

Kanzlei Schmidt

Amelie zögerte, atmete tief ein und stieß mit einem kräftigen Stoß die Luft aus ihren Lungen. Ihre feucht gewordenen Hände wische sie an ihrer Jeans ab, als sie auf die Hauseingangstür zuging. Viel besser sah es hier auch nicht aus als auf der Straße, die sie gestern verlassen hatte. Hm, wieso ließ sich in dieser Gegend ein Anwalt nieder? Das konnte nur ein Chaot sein! Max hatte recht, dieses Haus hier sah nicht besser aus. Einziger Unterschied: Hier hingen keine Junkies rum. Ihr war klar geworden, dass sie nicht wählerisch sein durfte, wollte sie nicht vom Amt abhängig sein. Außerdem hatte sie das Recht verwirkt, in einer Luxuskanzlei arbeiten zu dürfen. Ihr vorheriger Arbeitgeber hatte ihr deutlich gemacht, dass sie nicht damit rechnen durfte, nach ihrer Freilassung wieder eingestellt zu werden. Welche seriöse Anwaltskanzlei stellte eine Vorbestrafte ein? Mechanisch strich sie sich über die Stirn und versuchte so, die negativen Gedanken zu verdrängen.

An der breiten doppeltürigen Hauseingangstür blieb sie stehen und las auf dem laminierten Pappschild, das mit Klebstreifen an der milchglasigen Scheibe befestigt war: „Suche dringend eine Bürokraft für meine Kanzlei. Bei echtem Interesse bitte den Klingelknopf der Kanzlei Schmidt betätigen. Danke." Aha, der suchte tatsächlich jemanden, deshalb hatte er sie gebeten, sich vorzustellen! Könnte dies ihre Chance sein? Sie bekäme Arbeit und er hätte eine gute Kraft für wenig Geld. Gleichzeitig könnte sie darauf hinarbeiten, dass ihr Verfahren wiederaufgenommen würde. Beherzt drückte sie auf den Klingelknopf und wartete.

Warum dauerte es so lange? Fast war sie geneigt, die Aktion abzubrechen und auf dem Absatz umzukehren. Warten war eine Tugend, die ihr überhaupt nicht lag, sie hasste es schlichtweg. Es war im Gefängnis schlimm genug gewesen, auf „nichts" warten zu müssen. Na endlich, sie hörte Schritte und die Tür wurde geöffnet. Im ersten Augenblick sah sie nur einen kräftigen Brustkorb. Sie schluckte, dann sah sie zu dem Mann auf. Sie blickte in ein Gesicht mit rasierten Wangenknochen und einem Mund, der von einem dunklen Vollbart verdeckt wurde. Fragend sah er zu ihr herunter. *Sag etwas zu ihm, wenigstens Hallo,* schoss es ihr durch den Kopf. Doch nichts dergleichen brachte sie über ihre Lippen.

„Grüß Gott, sind Sie wegen der ausgeschriebenen Stelle hier?"

Amelie nickte. „Guten Tag, ich bin Amelie Hardt und soll mich beim Rechtsanwalt Schmidt vorstellen. Darf ich eintreten?"

„Haben Sie einen Termin für heute?", hörte sie ihn fragen, während er vorausging.

„Ja und nein … ich habe das Schild an der Tür gesehen. Oder ist die Stelle schon vergeben?" Er hielt an und drehte sich zu ihr um.

„Nein, keine Sorge! Sie sind die Erste, die sich dafür interessiert."

Der Mann öffnete die Tür von Gerold Schmidts Büro einen Spaltbreit, nickte ihr freundlich zu, wünschte viel Erfolg und verschwand in eine andere Richtung. Sie wartete, rieb die feucht gewordenen Hände an ihrer Jeans trocken und holte noch einmal tief Luft. Sie klopfte, wartete und klopfte ein zweites Mal. Nichts passierte. Doch dann bemerkte sie, dass die Tür nur angelehnt war. Sie drückte sie ganz auf und trat ein. Dichte Rauchschwaden hingen zwischen Fußboden und Decke. Sie musste hüsteln und mit ihren Händen wedelte sie den beißenden Zigarettenrauch aus ihren Augen. Aus einem Reflex heraus zog sie ihre Wollmütze vom Kopf und presste diese an ihren Bauch. Genau in diesem Augenblick ihres Tuns streifte sie ein fragender Blick. Amelie ließ ihre Hände sinken und blickte auf einen Mann, der hinter seinem Schreibtisch hervorguckte. Sie sah in ein verbrauchtes und staubgraues Gesicht. Einzelne kleine scharfe Furchen zeichneten seine Kinnpartie. Seiner Hände mit den stark hervorgetretenen graubläulichen Adern hielten eine Akte. Amelie ging auf ihn zu und reichte ihm die Hand. „Guten Tag, ich bin Amelie Hardt. Sie waren so freundlich, mir eine Chance zu geben, mich bei Ihnen vorzustellen. Nicht jede Anwaltskanzlei ist bereit, eine Vorbestrafte einzustellen." Ihre Hände drückten die Wollmütze zusammen, er sollte nicht sehen, wie nervös sie auf einmal war.

„Setzen Sie sich, Frau Hardt, und ja, ich bin ehrlich gesagt von Ihrer Offenheit beeindruckt. Es wird Zeit, dass hier in meiner Kanzlei Ordnung in die Akten kommt", vernahm sie seine für einen Mann viel zu dünne Stimme.

„Sie sollten wissen, dass ich mich mit schwierigen Fällen, wie Sie es erlebt haben, beschäftige." Er war aufgestanden und trat hinter seinem Schreibtisch hervor. Amelies Augenlider zuckten leicht, als sie wahrnahm, dass Schmidt mindestens einen Kopf kleiner war als sie selbst. Er stolperte über eine seiner Akten, die zerstreut am Boden lagen. Sie hörte, wie er leise fluchend den übrigen auswich. Mit einem spöttischen Grinsen im Gesicht reichte er ihr seine knochige Hand. Amelie war über seinen festen Händedruck erstaunt. Auf sie wirkte er eher verweichlicht. Schmidt kam direkt zum Thema. Das gefiel ihr gut.

„Wie ich lesen konnte, haben Sie Ihre erste Ausbildung als Rechtsanwaltsfachgehilfin mit einer Bestnote abgeschlossen. Und im Gefängnis auch noch vier Semester Jura studiert. Woher kam dieser Ehrgeiz? Eines sollte Ihnen klar sein: Wenn Sie bei mir anfangen, sind Sie mit Ihrer Qualifikation unterbezahlt. Gerne jedoch heiße ich Sie in unserem Team willkommen, wenn Sie wollen." Schmidt hatte ohne Punkt und Komma gesprochen. Augenblicklich wusste sie definitiv nicht, wie sie mit der Situation umgehen sollte. Sie hatte es sich anders, schwieriger vorgestellt. Das hier ging ihr zu schnell, er hatte nur wenige Blicke in ihre Papiere geworfen. Brauchte er wirklich so dringend jemanden? So viel Glück auf einen Haufen konnte kein Mensch haben. Amelie fand ihn trotz seiner unkomplizierten Vorgehensweise unsympathisch. Aber sie durfte derzeit keine Ansprüche stellen, sie war frei und hatte die Aussicht auf einen Job! Insofern hatte sie keine Wahl, sie musste hier einen neuen Anfang finden. Es galt, das Ziel zu erreichen, das sie sich selbst gesteckt hatte.

„Frau Hardt, haben Sie mich verstanden? Waren Sie gerade nicht auf unserem Planeten?", vernahm sie Schmidts Stimme.

„Herr Schmidt, gerne würde ich diese Stelle annehmen wollen."

„Eine Frage noch ... nein, zwei Fragen habe ich." Schmidt wühlte auf seinem Schreibtisch, murmelte etwas vor sich hin, bis er die Tageszeitung unter den Akten hervorzog.

„Sie werden als Zeugin gesucht? Warum waren Sie in dem Haus?" Er hielt ihr die Zeitung mit ihrem Foto darauf unter die Nase. Amelie erkannte das Foto, das damals in der JVA aufgenommen wurde. Sie schnappte nach Luft und es dauerte einige Sekunden, bis sie Schmidt antworten konnte.

„In dieses Hochhaus sollte ich einziehen! Von Amts wegen wurde mir ein möbliertes Zimmer zur Verfügung gestellt. Nur deshalb war ich dort. Ein grausamer Fund. Ich darf nicht daran denken. Und ... zur Polizei gehe ich nicht. Mehr als der Hausmeister Melzer habe ich nicht gesehen." Amelie ärgerte sich darüber, dass ihr die Röte ins Gesicht schoss.

„In Ordnung, trotzdem müssen Sie sich im Kommissariat melden und Ihre Zeugenaussage machen. Das bleibt Ihnen nicht erspart. Selbstverständlich werde ich Sie begleiten, sobald ich mit dem Kommissariat einen Termin vereinbart habe. Sicherlich lässt sich die Angelegenheit schnell regeln.

Nun die letzte Frage. Haben Sie diese Frau Roth getötet und das alte Erbstück, den Diamantring, gestohlen?"

Mit dieser Frage hatte sie nicht gerechnet, zumindest nicht jetzt bei diesem Einstellungsgespräch. Dennoch musste sie sich eingestehen, dass es eine berechtigte Frage war.

„Ich weiß es nicht. Mein Instinkt sagt mir, dass ich weder jemanden getötet noch einen so wertvollen Ring gestohlen habe. Aber das werde ich herausfinden, auch wenn mir mein Gedächtnis warum auch immer einen Streich gespielt hat."

Schmidt nickte und erklärte, dass er mit keiner anderen Antwort gerechnet habe.

„Ach so, nun wird mir einiges klar. Bin ich deshalb verfolgt worden? Wegen des Rings?" In kurzen Worten erzählte sie ihm, was sich auf dem Weg bis hierhin ereignet hatte.

Schmidt setzte sich vor seinen Computer und tippte etwas hinein. Er wirkte abwesend.

„Herr Schmidt, was soll ich unternehmen?"

„Nichts, lassen Sie es ruhen. Man wird Ihnen nicht glauben!" Er drehte den Bildschirm zu ihr und erklärte: „Hier steht, dass der Ring bis heute seinem Besitzer nicht zurückgegeben worden ist. Vielleicht war es der Besitzer, der einen Detektiv auf Sie gehetzt hat. Könnte er glauben, dass Sie den Ring versteckt haben?"
Amelie konnte Schmidts Feststellung nichts entgegensetzen. Trotzdem hatte sie das Gefühl, es richtigstellen zu müssen, dass sich der Ring nicht in ihrem Besitz befand. „Herr Schmidt, ich habe deswegen nur fünf Jahre bekommen, weil mir Raub nicht nachgewiesen werden konnte."

„Ja, ich weiß. Ihre Akte habe ich gelesen."

Amelie überlegte kurz. „Herr Schmidt, haben Sie etwas dagegen, wenn ich direkt anfange zu arbeiten? In der Pension, in der ich derzeit untergebracht bin, ist es nicht so gemütlich. Außerdem ist es noch früh am Tag und ich habe nichts Besseres zu tun."

„Also sind wir uns einig?"
Sie konnte nur nicken und nahm seine entgegengestreckte Hand, mit der er den vorerst mündlich geschlossenen Vertrag besiegelte, entgegen. Schmidt zeigte auf ihren Rucksack.

„Ist das alles an Gepäck, was Sie dabeihaben? Wenn Sie wollen, hier im Haus ist ein möbliertes Apartment frei. Es gehört zur Kanzlei.

Bisher hat es niemand von meinem Team beansprucht. Die Miete wird von der Kanzlei bezahlt. Es ist nicht groß, aber immerhin ordentlich eingerichtet."

Verlegen wischte sie sich die schwarz eingefärbte Strähne aus der Stirn. „Gerne nehme ich das Angebot an, es kann nur besser sein als das, das ich gerade verlassen habe."

Sie nahm den Schlüsselbund entgegen, den Schmidt aus der Schublade seines Schreibtischs nahm.

„Die Papiere behalte ich gleich hier; ich denke, wir können auf eine Probezeit verzichten. Ich brauche dringend eine Sekretärin und Sie brauchen einen Anwalt, der Ihnen hilft, das gewünschte Verfahren wiederaufzunehmen. Wir schließen also eine Zweckehe. Morgen werden Sie als Erstes Ihre Personalangelegenheiten erledigen. Versicherungsnummer beantragen, Krankenkasse, Einwohnermeldeamt und so weiter. So, nun zeige ich Ihnen die Räumlichkeiten."

Mit dem Schlüssel in der rechten und dem Rucksack in der linken Hand lief sie hinter ihm her. Schmidt führte sie durch den Konferenzraum, die Kaffeeküche und das Aktenzimmer.
Nur ihren neuen Arbeitsplatz hatte sie noch nicht gesehen. Schmidt verließ den Flur, ging ins Treppenhaus und stieg drei Stufen hinab und öffnete eine weitere Tür. Amelie trat ein … Nackte rötliche Ziegel, raues Mauerwerk und befestigte Bretter an einer der Wände, die sich durch das Gewicht der darauf liegenden verstaubten Akten bogen, stachen ihr sofort ins Auge.

„Das ist nur vorübergehend", hörte sie Schmidt sagen. Es klang wie eine Entschuldigung. Mit Vorsicht, um an keiner der Akten, die auf dem Boden lagen, hängen zu bleiben, hob sie ihre Füße an und stieg kreuz und quer durch die Kammer, bis sie den Schreibtisch erreichte. Auch hier sah sie prall gestapelte Belege und Schriften. Ihr verschlug es die Sprache. Nicht einmal eine Kaffeetasse fand Platz darauf. Für einen kurzen Moment kniff sie ihre Augen zusammen und öffnete sie wieder.

Nein, sie war keinem Trugbild zum Opfer gefallen. Hier, in diesem Chaos, in diesem dunklen Raum musste sie künftig arbeiten? Kaum vorstellbar! Dort, wo sie ihre Ausbildung als Rechtsanwaltsfachgehilfin abgeschlossen hatte, war alles akribisch geordnet. Jede Akte hatte ihren Platz. Wie sollte sie hier Ordnung reinbringen? Wo anfangen? Für sie, die Ordnungsliebende, die jeden Tag alles in der gleichen Reihenfolge auf- und hinstellte. Für sie, die es nicht mochte, wenn man ihre Gegenstände nur um einen Millimeter verrückte. Was sollte sie in diesem Wirrwarr finden?

Der Drang nach einem Stück Lakritze wurde übermächtig. Auf einmal war sie sich überhaupt nicht mehr sicher, ob dies hier der richtige Job für sie war. Aber hatte sie eine Wahl? Amelie war so mit sich und ihren Gedanken beschäftigt, dass sie erst viel später bemerkte, dass Schmidt die Kammer verlassen hatte. Sofort wischte sie ihre Hände an den Jeans ab und schob sich das letzte Stück Lakritze in den Mund. Ihre Zuversicht auf einen guten Neuanfang sank auf der Skala von hundert auf null. Etwas feindselig blickte sie auf den vollgestopften Fußboden und schob mit den Fußspitzen antriebslos die Akten, die unter ihrem Schreibtisch lagen, in eine Ecke, damit sie wenigstens ihren Rucksack darunter abstellen konnte. Gerade als sie mit ihrem Taschentuch eine Ecke des Schreibtisches abwischte, schlenderte ein hagerer Bursche mit langen Haaren, die zu einem Pferdeschwanz gebunden waren, auf sie zu. Sie blickte in stahlblaue Augen. Die ausgefallene Nickelbrille war genau so grell wie der Pullover, den er trug. Sie nahm seine schmale ausgestreckte Hand zur Begrüßung an.

„Ich bin Daniel, und Computer sind meine Leidenschaft. Ich

studiere derzeit an der Uni Mathematik und ich arbeite hier, weil Schmidt ein alter eigensinniger Kauz und ein Freund meiner Eltern ist. Außerdem werde ich hier gebraucht und es macht mir Spaß, im Internet auf Verbotenes und Verborgenes zu stoßen. Wir, also Harry und ich, helfen Schmidt dabei, seine Kanzlei neu aufzubauen. Machen Sie sich also nichts aus diesem Chaos hier." Daniel drehte sich mit dem Finger in den Raum zeigend um seine eigene Achse, hielt inne und stellte mehr zu sich selbst fest: „Sie müssen Amelie sein, stimmt's? Herzlich willkommen."

Seine natürliche Art mochte sie. „Ja, ich bin Amelie, und danke für den Willkommensgruß." Sie fragte sich, ob Daniel wusste, dass sie aus dem Gefängnis kam. Sie sah ihn entschuldigend an, drehte sich von ihm weg, und nahm eine der verstaubten Akten in die Hand. Er hatte verstanden und mit einem breiten Grinsen verließ er ihre Kammer.

***

Es sah nach einem schönen Tag aus. Das breite Atelierfenster ließ helles Licht herein, noch bevor die Sonne aufgegangen war. Sie gähnte, streckte ihren Körper und setzte sich auf die Bettkante. Dort hielt sie einen Moment inne, bis ihr Kreislauf seine Arbeit aufgenommen hatte. Erst dann stand sie auf und lief barfuß durch das Dachgeschoss, das ihr, nur durch Holzpfeiler unterteilt, als Schlaf- und Wohnraum diente. Sie lief zur Küche, drückte den Knopf, der den Boiler anheizte, kramte Tasse und Expresskaffee hervor und füllte, als das Wasser kochte, die Tasse auf. Die Jahre, die sie im Gefängnis verbracht hatte, bestimmten immer noch ihre Lebensgewohnheiten. Noch schaffte sie es nicht, sie abzulegen. Die Zubereitung des Kaffees, die Art, ihn im Stehen zu trinken, oder die Selbstgespräche, die sie führte. Sie trat ans Fenster, trank Schluck für Schluck, sah dabei über die Dächer der Stadt und prostete der eben aufgehenden Sonne zu. Es war wieder eine Nacht gewesen, in der sie keinen Schlaf gefunden hatte. Das nächtliche Grübeln wollte nicht nachlassen. Außerdem machte ihr der heutige Termin, die Vorladung bei der Kripo zu schaffen. Ihre Aussage war gefragt.

Sehr früh stieg sie die Treppen ihres Appartements hinunter in die Kanzlei. Schmidt saß schon an seinem Schreibtisch.

„Amelie, Sie wissen, dass wir in zwei Stunden einen Termin bei der Kripo haben? Wir müssen pünktlich sein."

„Ja, ich weiß. Deshalb konnte ich nicht schlafen. Ich verstehe immer noch nicht, warum ich dort erscheinen muss. Ich kann nicht mehr aussagen als der Hausmeister und der Monteur", erwiderte sie genervt.

Amelie wunderte sich, dass Daniel und nicht Schmidt den alten Mercedes fuhr. Hatte er keinen Führerschein? Das wäre ungewöhnlich, dachte sie und stieg ein. Dank Daniels flotter Fahrt trafen sie rechtzeitig im Kommissariat ein. Ihr Magen verkrampfte sich unwillkürlich, als sie die Eingangstür zum Präsidium öffneten und eintraten. Schmidt und sie wurden von einer Polizistin in das Büro des Kommissars Klaus Berger geführt, der hinter seinem Schreibtisch saß. Sein griesgrämiger Ausdruck im Gesicht erschreckte sie. Er wirkte so ernst, dass er sogar eine Lachmöwe zum Verstummen hätte bringen können. Berger trug einen dunklen Anzug, eine blaue Krawatte, die am Hals etwas gelockert war. Seine dunklen Haare waren unordentlich zur Seite gekämmt. Er schien fast zu jung zu sein, für einen erfolgreichen Kommissar und Topermittler, wie Schmidt ihr vor Tagen erklärt hatte. Nachdem die Polizistin die Tür geschlossen hatte, stand er auf und ging auf Schmidt zu. Sie, Amelie, ignorierte er vollkommen. Was für ein Stoffel!

„Na, lange nicht gesehen. Wie geht es Ihnen, Schmidt? Hab gehört,

Sie haben wieder eine Kanzlei eröffnet."

„Ja, es wurde Zeit! Zu viele Unschuldige landen hinter Gitter. Einer muss diesen Menschen helfen und ich habe das richtige Team dazu. Vielleicht solltet ihr eure Arbeit genauer und besser machen. Und schon sind wir beim Thema. Frau Hardt ist meine Mitarbeiterin."

„Guten Tag, Herr Berger, Sie hatten mich für eine Aussage geladen", unterbrach Amelie nun das Geplänkel der beiden.

„Stimmt, aber für Sie bin ich Polizeihauptkommissar Berger." Mit seiner Himmelfahrtsnase sah er sie von oben herunter an.

„Also gut, fangen wir an!" Während er sein Notizbuch auf den Tisch knallte und einen goldenen Füller aus seiner Jackentasche holte, setzte sie sich ihm gegenüber.

„Sie sind vor acht Tagen aus der JVA Schwäbisch Gmünd entlassen worden?"

„Das wissen Sie doch, warum fragen Sie mich das?" Amelie schoss das Blut in den Kopf.

„Kannten Sie den Toten?"

„Natürlich nicht, wie kommen Sie überhaupt darauf!"

„Sie sind vom Tatort weggelaufen!"

„Ja, weil ich wusste, was kommen würde. Den ersten Tag entlassen und direkt ein Toter. Genau das denken Sie doch! Kann ich jetzt endlich meine Aussage machen?"

Berger nickte, zeigte auf die Protokollantin hinter sich und bat sie, sich neben ihr zu setzen. Berger stand auf, nickte ihr zu und ging mit Schmidt aus dem Raum, um zu rauchen. Trotz, dass sie kaum etwas dazu sagen konnte, musste sie fast eine halbe Stunde aushalten, bis sie ihre Unterschrift unter das Protokoll setzen konnte.

„Auf Wiedersehen, Frau Hardt, und danke, dass Sie vorbeigekommen sind. Wir werden ein Auge auf Sie haben. Den gestohlenen Ring finden wir auch noch. Seien Sie sich sicher."

Schmidt schoss an ihr vorbei und mischte sich in das Gespräch ein.

„Was soll das Berger, meine Mitarbeiterin hat gerade eine Aussage gemacht und Sie, Sie versuchen Sie als Dank dafür zu bedrohen? Lassen Sie das künftig sein! Kommen Sie Frau Hardt, wir sind fertig hier."

Amelie wusste nichts darauf zu erwidern. Hastig verließen sie das Polizeipräsidium. „So ein Stoffel, den arroganten Schnösel konnte ich noch nie leiden", hörte sie Schmidt brummeln. Daniel wartete bereits vor dem Eingang des Gebäudes. Schmidt stieg in den alten Mercedes. Sie selbst, wollte laufen und bei der Gelegenheit im Kaufhaus um die Ecke einige brauchbare Kleidungsstücke kaufen. Bisher war sie nicht bereit, die eingelagerten Sachen bei ihren Eltern abzuholen. Nach diesem Auftritt von Berger tat es ihr gut, in den Kaufhäusern zu stöbern. Es lenkte sie ab. Vollbepackt verließ sie die Boutique und wartete vor der Fußgängerampel. Ohne zu wissen warum, spürte sie plötzlich einen Blick in ihrem Nacken. Sofort drehte sie sich um. Da war niemand, dennoch wurde sie das Gefühl nicht los, beobachtet zu werden. Machte Berger seine Drohung wahr? Kopfschüttelnd überquerte sie die Straße. Sicherlich bildete sie sich das nur ein.

Vor lauter Akten vergaß Amelie den Vorfall mit der Kripo. Schmidt hielt sie von ihrem Aufräumwahn nicht ab und sie war sich sicher, dass er froh darüber war, endlich Ordnung in seine Akten zu bekommen. Jeden Abend ging sie ausgepowert zurück in ihr Apartment. Aber sie fühlte sich nicht wohl, es plagte sie eine innere Unruhe. Immer öfter überwältigte sie der Drang, die wenigen Möbel umzustellen. Es war ihr unmöglich geworden, wie früher ein gutes Buch zu lesen, Musik zu hören oder einfach nur zu entspannen. An manchen Abenden starrte sie bis spät in die Nacht aus dem Fenster. Immer das gleiche Bild! Eine dunkel gekleidete Gestalt angelehnt an einer Laterne. Noch hatte sie mit niemandem aus der Kanzlei darüber gesprochen. Die würden sie als hysterisch abstempeln, vielleicht war sie es auch. Eben war die Gestalt wieder unter der Laterne zu sehen. Ihre Nerven waren aufs Äußerste angespannt, es reichte ihr endgültig! Mit Schwung zog sie den schweren Vorhang vor das Fenster, schnappte ihren Schlüssel und rannte auf die Straße. Zu spät! Sie war nicht schnell genug gewesen. Dieser Mensch hatte sie kommen sehen und war blitzschnell hinter der nächsten Ecke verschwunden. Sie fluchte und schwor sich, den Typen zu finden. Sie überlegte, ob sie Max' Rat, die Polizei einzuschalten, annehmen sollte. Schnell verwarf sie den Gedanken. Wer glaubte schon einer Vorbestraften? Berger, der arrogante Schnösel, würde sie doch nur auslachen. Amelie wurde klar, dass sie mit jemandem darüber reden musste, wenn sie nicht völlig durchdrehen wollte. Sie nahm sich fest vor, mit Harry zu reden. Sie war sich sicher, dass er sich ihr gegenüber loyal verhalten würde.

Harry nahm ihre Einladung an und sie verabredeten sich in einem Lokal an der Ecke der Kanzlei. Sie hatten sich bereits den kleinen Tisch am Fenster ausgesucht und gingen zielstrebig darauf zu. Der Kellner brachte das Bestellte. Harry sah sie fragend an. „Was ist, Amelie? Irgendetwas bedrückt dich."

„Ich werde seit längerer Zeit beobachtet und als ich von der Kripo kam, hatte ich das Gefühl, verfolgt zu werden. Letzte Nacht habe ich die Gestalt verscheucht. Leider wurde ich gesehen, als ich auf den, mit der Kapuze zu gerannt bin."

Harry kratzte sich an seinem Bart. Sein Blick war nachdenklich auf sie gerichtet.

„Was hältst du davon, wenn ich dich die nächsten Tage mit meinem Fahrrad bei deinem morgendlichen Joggen begleite?"

„Das würdest du tun?"

„Gerne doch."

Pünktlich um 6 Uhr sah sie, wie Harry mit seinem Fahrrad auf der anderen Straßenseite wartete. Sie war erleichtert und nickte ihm zu. Ihre Mütze zog sie in die Stirn, den Reißverschluss ihrer Jacke zog sie bis unters Kinn. Sie joggte um den kleinen See und bog in die Nebenstraße ein, die zum Feldweg führte. Kaum hatte sie den Weg erreicht, hörte sie dumpfe Schritte, die ihr folgten. Wie gewohnt lief sie ihre Runde und bog anschließend wieder auf die Hauptstraße ein, Richtung Kanzlei. Harry überholte sie und bog vor ihr um die Ecke. Währenddessen entfernten sich die Schritte, dann kamen sie wieder näher. Es schien ihr noch immer jemand zu folgen. Harry wartete bereits mit seinem Fahrrad an der Ecke, kurz vor der Kanzlei. Er musste den Jogger ebenfalls gesehen haben. Amelie zog ihren Schritt an und rannte die letzten Meter an Harry vorbei. Sie hoffte, dass der Plan aufging. Der Jogger folgte ihr mit einem großen Abstand. Amelie verschwand hinter der Ecke. Harry wartete und drückte auf den Auslöser, als der Verfolger an ihm vorbeihuschen wollte. Schwer atmend blieb Amelie vor der Kanzel stehen und wartete auf Harry. Sie fühlte sich erleichtert, dass sie sich die Beobachtung nicht nur eingebildet hatte. Harry riet ihr, Schmidt zu informieren. Sicherlich würde er eine Idee haben, wie sie den Verfolger legal dingfest machen konnten.

Beim morgendlichen Rundtischgespräch erzählte Harry die Beobachtung des heutigen Morgens. Er reichte Schmidt das Handy mit dem Foto, auf dem allerdings kaum etwas zu erkennen war. Nur die schwarze Kleidung eines Menschen von kleiner Statur, dessen Kapuze tief ins Gesicht gezogen war, war zu erkennen.

„Wer könnte mich verfolgen und warum? Glauben die noch immer, dass ich den Ring habe?" Ihre Stimme überschlug sich. Jetzt nur nicht ausrasten, dachte Amelie.

„Ich werde mit Berger sprechen. Mal hören, was der davon hält", war Schmidts Kommentar dazu.

„Nein, das möchte ich nicht! Der glaubt mir sowieso nicht."

„Mal ganz ruhig, Amelie. Das Foto werde ich durch ein spezielles Gesichtserkennungsprogramm laufen lassen."

„Daniel, mach ihr keine Hoffnungen. Du weißt sehr wohl, dass anhand des unscharfen Fotos kaum eine Chance besteht, jemand zu erkennen", hörte sie Harry erwidern.

„Danke, dass ihr mir glaubt und mich nicht als eine durchgeknallte Spinnerin hinstellt. Es ist schon schlimm genug, Nacht für Nacht darüber grübeln zu müssen, wer mir noch immer etwas anhaben will. Nie, nie wieder will ich in den Knast."

„Warum solltest du?" Daniel sah sie mit seinen stahlblauen Augen ernst an.

„Ja, Daniel hat recht. Wieso sollten Sie ins Gefängnis? Machen Sie sich frei von den Gedanken. Und wenn wir schon dabei sind, muss ich noch was loswerden: Sie haben in der kurzen Zeit, die Sie bei uns sind, sehr gute Arbeit geleistet. Durch Sie haben wir es geschafft, mit weniger Zeitaufwand mehr für unsere Mandanten zu erreichen."

Amelie und die Kollegen starrten Schmidt an. So kannten sie ihn nicht.

„Es wird Zeit, Ihre Akte aufzuarbeiten. Vielleicht können Sie mir Fragen beantworten, die ein Wiederaufnahmeverfahren rechtfertigen könnten?"

„Dann gehen wir jetzt mal", hörte sie Harry sagen. Ihre Kollegen erhoben sich und sie wartete, bis sie Schmidts Büro verlassen hatten.

„Vielleicht schaffen Sie es ja, mehr aus meinem Gehirn zu quetschen als ich."

„Hier steht, Sie hatten ständig Streit mit Frau Roth."

„Nein, das stimmt so nicht."

„Wer, glauben Sie, hat diese Frau den Abhang runtergestoßen? Sie hatten doch das Blut von Frau Roth unter den Nägeln!"

Das war ein Schlag mitten ins Gesicht. Mit Gewalt musste sie die aufkommenden Tränen hinunterschlucken. Denn bisher hatte sie es nicht geschafft, die tief hängende Wolke vor ihrem Gedächtnis zum Platzen zu bringen. Verzweifelt sah sie auf ihre Akte, die Schmidt in der Hand hielt. „Herr Schmidt, ich kann mich lediglich an die Fahrt nach Eberbach erinnern. Und daran, dass die Haushaltshilfe von Eva Roth anwesend war und sich irgendwann verabschiedet hat. Die letzte Erinnerung an diesen Abend ist der Drink, den Eva und ich zu uns genommen haben. Was danach folgte, weiß ich nicht. Es bleibt ein dunkler Fleck in meinem Gehirn."

„Warum fahren Sie nicht noch einmal zu der Almhütte? Vielleicht fällt Ihnen dort etwas ein, was Ihnen bisher nicht so wichtig erschien. Harry begleitet Sie gerne dorthin, ich habe schon mit ihm gesprochen."

„Ist das Ihr Ernst? Stellen Sie mich für Stunden frei?"

„Ja, wenn Sie mir zusichern, weiterhin so gut für mich zu arbeiten wie bisher. Außerdem will ich Sie nicht ausbeuten, es haben sich schon viel zu viele Überstunden angehäuft."

„Danke Chef, das ist sehr freundlich. Aber den Kollegen Harry möchte ich erst einmal nicht mit ins Boot ziehen. Bitte verstehen Sie, dass ich dies alleine bewältigen muss. Ich möchte unabhängig sein; es wird sowieso Zeit, dass ich mir wieder eine gebrauchte Maschine kaufe."

„Ah, stimmt ja, Motorrad war Ihre Leidenschaft. Brauchen Sie einen Gehaltsvorschuss?"

„Danke, Chef, nicht nötig, ich habe noch eine kleine Reserve von meinem Ersparten."

***

Völlig losgelöst, wie in den ganzen letzten Jahren nicht mehr, durchforstete sie Kleinanzeigen nach einer passenden Maschine. Wie ein kleines Mädchen freute sie sich, als sie eine sechszehn Jahre alte Suzuki DR 350 für wenig Geld ersteigerte. Deutlich spürte sie ihren holprigen Herzschlag, als sie den Schlüssel, den Fahrzeugschein und den Brief entgegennahm. Wie oft hatte sie im Innenhof der Gefängnismauern davon geträumt, wieder auf einem Motorrad zu sitzen? Ihre BMW hatte sie verkaufen müssen. Sie brauchte das Geld für ihre Verteidigung. Zumindest einen Teil davon.

Mit einem Haargummi band sie ihre Haare zusammen, setzte den Helm auf und zog die Handschuhe an. Wie in einem Rausch stieg sie auf die Maschine und ließ den Motor an. Bis zur letzten Nervenfaser fühlte sie den Herzschlag des Motors unter ihren Fußsohlen und an den Innenflächen ihrer Hände.

Das war das Gefühl von Freiheit!

Ihrer Freiheit!

Die herbstliche Kühle störte sie nicht. Wedelnd in optimaler Schräglage fuhr sie Kurve um Kurve, zurück in die Kanzlei.

Auf den Spuren nach Erinnerungen

An diesem warmen Oktobertag entschied sie sich kurzfristig, zur Almhütte nach Eberbach zu fahren. Sie wischte über das Visier ihres Helmes und stopfte sich ein Stück Lakritze in den Mund. Auf Nebenstraßen fuhr sie fast zwei Stunden, bis sie den Wanderparkplatz, den letzten vor der Almhütte, erreichte. In der Nähe der Häuserblocks stellte sie ihre Maschine ab und schloss ihren Helm an der Wegfahrsperre an. Nicht ein Auto stand auf dem Parkplatz. Sie sah sich um und drehte sich dabei langsam um ihre eigene Achse. Ob die Bewohner befragt worden waren? Amelie schulterte ihren Rucksack und wanderte das letzte, sehr steile und schmale Waldstück zur Hütte hinauf. An den damaligen Aufstieg erinnerte sie sich sehr gut. Die Haushälterin schleppte Evas schwere Tasche den steilen Waldweg nach oben. Sie selbst hatte für dieses Wochenende nur ihren kleinen Rucksack und die Wanderstiefel mitgenommen. Die Lebensmittel für das Wochenende transportierten sie in einem Bollerwagen, der ständig umzukippen drohte. Eva hatte ihre Handtasche über der Schulter hängen. Den Riemen der Tasche hielt sie mit der Ring Hand fest. Bis heute verstand sie nicht, warum Eva an einem Wanderwochenende so teuren Klunker zur Schau tragen musste. Sie selbst wollte überhaupt nicht auf diese Hütte. Nur Bernd zuliebe hatte sie die Einladung angenommen. Und das auch nur, weil die Hochzeit eine Woche später stattfinden sollte und ihr Verlobter hoffte, dass sie und ihre künftige Schwiegermutter das Kriegsbeil hier oben begraben würden.

Amelie hielt an und sah sich auf dem schmalen Waldweg um. Sie überlegte, wie die Haushaltshilfe in der Dunkelheit den schmalen steilen Weg zurückgefunden haben könnte. Laut Gerichtsakte stand der Wagen von Eva so, wie sie ihn abgestellt hatte, und wurde nicht bewegt, das stand fest.

Aber wie war diese Frau in die Stadt gekommen? Gab es einen Fahrer, den sie und die Kripo nicht kannten? Offensichtlich hatte sich die Kripo mit diesen Fragen nicht beschäftigt. *Für die Staatsanwaltschaft stand fest, dass sie allein mit Frau Roth dort oben gewesen war.*

Selbst ihr damaliger Verlobter konnte ihre Aussage, dass die Haushaltshilfe mit auf der Hütte war, nicht bestätigen. *Deshalb habe die Polizei auch nicht weiter geforscht. Es war zu eindeutig! Aber wann um Himmels willen hatte diese Frau die Hütte tatsächlich verlassen?* Ihr Kopf rauchte von der vielen Grübelei. Amelie legte ihre Stirn in Falten, als sie die kleine Almhütte erreicht hatte. Spontan stellte sie sich in die Mitte des Plateaus, schloss ihre Augen, hielt sich die Ohren zu und versuchte, sich zurechtzufinden ... sich zu erinnern! Wie damals, als sie auf dem Plateau im Nebel hier aufgewacht war. Etwas über fünf Jahre war es her. Hier konnte sie nichts Brauchbares mehr finden. Was hatte sie sich nur dabei gedacht, hierher zurückzukehren? Es wühlte sie auf, alles kam wieder hoch. Sie riss sich zusammen und schritt, den Blick am Boden haltend, den Weg rund um die Hütte ab. Selbst der Holzstapel hinter der Hütte zog für einen kurzen Augenblick ihre Aufmerksamkeit auf sich. Sosehr sie sich auch anstrengte, auch hier gelang es ihr nicht, diese verfluchte tiefschwarze Wolke, die ihr Gedächtnis zu umhüllen schien, zu durchbrechen.

Sie zögerte, blieb stehen, holte tief Luft. Sie überwand sich und bewegte sie auf den verhängnisvollen Abhang zu. Sie blickte hinunter und blitzartig brach die Hölle in ihr aus. Ihre Hände ballten sich zu Fäusten und ihre Fingernägel gruben sich in ihre Handflächen. Sie musste den Schmerz spüren.

Sie schrie: „Warum? Und wieso ich?"

Dieser Abhang und der Tod einer Frau hatten ihr die besten Jahre ihres Lebens und ihre Zukunft zerstört. Es war nicht klar, wie lange sie noch mit dieser Ungewissheit leben konnte. Aber wie sollte sie in Herrgotts Namen ihre Unschuld beweisen? Sie hatte das Gefühl, innerlich zu platzen, sie war enttäuscht und wütend zugleich. Amelie setzte sich auf die Holzbank, die unmittelbar vor der Hütte stand, und schloss die Augen. Sie zwang ihr Gedächtnis, noch einmal die Bilder hervorzurufen, an die sie sich erinnern konnte.

Da war die untergehende Sonne – Eva und sie auf der Terrasse – sie prosteten sich zu – dann war da ein Schatten an der Hüttenwand zur Terrasse – hinter Eva. Ja, genau, so war es gewesen! Mein Gott, wie hatte sie das nur vergessen können! Fast wäre sie nach hinten weggekippt, so hastig war sie von der Bank aufgesprungen. Sie schnappte sich ihren Helm und rannte den schmalen, steilen Waldweg hinunter. Äste, die ihr während des Abstiegs ins Gesicht peitschten, ignorierte sie. Viel zu sehr war sie in ihren Fragen und Gedanken gefangen, die wie in einer Endlosschleife unaufhörlich in ihr bohrten. *Habe ich den Schatten bei der Polizei erwähnt? Haben die es als Spinnerei abgetan? Warum wurde Neumann im Protokoll nur mit einem Satz erwähnt? War noch eine weitere Person hier auf dem Plateau? Wenn ja, wer? Und warum, um alles in der Welt, soll ich aus dem Weg geräumt werden? Das ergibt alles keinen Sinn! Oder war es purer Zufall, dass ich zur falschen Zeit am falschen Ort war?*

Endlich – sie war wieder am Parkplatz angekommen. Amelie schwitzte, trotz der frischen Herbstluft. Eilig stülpte sie den Helm über den Kopf, stieg auf ihre DR 350 und drehte am Gashahn. Sie fuhr auf schmalen, kaum befahrbaren Wegen die kurvenreiche Strecke zurück nach Plochingen. Sie sah Licht, stieg von der Maschine und stürmte in die Kanzlei. Sie klopfe kräftig an die Tür, wartete nicht, sondern ging geradewegs auf Schmidt zu.

„Mir ist etwas eingefallen. Ich … ich habe damals hinter Eva einen Schatten gesehen. Warum ich das vergessen habe, weiß ich nicht."

Schmidt sah sie fragend an. Ihr wurde klar, wie abstrakt die Erklärung in seinen Augen klingen musste.

„War das nach dem Glas Bowle, das Sie getrunken hatten, oder davor?"

„Das muss gewesen sein, während wir getrunken haben."

„Und dann? Lassen Sie sich doch nicht jedes Wort aus der Nase ziehen." Er schien ungeduldig zu werden.

„Ich weiß es nicht, keine Ahnung – ich, ich bin draußen auf dem Plateau vor der Hütte zu mir gekommen und muss mich dann in die Hütte geschleppt haben.

„Haben Sie sich den Schatten vielleicht nur eingebildet? Manchmal passiert einem das schon, wenn man unbedingt eine Erinnerung braucht!"

„Nein, habe ich nicht!"

„Warum steht davon nichts in der Prozessakte? Haben Sie es vergessen zu erwähnen?"

„Ich, ich habe keine Ahnung. Können Sie sich nicht vorstellen, wie es in mir aussah, als die mich festgenommen haben?" Plötzlich kam alles wieder hoch – es war gegenwärtig – die Verhaftung – die Staatsanwaltschaft – das Urteil. Sie konnte diese Bilder nicht mehr ertragen. Am liebsten würde sie losschreien, mit den Fäusten auf Schmidt eintrommeln, damit die aufsteigende Hilflosigkeit endlich ein Ende nahm. Doch nichts dergleichen tat sie. Sie starrte ihn nur an.

„Sie wissen, dass diese Erinnerung, falls es wirklich eine ist, nicht für ein neues Verfahren reicht! Können Sie sagen, ob es eine Frau oder ein Mann war? Vielleicht Ihr Verlobter?"

Amelie biss sich auf die Lippen, sie wollte seine spitzfindige Bemerkung ignorieren.

„Aber eventuell lassen sich durch diese kleine, winzige Erinnerung, weitere Details finden. Vielleicht war es meine damalige Freundin Melitta? Der hatte ich gesagt, dass wir an diesem besagten Wochenende auf die Alm fahren."

„Haben Sie diese Freundin schon danach befragt?"

„Nein, habe ich nicht! Sie hat mich nie im Gefängnis besucht. Ich werde sie aufsuchen und sie direkt darauf ansprechen."

Schmidt nickte zustimmend und gab ihr zu verstehen, dass Daniel bereits nach dieser Zeugin, Evas Haushaltshilfe, suchte. Amelie hörte ihm nicht mehr zu, vielmehr war sie mit der Frage beschäftigt, ob an jenem besagten Wochenende noch ein weiterer Wagen dort stand.

„Herr Schmidt, steht in der Akte vielleicht, ob ein weiterer Wagen dort oben am Waldparkplatz an diesem Abend abgestellt worden ist?" Er blätterte in ihrer Akte.

„Nein, hier steht nichts von einem zweiten Wagen. Auch die Befragung der unmittelbaren Nachbarn ergaben keine Hinweise auf ein weiteres Fahrzeug."

„Ja, ich erinnere mich daran, dass wir in einem Auto, und zwar mit dem von Frau Roth, zur Hütte gefahren sind. Die Fahrerin war ich! Die weiteren Insassen waren Frau Roth und die Haushaltshilfe. Ich weiß es deshalb so genau, weil ich nur auf Bitten meines Verlobten den Wagen gefahren habe. Ich selbst wollte mit meiner damaligen 850 BMW zur Hütte, um unabhängig zu sein. Das ärgert mich heute noch, dass ich mich damals nicht durchgesetzt habe."

„Laut Akte hatte der Sohn, Bernd Roth, die Polizei am darauffolgenden Montag informiert und eine Vermisstenanzeige aufgegeben. Offensichtlich konnte er keine von Ihnen per Handy erreichen. Gefunden wurden Sie und die Leiche von Frau Roth, durch die Polizei aus Eberbach."

„Hm, erst am darauffolgenden Montag wurde ich verhaftet. Also fehlen mir fast sechsunddreißig Stunden", beantwortete sie sich selbst die Frage. Aufmerksam sah sie, wie Schmidt mit seinen knochigen Händen Blatt für Blatt wendete.

„Als Sie dort oben gefunden wurden, stand der Wagen unberührt auf dem Parkplatz und war nicht bewegt worden."

„Wie aber war die Haushaltshilfe weggekommen? Wer hat sie mitgenommen oder abgeholt?"

„Das frage ich mich allerdings auch", hörte sie Schmidt sagen. „Diese Frau existiert überhaupt nicht, die ist bis heute nicht gefunden worden, genauso wenig wie der altertümliche Ring."

„Trotzdem … ich kann es nicht glauben, dass diese Rieke es getan haben soll, nur um an den Ring zu kommen", erwiderte Amelie. „Und … was war in den sechsunddreißig Stunden passiert? Ich kann mich nur noch daran erinnern, wie ich und Eva das wunderschöne Tal unter uns bestaunten. Das war, bevor wir an den Drinks genippt haben. Danach sind alle meine Gehirnstränge gekappt worden." Sie musste sich setzen, es wühlte sie zu sehr auf.

„Amelie, ist Ihnen nicht gut? Sie sind so blass im Gesicht."

„Mir wurde eben klar, vor welcher ungeheuerlichen Aufgabe ich stehe, will ich meine Unschuld beweisen."

„Sie haben recht! Und was, wenn Sie Eva doch im Streit den Abhang runtergestoßen haben und es kein Unfall war? Haben Sie daran mal gedacht? Passieren kann Ihnen nichts mehr, die Strafe haben Sie abgesessen."

Amelie sog tief die Luft in sich hinein und stieß diese kräftig aus ihrer Lunge. „Nein, ich war es nicht!"

„Schrauben Sie die Hoffnung, noch brauchbare Beweise zu finden, nicht zu hoch."

Für Schmidt galt dieses Gespräch als beendet. Er legte ihre Akte auf einen anderen Stapel.

„Ich werde weitersuchen und nicht aufgeben, bis ich Antworten habe." Sie erhob sich vom Stuhl und drehte sich von seinem Schreibtisch weg. Mit geradem Rücken verließ sie sein Büro.

„Amelie, wie weit sind Sie mit der Akte Bertram? Es ist wichtig, das wissen Sie", hörte sie ihn hinterherrufen.

Sie wollte ihm etwas erwidern, doch sie spürte, wie sich ihre Hand in ihrer Hosentasche zu einer Faust ballte. Einerseits wusste sie, dass sie sich bei dem Fall Bertram anstrengen musste. Auch dieser Mann war im Begriff, einem Justizirrtum zu unterliegen. Aber durfte sie deswegen ihre eigene Angelegenheit aus dem Auge verlieren? Nach ihrem Empfinden kam sie in eigener Sache viel zu langsam voran. Lustlos steckte sie sich ein Stück Lakritze in den Mund. Nur dieses Zeug konnte die Spannung aus ihrem Körper nehmen.

***

Der Gedanke, dass eine weitere Person auch in der Almhütte gewesen sein könnte und dass dies in keinem Protokoll erwähnt wurde, brachte ihr Inneres zum Brodeln. Sie musste in Erfahrung bringen, wer es war. Sie konnte sich nicht vorstellen, dass sie sich diese Erinnerung eingebildet hatte. Nur Melitta, ihrer damaligen Freundin, hatte sie von dem Ausflug zur Almhütte erzählt. War Melitta der Schatten, den sie gesehen hatte? Wenn ja, warum? Es wurde Zeit, dass sie ihr die Frage direkt stellte. Offensichtlich musste sie Dreck am Stecken haben. Warum sonst hatte sie den Kontakt zu ihr abgebrochen? Oder schämte sie sich, dass sie ihren Ex-Verlobten geheiratet hatte? Sie musste Melitta zur Rede stellen, sie fragen, warum sie in dieser Nacht auf der Almhütte war. Eines war ihr bewusst: Sie musste sie allein, ohne Bernd, erwischen. Ihr war klar, dass sie nicht unvorbereitet in die Schlacht mit Melitta ziehen durfte. So richtig konnte sie sich nicht damit anfreunden, dass Melitta mit Evas Tod etwas zu tun haben könnte. Sie waren in der Anwaltskanzlei Hartung & Partner beschäftigt gewesen. Vor und während dieser Zeit waren sie unzertrennliche Freundinnen. Erst wollte sie mit Kerstin, ebenfalls eine Kollegin aus der Kanzlei, sprechen, bevor sie mit Melitta reden würde. Kerstin konnte ihr bestimmt einiges erzählen, was nach ihrer Verhaftung in der Kanzlei abgelaufen war. Entschlossen suchte sie sich die Telefonnummer von ihr aus dem Internet.

„Hallo Kerstin, hier ist Amelie."

„Hey, endlich höre ich mal etwas von dir. Geht es dir gut?"

„Ja, danke, mir geht es einigermaßen. Sag mal, hast du Lust auf einen Kaffee? Können wir uns in der Bahnhofskneipe treffen?"

„Klar, freue mich darauf. Um 14 Uhr, am Samstag?"

„Gerne."

Kerstin hatte aufgelegt. Sie mochte die kleine Person mit den dunkelbraunen Augen. Ihr konnte sie vertrauen.

Amelie stieg von ihrer Maschine. Kerstin stürmte direkt auf sie zu. Amelie spürte, dass ihre Freude echt war. Eine mollige Wärme kam ihnen entgegen, als sie die gemütliche Kneipe betraten. Direkt am Kamin waren noch zwei Plätze frei. Amelie setzte sich in den alten Schaukelstuhl. Sie bestellte für jeden einen Cappuccino und ein belegtes Sandwich. Der Wirt brachte das Gewünschte.

„Amelie, echt toll, dich zu sehen! Du bist schmaler geworden, steht dir gut", hörte sie Kerstin sagen.

„Danke, es geht so. Mir macht meine Gedächtnislücke zu schaffen. Ich glaube nicht, dass ich zu Recht verurteilt wurde."

„In keiner Sekunde habe ich daran geglaubt, dass du das getan haben sollst", beteuerte Kerstin.

Amelie wechselte das Thema, sie wollte nicht über sich selbst reden. Kerstin hatte verstanden und sie tauschten schöne Erinnerungen aus.

„Amelie, du hast etwas auf dem Herzen. Ich spüre es. Sag oder frag mich, was du wissen möchtest."

„Ja, du hast recht, mir liegen einige Fragen auf der Zunge. Arbeitet Melitta noch in der Firma?"

„Nein, wusstest du das nicht? Nachdem sie Mitinhaberin des Juwelierladens geworden war, hat sie gekündigt. Oft haben wir sie gefragt, ob sie wüsste, wie es dir geht. Nie gab sie uns eine Antwort darauf. Die übrigen Kollegen und ich fanden das schon komisch. Schließlich wart ihr einmal beste Freundinnen."

„Ja, seit der Kindergartenzeit. Besucht hat sie mich nie, nur ein einziges Mal hat sie mir einen Brief geschrieben, von einer Hochzeit aber nichts erwähnt. Schließlich sollte sie meine Trauzeugin sein."

„Amelie, ich wusste nicht, wo sie dich eingebuchtet haben."

„Ja, ist schon gut."

Die entspannte Atmosphäre war dahin und es wurde Zeit aufzubrechen. Kerstin drückte sie herzlich und versprach, sich bei ihr zu melden. Dann stieg sie in den Bus und Amelie sah ihr hinterher. Die Tatsache, dass Melitta Mitinhaberin des Juwelierladens geworden war, haute sie buchstäblich aus den Socken. Der Gedanke, dass sie doch etwas mit ihrer Verhaftung zu tun gehabt haben könnte, setzte sich wie ein Polyp in ihrem Kopf fest. Ab sofort wusste sie, was zu tun war. Jedes freie Wochenende fuhr sie auf ihrer Suzuki zur Villa. Im Schatten der Bäume beobachtete sie mit ihrem Fernglas die Villa Roth und deren Menschen, die dort ein und aus gingen. Akribisch malte sie aus dem Gedächtnis heraus die Personen und deren Gesichter. Auf einem Notizblock notierte sie die Tage und die Zeiten, wann jemand dort ein oder ausging, vom Briefträger bis zum Schornsteinfeger. Warum sie es tat, wusste sie selbst nicht. Sie verließ sich auf ihr Bauchgefühl.

An diesem Wochenende läutete sie gemeinsam mit ihren Kollegen das Wochenende ein. Harry war enttäuscht, dass sie seine Einladung in der Stammkneipe ablehnte. Es tat ihr in der Seele weh und sie versprach ihm, sich den kommenden Freitag freizuhalten.
Wie unter einem unerklärlichen Zwang fuhr sie wieder zur Villa. Sie durfte nichts versäumen, musste wissen, was in der Villa vor sich ging. Wie in den letzten Tagen stellte sie ihre Maschine auf dem kleinen Hügel, nur einige Meter von der Villa entfernt, ab. Durch die alte Eiche, die auf dem Hügel stand, war sie geschützt. Leider brach an diesem Tag die Dunkelheit viel zu schnell herein. Der Himmel hatte sich zugezogen und dunkle Wolken überschatteten die Villa. Trotzdem griff sie zum Fernglas. Nur einmal hindurchschauen, dachte sie und hob das Glas vor ihre Augen. Sie stutzte, nahm das Glas weg, hob es wieder an und sah noch einmal hindurch. Das war

dieser Mensch, der ihr bis nach Plochingen gefolgt war! Was machte er vor der Villa? Ihr Ex-Verlobter öffnete die Tür. Wie alte Freunde begrüßten sie sich mit einem Handschlag. Die Tür schloss sich hinter ihnen. Das war ein Schlag mitten ins Gesicht! Nun war ihr einiges klar. Ihr Ex hatte diesen Mann auf sie angesetzt. „Warum?", murmelte sie.

Es knackte in den Ästen. Blitzschnell ging sie einige Schritte rückwärts, auf ihre Maschine zu. Ein kurzer spitzer Schrei folgte und sie drehte sich um die eigene Achse. Zu spät! Wie aus dem Nichts erschien eine Gestalt, die im Lichtkegel der Taschenlampe um sie herumschlich. Ein greller Strahl funkelte mitten in ihrem Gesicht. Sie stand starr vor Schreck und kniff reflexartig ihre Augenlider zusammen. Für den Bruchteil einer Sekunde sah sie eine schwarze Hose und eine dunkle weite Jacke mit Kapuze. Irgendetwas Strumpfartiges verzerrte das Gesicht.

„Was zum Teufel …"

Die Gestalt holte aus und sie sah einen kleinen Hammer auf sie zukommen. Voller Wut und Entsetzen schrie sie auf und schaffte es gerade noch, ihren anvisierten Unterarm wegzuziehen. Es zischte neben ihrem Ohr und im selben Augenblick spürte sie einen dumpfen Schmerz am Handgelenk. Das Fernglas fiel zu Boden. Ein weiteres Mal schrie sie auf. Der Druck auf ihrer Hand raubte ihre Sinne. Ein unmenschlicher Schmerz umhüllte sie. Schwarze Punkte kreisten vor ihren Augen. Sie fluchte, hier im Schatten der Bäume zu stehen. Niemand konnte sie sehen oder hören. Der Schweiß tropfte von ihrer Stirn. Sie musste weg, weg aus seinem Sichtfeld!

Mit einer schnellen, unkontrollierten Bewegung schob sie sich von der Gestalt weg. Für einen Augenblick vergaß sie den Schmerz und schrie: „Du feiges Schwein!"

Tränen verschleierten ihren Blick, dann sah sie, wie die Gestalt erneut ausholte. Instinktiv ließ sie sich fallen und rollte den Abhang hinunter. Sie rollte knapp an der Gestalt vorbei und wunderte sich über die kleinen Springerstiefel, die diese Person trug. Schwer atmend blieb sie am Fuße des Hügels liegen. Erneute Schritte – dann die verzerrte Stimme.

„Hier wird nicht geschnüffelt! Das nächste Mal breche ich dir alle Knochen mit diesem Hammer!" Die Gestalt hob drohend das Ding in die Luft und fuchtelte vor ihrem Gesicht herum. Schmerz und Zorn wechselten sich ab und sie griff mit der rechten Hand nach dem Hammer, wollte ihn entreißen. Sie war zu langsam. Der Schmerz blockierte ihr Reaktionsvermögen. Gerade wollte sie sich aufrichten, doch ein Stiefel, der mit aller Wucht in ihren Magen trat, hinderte sie daran. Sie schnappte nach Luft. Das vermummte Etwas verschwand so leise, wie es gekommen war. Wie vom Donner gerührt blieb sie regungslos, musste erst verarbeiten, was gerade passiert war. Erst das heftige Pochen in ihrem Handgelenk ließ sie agieren. Unter großer Kraftanstrengung stellte sie sich wieder auf die Beine.

„Ich werde dich finden und dir zurückzahlen, was du mir gerade angetan hast", schimpfte sie laut. Oder hatte sie geschrien? Sie wusste es nicht. Sie kroch den Hügel hoch auf ihre Enduro zu, die unverändert am Baum lehnte. Mit ihrem linken Bein stieg sie auf die Maschine und steckte den Zündschlüssel mit der rechten Hand ins Schloss. Die Maschine sprang sofort an. Für einen Augenblick beruhigte sie das unruhige Tuckern des Motors. Als sie jedoch an der Kupplung zog, drehte sich ihr Magen um die eigene Achse. Mit Wucht übermannte sie der Schmerz im Handgelenk. Jeglicher Versuch, sich mit der Maschine fortzubewegen, scheiterte. Erschöpft und wütend ließ sie sich in das feuchte Gras unter den Baum fallen. Wurde sie noch immer beobachtet? Wie eine Anfängerin hatte sie sich verhalten, sie hätte es früher bemerken müssen. Sie musste weg von hier, bevor es sich der Typ anders überlegte. Schweißperlen tropften von ihrer Stirn, ihre Hand zitterte, als sie ihr Handy aus der engen Jeanstasche zog. Über die Kurzwahltaste wählte sie Daniels Nummer. Mit wenigen Sätzen erklärte sie ihm, was passiert war. Er versprach, sofort loszufahren.

Der Nieselregen und der kalte Wind krochen erbarmungslos durch ihre Kleidung. Ihre Hand nahm erschreckende Ausmaße an. Automatisch stützte sie mit der rechten die linke Hand ab. Schritte näherten sich, sie glaubte Daniel zu hören, wie er ihren Namen rief. Ihre Muskeln schmerzten von der Kälte bei dem Versuch aufzustehen. Laut rief sie mehrmals seinen Namen. Sie hörte, wie die Schritte näher kamen. Es waren Daniels Schritte. Nur er konnte so schlendern. Sie war heilfroh, als sie sein Gesicht vor sich sah.

„Was machst du bloß für Sachen? Hier, nimm die Decke."

Es war ihr peinlich, daher nickte sie ihm zu, als er ihr die Wolldecke über die Schultern warf. Vorsichtig betrachtete er ihre Hand.

„Sieht nicht gut aus. Du musst zur Notaufnahme und ich fahre dich jetzt dahin."

„Nein, das will ich nicht! Bring mich einfach nur nach Hause." Daniel schüttelte den Kopf und schob sie sanft auf den Beifahrersitz, schnallte sie an und fuhr los, direkt ins Krankenhaus auf die Unfallstation.

„Sie hatten Glück im Unglück. Das Röntgenbild zeigt starke Blutergüsse und Prellungen. Der Tritt in Ihren Oberbauch weist ebenfalls starke Hämatome auf. Sie brauchen einige Tage Ruhe. Gehen Sie zur Polizei und erstatten Sie Anzeige gegen unbekannt. Wir müssen diesen ‚Unfall', wie Sie es nennen, melden. Sie müssen mit einem Goldschmiedehammer traktiert worden sein." Er gab ihr eine

Beruhigungsspritze, nachdem Daniel ihm zusicherte, dass er sie nach Hause fahren würde.

Während sie dem Unfallarzt zugehört hatte, bekam sie Schnappatmung. Wie sollte sie der Polizei erklären, warum sie mit einem Fernglas auf einem Hügel in der Nähe der Villa stand? Daniel fuhr sie zurück in ihr Appartement. Sie fühlte sich müde und kraftlos. Sie legte sich auf ihre Couch, Ihr Kollege deckte sie zu. Mit einem Lächeln verabschiedete er sich. Sie konnte ihre Augenlider nicht mehr offen halten.

Der Wecker klingelte um 6 Uhr in der Frühe. Das erste Mal hatte sie das Gefühl, ausgeschlafen zu sein, trotz des schmerzenden Armes.

Nie hätte sie es für möglich gehalten, dass man sich mit einer Hand selbst so schlecht bedienen konnte. Es dauerte eine Ewigkeit, bis der Kaffee fertig war. Das war nicht ihr Ding, so hilflos zu sein. Schweißperlen traten ihr auf die Stirn, als sie umständlich ihre Jeans anzog. Völlig genervt trank sie ihren Kaffee. Sie fluchte und wünschte mit jedem Handgriff, den sie tat, dem Typen die Pest an den Hals. Sie schwor sich, den Kerl zu finden. Nun war sie sich sicher, dass es mit dem Ring zu tun haben musste.

Amelie nahm die Schlinge, die ihr das Krankenhaus mitgegeben hatte, und legte ihre Hand hinein. *Wie soll ich Schmidt meine Aktion erklären? Muss ich das überhaupt? Schließlich tue ich es in meiner Freizeit,* schoss es ihr durch den Kopf. Leise schloss sie ihre Wohnungstür auf und lief die Treppe hinunter in die Kanzlei. Sie wollte möglichst unauffällig ihren Arbeitsplatz erreichen.

„Guten Morgen, Amelie", hörte sie Schmidt bereits rufen.

„Was war gestern mit Ihnen passiert? Kommen Sie in mein Büro, wir müssen reden. Ihre Kollegen sind auch gleich da."

„Guten Morgen, und was haben die Kollegen mit meiner Freizeit zu tun?" Sie musste darauf reagieren, schließlich war es noch immer ihre Freizeit.

„Nicht aufregen, Amelie. Wir müssen darüber reden, wie wir weiter vorgehen wollen. Offensichtlich mag Sie irgendwer nicht leiden."

„In Ordnung", mehr wusste sie nicht zu sagen. Trotzdem wollte der Kloß, der sich gerade in ihrer Kehle festgesetzt hatte, nicht weichen. Sie tat beschäftigt, holte den frisch gebrühten Kaffee, stellte die Tassen, Zucker und Milch auf den Tisch. Allmählich kamen sie alle in den Konferenzraum und nahmen an dem runden Tisch Platz. Und sie, sie fühlte sich ertappt, schuldig. Das machte sie wütend. Sie sah erst auf Schmidt und dann auf ihre Kollegen und ergriff das Wort. In weniger als fünf Minuten erzählte sie die letzten Minuten des gestrigen Abends. Auch, dass sie den Mann wiedererkannt habe, den sie im Auto und im Zug gesehen hatte. Es war aber nicht derselbe, den Harry nach dem Joggen fotografiert hatte. Sie atmete tief durch, als sie mit ihrem Bericht fertig war. Wenigstens hatte sie keiner unterbrochen. Die Stille, die im Raum herrschte, machte sie nervös. Hastig nahm sie ihre Tasse in die Hand und trank einige Schlucke des heißen Kaffees.

„Chef, wir müssen Amelie unterstützen, es scheint sich etwas anzubahnen. Irgendjemand mag sie ganz und gar nicht. Erst wird sie verfolgt, dann erkennt sie den Typen, der ihr nachgelaufen ist, und anschließend wird sie niedergeschlagen. Und dann auch noch mit einem Goldschmiedehammer. Das stinkt zum Himmel! Vielleicht ist der Typ Goldschmied, das würde zu dem fehlenden Ring passen."

„Daniel hat recht, wie müssen unserer Kollegin helfen. Das ist vielleicht eine Spur. Wie wir wissen, ist der Ring noch nicht aufgetaucht", hörte sie Harry erwidern.

„Danke Jungs, danke für eure Hilfe." Sie war über so viel kollegialen Zusammenhalt überwältigt.

„Was wollen Sie jetzt tun?", hörte sie Schmidt fragen.

„Auf jeden Fall werde ich den Beobachtungsposten wieder einnehmen. Nicht ohne Grund hat man mich am Hügel bedroht. Irgendwer wollte verhindern, dass ich weiter versuche, die Wahrheit herauszufinden."

„Das sehen wir genauso", mischte sich Harry ein. Daniel nickte so heftig, dass ihm fast sein grelles Brillengestell von der Nase rutschte. Gerade noch konnte er seine Brille festhalten.

„Also gut", hörte sie Schmidt sagen. „Wenn Harry und Daniel es wollen, können diese sie gerne unterstützen. Es ist deren Freizeit. Aber ich wünsche keine Alleingänge mehr!"

Ihr fiel ein Stein vom Herzen. Sie kämpfte nicht allein! Gemeinsam mit ihren Kollegen beratschlagten sie, wer wann an welchen Tagen Amelie zur Villa fahren würde. Allerdings hoffte sie, dass sie bald selbst wieder auf ihrer Maschine sitzen konnte.

Wie abgemacht bezog sie jeden zweiten Abend und an den Wochenenden ihren Beobachtungsposten. An diesem Abend fuhr Harry sie. Bevor sie aus dem Büro gingen, drückte er ihr etwas in die Hände.

„Hier, nimm." Sie begutachtete den kleinen an den Enden mit Spitzen versehenen Stab, der als Kraftverstärker dienen sollte.

„Ähm, danke. Du weißt schon, dass ich im Schattenboxen sehr gut und körperlich in Topform bin? Außerdem trage ich seit jenem Tag ein Pfefferspray mit mir herum."

Sie schnappte nach Luft, als Harry ihr kameradschaftlich auf die Schulter klopfte und konterte:

„Was nützt dir das, wenn du feige von hinten angegriffen wirst? Schließlich bist du auch keine zwanzig mehr, trotz Schattenboxen. Du bist langsamer geworden. Oder willst du das bestreiten?"

Daniel lachte laut und sie konnte nicht anders, als mit einzustimmen. Sie war erleichtert, Verbündete zu haben. An diesem Wochenende stand sie wieder auf dem Hügel und beobachtete die Villa. Sie war sich nicht sicher, ob ihre einstige Freundin etwas mit dem Tod und dem Schatten auf der Hütte zu tun haben könnte. Es war zum Verrücktwerden, sie hatte keine Vorstellung, wo sie genau ansetzen sollte, außer an der Villa. Es war wie verhext, selbst diese Rieke Neumann war offenbar nie existent. Schmidt mutmaßte, dass ihr jemand eine böse Falle gestellt haben könnte. Daniel suchte im Internet auf Hinweise der verschwundenen Rieke. Harry befragte alte Freunde, Arbeitskollegen und Bekannte von ihr. Jeder kleinste Hinweis oder auch eine Andeutung wurde vermerkt. Es war wie auf der Suche nach einer Stecknadel im Heuhaufen. Sie selbst notierte sich jede neu aufgetauchte Ungereimtheit, die im Zusammenhang mit dem Tod stehen könnte.

Daniel kontaktierte Einwohnermeldeämter und nahm Kontakt zu den Eltern auf. Nichts – diese Rieke war wie vom Erdboden verschluckt. Daniel hatte von den Eltern ein Foto zur Verfügung gestellt bekommen. Sofort startete er unter einem Pseudonym einen Internetaufruf: „Wer kennt diese Frau?"

***

Amelie sah auf die Uhr. Es war noch keine sieben Uhr in der Frühe. Als sie aus dem Fenster sah, schüttelte sie sich. Der Morgen schien trüb und feucht zu werden. Sie schlürfte ins Badezimmer und spritzte sich lauwarmes Wasser ins Gesicht. Der Kaffee, den sie vorher aufgesetzt hatte, war zwischenzeitlich durchgelaufen. Mit der Tasse in der Hand und ab und an einen Schluck trinkend, zog sie sich ihren Joggingdress an. Zum Schluss nahm sie ihre Strickmütze von der Ablage, setzte sie auf und zog sie tief in die Stirn. Draußen vor der

Haustür zog sie den Reißverschluss ihrer Jacke bis ans Kinn. Die frische Morgenluft sog sie tief in sich hinein, bevor sie sich langsam in Bewegung setzte. Wie jeden Morgen joggte sie entlang des Landschaftsparks in der Nähe der Kanzlei. So früh begegnete sie so gut wie nie Menschen. Lediglich die Zeitungsausträger traf sie regelmäßig. Ab und zu wechselten sie einige Worte. Heute jedoch fühlte es sich anders an, sie glaubte, nicht allein unterwegs zu sein. Schwere Schritte folgten ihr auf dem kiesbedeckten Weg. Waren es wieder die Springerstiefel, die ihr vor einigen Wochen mit dem Hammer fast das Handgelenk zertrümmert hatten? Argwöhnisch blickte sie über ihre Schulter. Sie stolperte und machte einen Satz nach vorn. Das Blut schoss ihr in die Schläfen. Blitzschnell holte sie das Pfefferspray aus ihrer Tasche und schloss es in ihre Handfläche ein. Mit ihren Augen suchte sie den Boden nach etwas Verdächtigem ab. Völlig genervt schüttelte sie ihren Kopf, als sie sah, dass sie über eine Baumwurzel gestolpert war. Meine Güte, wieso war sie so ängstlich geworden? Automatisch wischte sie ihre feucht gewordenen Hände an der Jogginghose ab. Für heute musste es genug sein. Sie drehte sich um, um zurückzulaufen. In diesem Augenblick erhaschte sie den Blick eines im Kapuzenmantel gehüllten Gesichts. Die Augen waren durch die tief in die Stirn gezogene Kapuze verdeckt. Lief jemand hinter ihr her? Sollte sie auf ihn zugehen? Sie entschied sich dagegen, vielleicht war es nur ein harmloser Jogger. Schließlich konnte sie nicht jeden beschuldigen, sie zu verfolgen. Sie entschloss sich, die Abkürzung zurück zur Kanzlei zu nehmen. Sie rannte, als sei der Teufel persönlich hinter ihr her. Kurz vor der Kanzlei legte sie an Tempo zu. Fast an der Kanzlei angekommen, verlangsamte sie ihren Lauf und warf noch einen Blick über die Schulter. Also doch, dieser Mensch verschwand hinter dem nächsten Häuserblock.

Es gelang ihr, ihren Atem in ruhigeres Fahrwasser zu bringen. Geradewegs schlug sie den Weg zu ihren Kollegen ein. Sie hatte das dringende Bedürfnis mitzuteilen, was sie glaubte gesehen zu haben. Schnell nahm sie einen Schluck Wasser aus der Flasche. Ohne Umschweife rief sie den beiden Kollegen zu:

„Gerade wurde ich verfolgt! Es muss der Mensch aus dem Zug gewesen sein. Ich glaube, dass ich ihn erkannt habe."

„Bist du sicher? Meinst du nicht, dass du überreagierst?"

„Ich habe verstanden! Ihr glaubt, ich sei verrückt! Egal, diese Schritte im Zug werde ich nie vergessen und deshalb werde ich diesem Spuk ein Ende setzen. Auch wenn ich diesen Job hier aufgeben muss. Ich will und kann so nicht mehr so weiterleben und -arbeiten!" Sie erschrak selbst über ihren barschen Ton, mit dem sie ihre Kollegen angepfiffen hatte. Sie war wütend über sich selbst und auf alles, was ihr gerade über den Weg lief. Sie murmelte ein Tschüss und verschwand in ihr Appartement, duschte und ging zurück in die Kanzlei. Sie war allein.

***

Harry kam mit einem Bündel Akten, die von einem Gummi gehalten wurden, auf sie zu und stieß mit seinem Fuß die Tür hinter sich zu.

„Na, geht doch", rief sie ihm zu. Voreilig griff sie nach den Akten.

„Dank mir nicht, Amelie, es ist nicht deine Akte. Daniel versucht noch immer, die Adresse von Rieke Neumann zu finden. Wir vermuten, dass sie einen anderen Namen angenommen hat und zurück in die Nähe ihrer Heimatstadt gezogen ist. Wir finden es noch heraus. Hab einfach Geduld."

Fast hätte sie sich an ihrer Lakritze verschluckt. Genau das mochte sie von ihm nicht hören. Enttäuscht drehte sie sich weg von ihm. Ihr war heute nicht mehr nach einem Plausch mit Harry zumute, so wie sonst. Die Wut, die sich in ihr aufstaute, galt nicht ihren Kollegen, nein, sie galt ihrem Chef. Sie wurde den Gedanken nicht los, dass Schmidt nur leere Versprechungen machte, was ihre Akte betraf. In den nächsten Tagen würde sie mit ihm darüber reden müssen.

Harry räusperte sich und sie bekam schon wieder ein schlechtes Gewissen, ihm gegenüber. Sie wusste, dass es unfair war, ihn so stehen zu lassen. Sie konnte nicht aus ihrer Haut heraus. Die Unzufriedenheit, in eigener Sache nicht voranzukommen, raubte ihr die gute Laune.

„Dann nicht", hörte sie Harry sagen. Kurz fiel die Tür ins Schloss. Amelie brauchte Luft, es war stickig hier drinnen. Sie lief zum Fenster, öffnete es und sog die frische Herbstluft in ihre Lunge. Am liebsten würde sie sich selbst fressen, so sehr ging sie sich selbst auf die Nerven. Missmutig gestimmt setzte sie sich wieder an ihren alten Schreibtisch. Mit den Fingerkuppen wendete sie Blatt für Blatt. Die Tür wurde abermals aufgerissen. Nur dieses Mal drang eine kräftige Brise frischer Herbstwind durch das kleine Fenster und einzelne Blätter von Zeugenaussagen, die sie nebeneinandergelegt hatte, flatterten über ihren Schreibtisch. Mit ihrer flachen Hand schlug sie darauf, um die lose Blattsammlung und die Fotos festzuhalten. Sie blickte hoch und sah auf Schmidt. Nicht einmal einen Gruß brachte sie über die Lippen. Sie hielt lediglich seinem Blick stand. Sie platzte schier aus ihrer Haut, als sie bemerkte, dass Schmidt sie erheiternd musterte und sein Blick über den mit losen Blättern übersäten Schreibtisch wanderte. Amelie wollte einen Kommentar abgeben, ließ es aber bleiben. Schmidt schloss die Tür hinter sich und kam auf ihren Schreibtisch zu.

„Irgendwelche neuen Hinweise zur Akte Bertram?"

„Noch keine neue Spur." Sie hielt seinem Adlerblick stand. Sie hatte sich nichts vorzuwerfen. Es war ihr bisher nicht gelungen, neue Zeugen zu finden, die seinen Mandanten entlasten könnten.

„Es muss etwas geben", hörte sie ihn poltern. „Suchen Sie weiter, Amelie, fangen Sie noch einmal von vorn an. Es gibt einen Hinweis, Sie müssen ihn nur finden!"

Amelie mochte ihn zwar immer noch nicht, aber sie war überzeugt davon, hätte sie ihn damals als Strafverteidiger gehabt, wäre sie nicht ins Gefängnis eingefahren. Sie hatte schnell erkannt, dass wenn sich ihr Chef an einer Sache festgebissen hatte, dann richtig. Schmidt wollte seinen Freund Torsten Bertram aus dem Untersuchungsgefängnis rausholen. Wegen angeblicher Fluchtgefahr saß er in Untersuchungshaft. Bertram wurde Veruntreuung in Millionenhöhe vorgeworfen. Vor Kurzem war ein Schließfach aufgetaucht und der dazugehörige Schlüssel wurde anonym der Staatsanwaltschaft zugespielt. Bertram war der Verzweiflung nahe und beteuerte immer wieder seine Unschuld. Amelie wusste als Einzige, wie sich so etwas anfühlte. Daniel hatte ihr aufgetragen, im Computer nach Hinweisen und möglicherweise abweichenden Finanzen zu suchen. Thorsten Bertram war sich sicher, dass nur jemand aus der Firma in der Lage war, so viel Geld abzuzweigen. Schmidt hatte Harry, der vor seinem Ruhestand bei der Kripo für Wirtschaftskriminalität gearbeitet hatte, in Bertrams Firma eingeschleust. Er sollte beratend für den Vorstand tätig sein und verdeckt ermitteln. Das war nichts Ungewöhnliches, solche Leute wurden händeringend aus allen Zweigen der Wirtschaft gesucht. Schmidt setzte alle Hoffnungen auf Harry und auf sie. Doch auch er hatte bislang keine entlastenden Beweise finden können. Ihr eigenes Gefühl sagte ihr, dass Bertram etwas verbarg, was er selbst seinem Freund, ihrem Chef, nicht offenbaren wollte. Vielleicht war es eine verschmähte Liebe, die ihm so zugesetzt hatte? Sie wusste aus der Akte, dass Bertram verheiratet war, von seinen Affären wurde nur hinter vorgehaltener Hand erzählt. Kein Wunder! Bertram sah gut aus, war groß gewachsen, schlank, sportlich, im mittleren Alter. Sein markantes Gesicht und seine grauen Schläfen ließen manche Frauenherzen höherschlagen. Mit einer Handbewegung verscheuchte sie ihre Gedanken und sammelte die losen Blätter wieder ein.

„Ist in Ordnung, ich werde die Akte noch einmal komplett durchforsten." Es wurmte sie, dass sie bisher nichts Brauchbares hatte entdecken können. Normalerweise fand sie immer die berüchtigte Stecknadel im Heuhaufen.

„Ich verlass mich auf Sie. Bertram ist kein Betrüger, glauben Sie mir", hörte sie Schmidt sagen, bevor er ihr Büro verließ.

***

In eigener Sache kam sie kaum voran. Wie eine Stecknadel im Heuhaufen suchte Daniel nach Rieke Neumann. Mit Harry konnten sie im Augenblick nicht rechnen. Er war auf den Fall Bertram angesetzt. Den Beobachtungsposten an der Villa hatten sie nach reiflicher Überlegung vorerst aufgegeben. Vielleicht brachte Kerstin sie weiter. Bei ihrem ersten Treffen hatte sie versprochen, sich unter Kollegen umzuhören. Amelie verabredete sich mit ihr dieses Mal im *Café Königsbau* in der Königsstraße 28.

„Hallo, schön, dass du gekommen bist."

„Gerne doch, komm, suchen wir uns einen ruhigen Platz, ich habe viel zu berichten."

Amelie steuerte zielstrebig auf eine gemütliche Ecke im hinteren Bereich des Cafés zu. Erst nachdem der bestellte Cappuccino und Espresso gebracht worden waren, platzte Kerstin mit ihren Neuigkeiten heraus. Amelie unterbrach sie nicht ein einziges Mal. Sie erfuhr, dass Melitta etwa sechs Monate nach ihrer Verhaftung den Job gekündigt und als neue Adresse die Villa Roth angegeben hatte. An ihrem letzten Arbeitstag hatte sie damit geprahlt, bald Mitbesitzerin des bekannten Juwelierladens Stuttgarts zu sein. Außerdem hatte sie eine große Abschiedsparty gegeben.

„Hat sich Melitta wirklich so verändert?"

„Ja, ich glaube schon", erwiderte Kerstin.

Amelie flüsterte, sie hatte das Gefühl, belauscht zu werden. Mit einem beschwörenden Blick sah sie auf Kerstin, nahm ihren Zeigefinger und legte ihn auf ihre Lippen. Kerstin hatte verstanden. Amelie blickte sich um und sah einen Mann unmittelbar am Nachbartisch. Er schien angespannt zu lauschen. Als sich ihre Blicke trafen, schlug der Mann die Stuttgarter Tageszeitung auf und verbarg sein Gesicht dahinter. Amelie schob ihren Stuhl zurück, atmete einmal tief durch und ging an den Nachbartisch.

„Verzeihung, störe ich?"

Der Mann legte die Zeitung nieder und Amelie erschrak, als sie in ein vernarbtes Gesicht blickte. Er strich sich über seinen spitzen Fusselbart, der mit einem kleinen Ring zusammengehalten wurde. Die dunkle Sonnenbrille nahm er nicht ab, sodass sie seine Augen nicht sehen konnte. Der kleine Mann schien empört zu sein, als er von seinem Stuhl aufsprang. Der Typ stützte seine Arme demonstrativ in seine Hüfte. Amelie sah zu ihm hinunter.

„Was fällt Ihnen ein, mich zu belästigen?", hörte sie ihn brüllen. Einige Gäste sahen sich alarmiert zu ihnen um.

„Warum belästigen Sie mich?"

Amelie ließ sich nicht beirren, sie blieb höflich. „Warum spionieren Sie mir nach? Wäre es nicht sinnvoller, direkt mit mir zu reden?" Sie genoss das verdatterte Gesicht dieses Mannes. Offensichtlich hatte sie ihn so sehr überrascht, dass sie die Oberhand behielt. Mit diesem Gedanken steckte sie sich ein Stück Lakritze in den Mund und wartete. Sie hoffte auf eine Antwort.

„Unerhört, ich werde Sie wegen Belästigung anzeigen." Seine Lippen zogen sich zu einem schmalen Strich zusammen. Mit hochrotem Kopf legte er einen Fünfeuroschein auf den Tisch. Ohne sich noch einmal umzudrehen, verließ er schnellen Schrittes das Café. Sie sah, dass er Springerstiefel trug. Automatisch dachte sie an den Überfall vor wenigen Wochen.

„Diese Stiefel habe ich schon mal gesehen", sagte sie mehr zu sich selbst.

Kerstin sah sie verwundert an. „So etwas hättest du früher nie gemacht. Donnerwetter, du bist ja über dich hinausgewachsen!"

„Ach, weißt du, wenn du im Knast überleben willst, musst du lernen, dich zu wehren. Das habe ich getan."

„Kanntest du den Kerl?"

„Nein, aber ich muss mir sein Gesicht einprägen, wobei seine Augen nicht zu sehen waren. Mist!

„Suchen die immer noch nach dem Ring?"

„Bestimmt."

„Amelie, sei vorsichtig! Das geht doch alles nicht mit rechten Dingen zu. Da läuft was falsch. Pass auf dich auf!"

„Ich versuche gerade, mir das Gesicht einzuprägen, damit ich es später zeichnen lassen kann. Vielleicht weiß ich bald, wer er ist." An ein zwangloses Gespräch war nicht mehr zu denken. Kerstin sah es genauso. Dieses Mal bezahlte Amelie die Rechnung. Ein kurzer Händedruck und schon war Amelie auf dem Weg nach draußen, stieg auf ihre Maschine und raste los. Sie musste zurück in die Kanzlei und hoffte, dass sie die Kollegen oder Schmidt antreffen würde. Dieses Mal war es nicht der Typ aus dem Zug. Diese Tatsache beruhigte sie einerseits, anderseits bereitete es ihr Bauchschmerzen, zumal sie dieselben Stiefel – sie könnte schwören, dass es sogar die gleiche Schuhgröße war – gesehen hatte, als sie mit einem

Goldschmiedehammer bedroht und verletzt worden war. Sie musste mit Schmidt und den Kollegen darüber reden. Sie stürmte in den Konferenzraum und hatte Glück. Schmidt und die Kollegen saßen bei einer Tasse Kaffee zusammen. Kurz und knapp berichtete sie, was sich gerade im Café abgespielt hatte.

Ihre Kollegen wollten sie weiter unterstützen und den Verfolger dingfest machen. Harry rief seinen ehemaligen Kollegen Detlef, der als Phantombildzeichner noch immer bei der Kripo arbeitete, zu sich ins Büro. Über zehn Jahre hatten sie zusammengearbeitet. Sie blieben auch nach Harry Pensionierung dicke Freunde.

„Darf ich vorstellen? Das ist mein ehemaliger Kollege und Freund Detlef. Er ist noch einer der wenigen Handzeichner bei der Kripo."

„Danke, dass Sie uns helfen", erwiderte sie. Detlef machte sich sofort an die Arbeit. Er brauchte nur Bleistift und Papier – mehr nicht. Wie hypnotisiert sah sie ihm zu, wie er nach ihrer Beschreibung mit seinen schmalen Händen und seinen langen dünnen Fingern ein Fahndungsbild anfertigte. Amelie erkannte den Mann in dieser Zeichnung wieder. Verblüffend sah sie auf das Bild. Dieser Mann schien sie durch seine Sonnenbrille anzustarren.

„Amelie, ich will Ihre Euphorie nicht dämpfen, aber sind Sie sich ganz sicher, dass dieser Mann etwas mit Ihnen zu tun hat? Sie wissen, dass Berger Sie noch immer auf dem Kieker hat. Wenn Sie jetzt eine Verfolgungsjagd starten und die geht daneben, sieht es nicht gut für Sie aus."

„Sie schaffen es immer wieder, das bisschen Hoffnung, das ich habe, zu zerstören. Vielleicht ist es aber ein Stück näher an die Wahrheit dran. Mein Bauchgefühl und die Springerstiefel sagen mir, dass ich auf der richtigen Spur bin."

„Chef, ich passe auf Amelie auf. Und irgendjemand muss diesen Mann beauftragt haben. Das gilt es herauszufinden. Richtig, Daniel?"

Harry reichte Daniel das Bild, das er angefertigt hatte. „Nur du kannst etwas damit anfangen, also los, an die Arbeit!"

„Die Polizei würde ich vorerst aus dem Spiel lassen. Sind Sie einverstanden, Chef?" Daniel hatte keine Zeit, auf die Antwort zu warten. Er verschanzte sich hinter seinen Computer. Amelie hörte ihn fluchen, er murmelte etwas, lachte fröhlich auf, rückte sein grelles Brillengestell zurück und klatschte anschließend mit der flachen Hand auf seine Schenkel. Mit Schwung stieß er mit seinen Füßen seinen Bürostuhl an und rollte damit quer durch den Raum. So als wäre ihm ein genialer Streich gelungen.

„Hey Leute, ich habe es geschafft! Ich bin in das sogenannte ‚dunkle Netz' eingedrungen. Das ist der helle Wahnsinn! Von frei zugänglichen Foren bis zu zugangsbeschränkten Umschlagplätzen für illegale Waren ist alles vertreten."

„Das ist doch illegal", hörte sie Harry sagen.

„Der Chef hat es genehmigt. Ich biete mich als Detektiv für die dunkle Seite an. Das Foto von dem Typen habe ich ebenfalls ins Netz gestellt. Mal sehen, vielleicht erkennt jemand meinen Bruder." Daniel grinste übers ganze Gesicht.

„Danke Daniel, aber ich möchte nicht, dass du dich strafbar machst."

„Keine Sorge, es ist alles abgesprochen, dem Spuk muss ein Ende gemacht werden", hörte sie Schmidt sagen.

Ein dicker großer Klumpen fiel von ihrer Seele. Das Team war auf ihrer Seite. Den Gedanken, es möglicherweise doch gewesen zu sein, verdrängte sie. Das durfte sie nicht einmal denken! In ihrem früheren Leben wäre das nie passiert, Angst vor der Wahrheit zu haben. Sie sah Schmidt und ihre Kollegen an.

„Und ich werde mit Melitta reden müssen. Irgendetwas stimmt nicht und ich denke, sie verheimlicht etwas. Es wird Zeit, dass ich Fakten schaffe."

Melitta

Es war ein milder Abend. Der Horizont war durchbrochen von Goldfäden, die an einem anderen Ort als Regen niederprasselten. Genau der richtige Zeitpunkt, um in der Pizzeria auf der Terrasse einen Espresso oder einen Milchkaffee zu trinken. Amelie wusste, dass Bernd jeden Mittwoch Skat spielen ging. Genau an solch einem Tag wollte sie Melitta abfangen. Sicherlich würde sie sich nicht freiwillig zu einem Gespräch einladen lassen, glaubte sie zumindest. Sie lenkte ihre Maschine auf den Parkplatz neben der Pizzeria. Amelie biss sich auf die Lippen, als sie gegenüber Melitta aus dem grauen Jaguar steigen sah. Anmutig strich sie ihren engen schwarzen Rock glatt. Das modische, in Schmetterlingsform umrandete Brillengestell verdeckte ihre viel zu hohe Stirn. Die Handtasche, die farblich zu ihrem Kostüm passte, legte sie lässig über die Schulter, schloss den Wagen ab und stöckelte los. Ein bitterer Geschmack legte sich auf Amelies Zunge, als sie ihre ehemalige Freundin so daherkommen sah. Melitta hatte sich verändert, zumindest was ihren Geschmack anbetraf. Amelie gab sich einen Ruck und ging ihr entschlossen entgegen.

„Hallo, Melitta, schön, dich zu sehen." Melitta zuckte wie nach einem Peitschenschlag zusammen.

„Du, du wagst es hierherzukommen?" Hastig drehte sie sich weg von ihr, um eine andere Richtung einzuschlagen. Sofort versperrte Amelie ihr den Weg.

„Du scheinst von unserer Begegnung nicht begeistert zu sein. Komm, ich lade dich zu unserem Italiener ein." Sie packte sie sanft am

Arm und zog sie mit sich. Ein Aufsehen auf offener Straße wollte sie vermeiden.

„Wir müssen reden", wiederholte Amelie noch einmal.

„Lass mich, ich will nicht mit dir reden! Was fällt dir überhaupt ein?" Melitta blieb abrupt stehen.

Amelie stolperte und hielt sich instinktiv an ihrem Jackenärmel fest und zog sie weiter, in Richtung Lokal. In der hinteren Ecke entdeckte sie einen freien Tisch. Zielstrebig ging sie darauf zu.

„Lass mich los, sonst schreie ich."

Amelie dachte überhaupt nicht daran, auf die Drohung einzugehen. „Setz dich", erwiderte sie stattdessen. „Wieso sträubst du dich, mit mir einen Kaffee zu trinken? Haste ein schlechtes Gewissen?" Kaum saßen sie, kam der Kellner auf sie zu und sie bestellte zwei Espresso. Rasch brachte der Ober das Gewünschte und verschwand in die entgegengesetzte Richtung. Melitta zipfelte an ihren Ohrläppchen und sah sie böse an.

„So, jetzt können wir reden." Amelie registrierte, dass Melitta mit ihren makellos, knallrot lackierten Fingernägeln nervös an ihrem Ehering drehte. Melitta war perfekt gekleidet und geschminkt. Nicht so wie früher.

„Wie sich die Zeiten ändern können. Du hast dich zum Positiven verändert. Tolle Kleider, ein flottes Auto … Es fühlt sich komisch an, dass du, anstatt meine Trauzeugin gewesen zu sein, die Ehefrau von Bernd geworden bist. Die Stellung als Frau des exzellenten Juweliers der Stadt zu haben, scheint dir zu gefallen."

Melitta zuckte zusammen, als sei etwas in ihrer Tasse explodiert. Ein kalter und glanzloser Blick strafte sie.

„Was für ein Blödsinn; wenn sich jemand verändert hat, dann du! Haste in letzter Zeit mal in den Spiegel gesehen? Deine Gesichtszüge sind hart, die schwarze Strähne im Haar passt überhaupt nicht zu dir.

Und deine Lederkluft und die Motorradstiefel. Bist du zu den Rockern übergewechselt?"

„Danke, sehr charmant, wie du mich beschreibst. Es interessiert mich nicht wirklich, was du denkst. Warum hast du meine Briefe nicht beantwortet? Wir waren beste Freundinnen. Ich verstehe es nicht, erkläre es mir."

„Warum ich dich nie besucht habe? Was glaubst du, warum? Niemals hätte ich erwartet, dass meine einst beste Freundin zur Mörderin würde."

„Spinnst du? Wer erzählt so ein Blödsinn! Du weißt genau, dass ich diese Frau nicht gestoßen habe!"

Wie eine Hyäne, die jeden Augenblick auf jemanden losgehen will, sahen sie sich an. Melittas Finger trommelten auf die Tischkante. Dann hörte sie damit auf, beugte sich über den Tisch und zischte bissig:

„Hätte ich fragen müssen, ob ich Bernd heiraten darf? Ich glaube nicht! *Ich* habe ihn getröstet, mit ihm geweint und seine Mutter beerdigt, nicht du!"

Amelie hielt sich an ihrer Tasse fest, nippte am Espresso, ohne den Blick von Melitta zu nehmen. Im Inneren glaubte sie, jeden Augenblick zu explodieren. Sehr langsam stellte Amelie ihre Tasse ab, sie musste Zeit gewinnen und die brodelnde Wut in ihr im Keim ersticken. Keinesfalls würde sie das Gespräch aus der Hand geben. Amelie hielt ihren Blick auf Melitta gerichtet.

„Du hast dich Bernd an den Hals geschmissen und mich ausgebootet! Warum?"

„Wie kommst du darauf? Was geht es dich an, wen ich heirate oder nicht?"

„Es geht mich sehr wohl etwas an! Schließlich hatten wir das Aufgebot bestellt und du solltest meine Trauzeugin sein, schon vergessen?" Amelie fühlte plötzlich viele kleine Nadelstiche in ihrer Brust. „Los, sag schon, was war der Grund?"

Mit innerer Genugtuung bemerkte sie, dass Melitta die Fassung verlor. Ihre Stimme nahm eine andere Klangfarbe an, sie war feindlich und voller Hass.

„Bernd habe ich lange, bevor du ihn durch mich kennengelernt hast, geliebt! Du – du – hast ihn mir vor der Nase weggeschnappt, als ich ihn dir auf meiner Geburtstagsparty vorstellt habe. Erinnerst du dich?"

Für Amelie schien die Luft zu erstarren, die Zeit einzufrieren. Sie suchte Spuren des Triumphs in Melittas Augen, doch diese schienen zu Gletschereis gefroren zu sein. Plötzlich fiel es ihr wie Schuppen von den Augen.

„Du wolltest ihn schon immer haben und ich war dir im Weg? Stimmt das? Warum hast du das nie erwähnt? Nie, niemals wäre Bernds Mutter mit dir einverstanden gewesen. Genauso wenig wie sie es mit mir war."

Der Gedanke, der unmittelbar nach Melittas Aussage durch ihren Kopf blitzte, erschien so ungeheuerlich, dass sie hastig vom Stuhl aufsprang.

„Was hast du mit Evas Tod zu tun? Trägst du Mitschuld an meiner Verhaftung?" Keine Sekunde länger wollte sie mit dieser Frau, die sie zu sehr unterschätzt zu haben schien, an einem Tisch sitzen.

Melitta war ebenfalls aufgesprungen, schnappte ihre Designer-Tasche und stöckelte wutentbrannt zum Ausgang. Amelie legte hastig die geforderte Summe in das kleine Schälchen auf dem Tisch und stürmte hinterher. Gerade noch erwischte sie Melitta am Jackenärmel und zwang sie, stehen zu bleiben.

„Wieso hast du bei der Staatsanwaltschaft nicht ausgesagt, dass du in der verhängnisvollen Nacht auch in der Almhütte gewesen bist?"

„Wie, wie – kommst – du – darauf? Ich war nie dort, was willst du mir hier unterstellen? Suchst du noch immer nach einem Schuldigen? Schon vergessen, du bist verurteilt worden und nicht ich!"

„Nichts will ich dir unterstellen, es war eine einfache Frage! Ich erinnere mich, einen Schatten hinter Eva gesehen zu haben. Warst du es? Wenn ja, wieso verschweigst du das?"

„Ich habe nichts getan und verschweige auch nichts!" Melittas Stimme kippte und sie wurde hysterisch laut.

„Ich war nicht der Schatten, den du gerne hättest!" Melitta zerrte an ihrem Ärmel, den sie noch immer festhielt.

„Wieso habt ihr einen Killer auf mich angesetzt? Hier, sieh, fast hätte dieser Mensch mein Handgelenk zerschmettert!"

„Damit habe ich nichts zu tun", hörte sie Melitta kontern, die sich von ihr wegdrehte.

Amelie drehte sich mit ihr mit, sie wollte, dass Melitta sie ansah. „Du sollst wissen, dass ich die Schuld nicht auf mir sitzen lasse. Ich werde so lange keine Ruhe geben, bis ich den wahren Täter gefasst habe! Ganz bestimmt wird auch der gestohlene Diamantring auftauchen. Verlass dich darauf, ich löse das Rätsel, das mir fünfeinhalb Jahre meines Lebens gekostet hat. Derjenige entkommt mir nicht!"

Amelie spürte mit jedem Satz, wie die Wut in ihrem Bauch wuchs und sie diese kaum unterdrücken konnte. Sie hatte nicht vor, hier auf der Straße einen Aufstand heraufzubeschwören. – Es war zu spät! Es dauerte Sekunden, bis sie begriff, was sich gerade vor ihren Augen abspielte. Ein hysterischer Schrei, Melitta hielt mit der rechten Hand ihre Wange. Mit dem Finger der linken Hand zeigte sie auf Amelie und schrie: „Diese Frau hat mich geschlagen."

Wie ein Feuer im Wind versammelte sich eine Menschentraube um Melitta. Irgendeiner schrie nach der Polizei. Das war Melitta nicht genug. Sie zeigte mit ihrem Zeigefinger auf sie und schrie: „Diese da … ist die Mörderin von Eva Roth!"

Es lief ihr heiß und kalt den Rücken herunter und sie glaubte zu atmen wie ein Fisch ohne Wasser. Mit so einer hinterhältigen Attacke hatte sie nicht gerechnet. Hektisch löste sie sich aus der Masse und rannte von der rachsüchtigen Meute weg.

Ungeheuerlich! Warum tat diese Frau so etwas Widerliches? Im Jogginglauf steuerte sie auf ihre Maschine zu. Ihre Hände zitterten, als sie den Zündschlüssel steckte. Plötzlich knickte das linke Bein weg. „Verdammt noch mal, was soll das?", schrie sie und drehte sich um. Amelie sah in ein altes, hämisch grinsendes Gesicht. Es war Walter Schneider, der ihr in die Kniekehle getreten hatte.

„Warum machen Sie so etwas? Schon vergessen, dass wir beste Nachbarn waren und ich Ihnen damals die Anzeige wegen Belästigung vom Hals geschafft habe? Sie sollten sich schämen, mich so zu attackieren." Ihre Worte schienen den alten Mann wenig zu beeindrucken. Am liebsten würde sie ihn packen und an den Ohren über die Straße zerren. Doch ihr Verstand sagte ihr, dass sie es besser sein lassen sollte. Auf keinen Fall würde sie Melitta einen Grund geben, die Polizei zu rufen. Sie wusste nur zu genau, dass man ihr als Vorbestrafte keinen Glauben schenken würde. Der alte Mann bollerte noch immer, sie hörte ihn noch, als sie bereits ihre Maschine gestartet hatte. Aus dem Rückspiegel sah sie, dass die Nachbarn einen Kreis um Melitta bildeten.

Nur noch weg von ihr … weg von dieser Meute. Wie hatte das nur so eskalieren können?

Amelie bereute es jetzt, dass sie sich hatte hinreißen lassen, Melitta aufzusuchen. Sicherlich hätte sie besser daran getan, auf die Warnung ihrer Kollegen und auf Max zu hören.

In dieser Nacht tat sie kein Auge zu. Der gestrige Abend geisterte in ihrem Kopf herum. Sie fühlte sich ausgebrannt und war noch immer entsetzt über Melittas Attacke.

Ihre Kollegen warteten bereits mit einer Tasse Kaffee am Konferenztisch. Ihr war überhaupt nicht nach Reden zumute. Außerdem starrten sie sie an. *Ob die schon wussten, was passiert war? Kann nicht sein, ich habe es niemandem gesagt, dass ich meine ehemalige Freundin treffen will,* dachte sie, während sie sich ebenfalls eine Tasse Kaffee eingoss und sich zu den Kollegen setzte. Kaum saß sie, flog die Tür auf und Schmidt kam auf sie zu. Sein griesgrämiger Ausdruck erschreckte sie. Seine knochigen Hände hatte er ineinander gefaltet. Und schon hörte sie ihn bullern: „Was wollten Sie mit Ihrer Aktion erreichen, Amelie? Haben Sie überhaupt eine Ahnung, was Sie sich selbst mit dieser Aktion kaputt machen können?"

Sie spürte, wie ihr die Röte ins Gesicht schoss, als ihre Kollegen sie fragend ansahen.

„Woher wissen Sie, was gestern passiert ist?"

„Ich wurde von Herrn Roth angerufen."

„Waas? Ungeheuerlich!" In kurzen Worten erklärte Amelie den Kollegen, was passiert war.

„Du weißt, dass es dir zum Verhängnis werden kann, Anschuldigungen auszusprechen, ohne sie belegen zu können? Wie konntest du nur so naiv sein und glauben, dass diese … diese Melitta sich freiwillig in deine Hände begibt, falls sie wirklich etwas damit zu tun hat?", hörte sie Harry sagen.

„Außerdem, sind Sie sich sicher, dass diese Melitta etwas mit dem Tod von Frau Roth zu tun hat?" Als Schmidt ihr die Frage stellte und sie auf seine zusammengekniffenen Lippen sah, wusste sie, dass er noch immer außer sich war.

„Moment Chef, nicht ich, sondern Melitta hat diesen Aufstand entfacht. Ich habe sie lediglich gefragt, ob sie der Schatten auf der Alm gewesen ist. Anstatt mir eine Antwort darauf zu geben, hat sie niederträchtig einen Aufstand auf der Straße initiiert. Da bin ich weggerannt." Schon wieder wurde sie wütend, sie hatte plötzlich das Gefühl, sich um Kopf und Kragen zu reden.

„Wenn Sie weiter so vorpreschen, ohne konkrete Hinweise zu haben, werden Sie Rückschritte erleben. Viel schlimmer noch, sie erschweren uns die aufgenommene Arbeit."

„Herr Schmidt, ja, ich habe verstanden! Dann sagen Sie mir, wo ich ansetzen soll, wenn nicht bei ihr!"

Amelie rang mit sich, war enttäuscht und wütend über sich selbst. Es war ihr unmöglich, zu arbeiten, sie konnte sich sowieso nicht konzentrieren.

„Herr Schmidt, wenn Sie nichts dagegen haben, mache ich heute frei. Überstunden abbauen und so. Tschüss bis morgen." Ohne sich noch einmal umzudrehen, lief sie aus der Kanzlei. Sie nahm mehrere Stufen auf einmal nach oben, in ihr Appartement. Sie warf sich aufs Bett, presste ihr Gesicht ins Kissen und schrie den Frust aus sich heraus. Danach drehte sie sich um und starrte an die Decke. Allmählich verblasste der Frust und sie konnte wieder klar denken. „Ich werde Max anrufen. Ganz bestimmt hat er einen Tipp parat, wie ich in dem bereits entstandenen Chaos weiter vorgehen könnte." Sofort griff sie nach dem Handy, wählte Max' Nummer und wartete darauf, dass er das Gespräch entgegennahm.

„Max Dorthe." Amelie biss sich vor Freude auf die Lippen. „Schön, dass du zu Hause bist. Es tut richtig gut, deine vertraute Stimme zu hören."

„Na endlich … ich habe mir Sorgen gemacht, ob es dir gut geht! Geht es dir gut? Komm, erzähl schon."

„Amelie, bist du noch dran?"

„Ja, bin ich, und ja, es geht mir gut. Mein Job macht mir Spaß. Ach ja, ab und an werde ich verfolgt, meine ehemalige Freundin verleugnet mich, aber sonst geht es mir gut."

„Oh je! Da steckt eine ganze Menge Sarkasmus in deinen Worten. Soll ich dich am Wochenende besuchen?"

Das war ihr Stichwort! Plötzlich, ohne dass es ihr wirklich bewusst war, öffnete sich ein Ventil und sie berichtete Max, was sich in den letzten Tagen abgespielt hatte.

„Max? Bist du noch da?"

„Ja, bin ich." Sie hörte ihn atmen.

„Hör zu Amelie, wieso besuchst du nicht deinen Ex-Verlobten? Stell ihn zur Rede, er soll es dir ins Gesicht sagen, was er von dir hält. Ob er wirklich glaubt, dass du seine Mutter in den Abgrund gestoßen hast! Konfrontiere ihn von Angesicht zu Angesicht. Du bist es dir schuldig. Deine innere Selbstzerfleischung muss aufhören. Hörst du?"

Amelie hielt krampfhaft ihr Handy fest, allein der Gedanke daran, Bernd zur Rede zu stellen, ließ ihr Inneres kochen.

„Amelie, sag etwas! Ich will dir helfen. Glaube einem alten Mann! Konfrontation ist in diesem Fall das Beste. Wenn du dich innerlich wieder in der Gewalt hast, besuche ihn, erzähle ihm, was du vermutest. Vielleicht hat er keine Ahnung von alldem, was seine Frau so macht."

„Max, ich glaube nicht, dass Melitta etwas damit zu tun hat. Ihr schlechtes Gewissen rührt von ihrem Verhalten mir gegenüber, dass sie Bernd geheiratet hat. Seit unserer Kindheit waren wir miteinander befreundet."

„Du weißt, der Teufel ist manchmal ein Eichhörnchen. Bisher hat es noch niemand geschafft, in den Kopf eines anderen zu schauen."

„In Ordnung, ich werde ihn in der Villa aufsuchen und mit dem, was ich vermute, konfrontieren."

Schon der Gedanke daran, Bernd aufzusuchen, versetzte ihr einen Hieb in den Magen. Ob es sie ein Stück näher an die Wahrheit bringen würde, konnte sie nicht abschätzen. Max wechselte das Thema. „Deine zwei Freundinnen lassen dich herzlich grüßen. Sie vermissen dich. Und … deine Staatsfeindin Roswitha wurde mit einer Überdosis tot in Ihrer Zelle gefunden. Noch ist die Täterin nicht entlarvt. Es hatte etwas mit dem Drogenschmuggel zu tun. Alle hier drinnen halten dicht. Amelie, bist du noch dran?"

„Ja, das ist furchtbar. Das hat sie nicht verdient." „Nein, niemand sollte auf so eine grausame Art sterben. Genug getrauert! Mir kochen schon die Ohren vom langen Telefonieren. Lass dich nicht unterkriegen und melde dich."

„Ich will es versuchen. Wie du weißt, stehen die Kollegen und mein Chef hinter mir."

„Das ist mehr, als du je erhoffen konntest. Sprich mit Schmidt, sag ihm, was du vorhast, und von mir aus auch, dass ich dir dazu geraten habe. Melde dich, wenn du den Besuch bei deinem Ex hinter dir hast. Übrigens, ich soll dich von Marlies grüßen. Du solltest dich bei ihr melden. Sie macht sich auch so ihre Gedanken. Wenn du Hilfe brauchst, ruf sie an."

„Mach ich, versprochen. Tschüss, und danke." Sie klappte ihr Handy zu und sah auf ihre Armbanduhr. Es war noch hell genug, um joggen zu gehen. Wirklich Laune dazu hatte sie keine, doch sie musste ihren Prinzipien treu bleiben.

Amelie trat auf die Straße und joggte, wie jeden Tag, entlang des Naturschutzgebietes, vorbei an Wacholderheiden und Streuobstwiesen. An der maroden Bank am Rande des Weges hielt sie an. Heute fühlte sich ihr Körper kalt und steif an. Die Beine wollten nicht so richtig. Einige Dehnübungen werden helfen, dachte sie und streckte ihre Arme Richtung Fußspitzen.

„Plopp." Etwas Hartes streifte sie seitlich an der Stirn. Ein Schatten blitzte neben ihr auf, verschwand aber sofort wieder. Bestürzt griff sie sich an die Stirn. Etwas Warmes berührte ihre Fingerspitzen. Wie benebelt ließ sie sich rückwärts auf die Bank fallen. Als ein Jogger auf sie zukam und vor ihr anhielt, zuckte sie zusammen. Sie hörte ihn, als sei ihr Kopf in Watte gepackt.

„Soll ich Hilfe holen? Sie bluten dort." Sie sah, wie er mit seinem Finger auf ihre Schläfe zeigte. Amelie schüttelte den Kopf. „Danke, geht schon", murmelte sie ihm zu. Sie sah, wie er ihr zunickte und weiterlief. Noch immer hatte sie nicht wahrgenommen, was gerade passiert war. Sie drückte ihr Taschentuch an die Schläfe. Ihr wurde klar, wenn sie ihre Mütze nicht aufgehabt hätte, wäre mehr passiert. *Wem zum Donnerwetter war sie nun wieder auf die Füße getreten?* Das Taschentuch an die Schläfe gedrückt, drehte sie sich um die eigene Achse. Ihre Augen wanderten langsam über den Weg, den sie gelaufen war. Sie war allein – niemand war zu sehen. Sie suchte den Boden ab. Dann sah sie es. Sie bückte sich, hob den in Papier gewickelten Stein auf und steckte ihn in ihre Jackentasche. Ihr wurde schummerig und viele dunkle Sternchen flimmerten vor ihren Augen. Ihr Kopf fuhr in rasantem Tempo Achterbahn abwärts. Ihre Beine knickten ein. Ihr wurde schwarz vor Augen.

Es klopfte. Ohne abzuwarten, stürmte Daniel auf sie zu. Amelie beeilte sich, schnell unter die Decke zu kriechen. Zu spät – theatralisch, mit ausgebreiteten Armen stand er vor ihr. „Stopp", rief sie und hob abwehrend die Hände. Erschrocken, mit offenem Mund senkte er seine Arme. Sein Gesicht nahm eine verdächtige Röte an. Er schien tatschlich verlegen zu sein. Schon hörte sie, wie er sich rechtfertigte.

86

„Ich, ich wollte dich nur umarmen und dir damit sagen, dass ich mir Sorgen gemacht habe. Du bist eine richtige Spielverderberin, weißt du das? Hast du verlernt, Gefühle zu zeigen?"

„Ja, ja, ist gut, mir ist nichts passiert."

Plötzlich schlangen sich Daniels Arme um ihren Oberkörper. Die Wärme, die er ausstrahlte, irritierte sie. Abrupt löste sie sich aus seinen Armen, die sie noch immer umschlungen hielten. Seit ihrer Verhaftung hatte sie niemanden mehr so nahe an sich herangelassen. Daniel ignorierte ihre Reaktion und erwiderte fröhlich:

„Bin ich froh, dass dir nichts passiert ist! Ich finde den, der dir das angetan hat." Beschwörend fuchtelte er mit seinen Armen in der Luft herum. Amelie musste ihn bremsen; sie beschäftigten andere Fragen, als die, ob es ihr gut ging. „Sag mal, weißt du, wie ich hierhergekommen bin? Wie lange bin ich schon hier? Bisher habe ich noch keinen Arzt oder eine Schwester gesehen." Während sie Daniel die Fragen stellte, fiel ihr der Stein in ihrer Jackentasche ein. „Daniel, holst du mal meine Joggingjacke aus dem Schrank? Ich glaube, da ist ein Stein drin."

„Um deine Fragen zu beantworten: Du bist vor wenigen Stunden hier eingeliefert worden. Ein Fußgänger hat dich zusammengesackt vor der Bank angetroffen und sofort einen Krankenwagen gerufen. Auf deinem Handy wird als Erstes die Rufnummer vom Chef angezeigt und den hat das Krankenhaus informiert. Zufrieden? So, und jetzt hole ich deine Jacke."

Amelie setzte sich auf und wartete gespannt, was der eingewickelte Stein zu bedeuten hatte.

„Hä? Du wirst immer mysteriöser", hörte sie Daniels Kommentar, als er ihr mit einem fragenden Blick den Stein in die Hand drückte. Amelie wickelte das verklebte Papier von dem Stein ab und drückte Daniel das zerknitterte Stück Papier in die Hand. Er nahm es mit spitzen Fingern und hielt es gegen das Fenster.

„Mach schon, sag, was hat es damit auf sich? Ungeduldig knotete sie ihre Hände ineinander, als Daniel die Buchstaben auf dem Zettel entzifferte. Er las laut vor:

„Lass die Finger von der Akte Roth, wie du siehst, bekommt dir die Schnüffelei nicht!"

„Hm, habe ich Melitta aufgeschreckt? Oder jemanden, der auch was mit der Sache zu tun haben könnte?"

„Ich habe etwas damit zu tun", hörte sie Daniel sagen. Nachdenklich fing er an zu erzählen.

„Wie du weißt, suche ich noch immer nach deiner Zeugin Rieke. Da bleibt es nicht aus, in die eine sowie in die andere Richtung zu recherchieren. Dabei muss ich wohl auch jemandem auf die Füße getreten haben."

Amelie war ratlos! Sie fragte sich, wie sie mit dieser neuen Situation umgehen sollte.

Die Tür vom Krankenzimmer wurde abermals aufgerissen. „Wie in einem Taubenschlag", stöhnte sie und hielt sich den Kopf. Es waren Harry und ihr Chef. Beide sahen sie mit verstörtem Blick an.

„Hier frische Kleidung aus deinem Apartment."

„Du bist ein echter Freund. Danke."

Mit einem Augenzwinkern wollte Harry die Tasche auf den einzigen Stuhl im Zimmer stellen. Schnell nahm sie ihm die Tasche aus der Hand. Sie griff in die Tasche, nahm den Morgenmantel heraus, hielt ihn fest an ihre Brust gedrückt. Ihr Blick ging zur Tür und sie hoffte, dass die Männer ihren diskreten Hinweis verstanden.

Was für Stoffel, sie rührten sich nicht von ihrem Bett weg. Musste sie wirklich deutlicher werden? Auf keinen Fall wollte sie aus dem Bett steigen, wenn die Mannsbilder um sie herumstanden. Demonstrativ verschränkte sie ihre Arme und sah auf Schmidt, Harry und dann auf

Daniel. Wie die Orgelpfeifen standen sie wie eingereiht. Erst Harry, der Bär, dann Daniel, der etwa ihre Größe hatte, und zum Schluss Schmidt, der Kleinste in dieser Runde. Sie schienen gespannt auf eine Erklärung von ihr zu warten. Aber was sollte sie ihnen sagen? Es war peinlich genug, dass sie nicht verstanden, dass sie ohne sie aus dem Krankenbett steigen wollte. Voller Ungeduld griff sie in die Tüte Lakritze, die Harry auf den Nachtisch gelegt hatte. Noch immer abwartend steckte sie sich ein Stück in den Mund. Nur diese Dinger konnten momentan ihre Nerven beruhigen.

Schmidt lästern: „Die schwarzen Dinger gehen wohl nie aus, oder?"

„So wenig wie Ihnen die Glimmstängel", konterte sie schlagfertig.

„Übrigens wäre es sehr dienlich, wenn ihr kurz vor der Tür warten könntet, damit ich mir etwas überziehen kann."

„Och, mich stört es nicht", erwiderte Daniel schlagfertig. Er grinste übers ganze Gesicht.

Es reichte! Mit einer energischen Handbewegung unterstrich sie ihre Bitte, vor die Tür zu gehen.

Na endlich – sie hatten begriffen. Die Tür schloss sich hinter ihnen. Rasch zog sie ihre Jeans und den Pulli über, öffnete die Tür und bat die drei wieder einzutreten.

„So, genug getätschelt und bedauert, nehmt mich mit. Mir fehlt nichts! Ein Tag hier ist genug."

Bewusst ignorierte sie die Bedenken ihrer Kollegen und ihres Chefs. Stattdessen hielt sie Schmidt das ausgewickelte Blatt entgegen.

„Wir müssen weitermachen, den aufgenommenen Faden darf ich nicht verlieren!" Schmidt las den handgeschriebenen Zettel.

„Da stimme ich Amelie zu", bekam sie Unterstützung von Daniel. Harry nickte ebenfalls bejahend. Schmidt äußerte weiterhin Bedenken. Er bestand darauf, eine Anzeige gegen unbekannt zu erstatten. Mit knirschenden Zähnen willigte sie ein. Aus Erfahrung wusste sie, dass es nichts bringen würde. Doch sie gab sich geschlagen, schließlich war sie auf Schmidts Unterstützung angewiesen.

Natürlich wurde sie auf eigene Verantwortung aus dem Krankenhaus entlassen. Harry zögerte nicht lange. Anstatt sie nach Hause in ihr Apartment zu fahren, begleitete er sie zur Wache. Aus seiner aktiven Zeit kannte er Kollegen, die ihm noch die eine oder andere Gefälligkeit schuldig waren. Harry bat einen seiner ehemaligen Kollegen, den Stein und das Papier auf Fingerabdrücke zu untersuchen. Nach wie vor hielt sie selbst nichts von dieser Maßnahme. Wer würde schon seine Visitenkarte auf einem Stück Papier hinterlassen?

„Was konntet ihr in Erfahrung bringen? Gibt es Spuren? Harry, hast du den Polizeibericht bekommen?" Ihr war bewusst, dass sie ihre Kollegen nervte. Harry verdrehte theatralisch die Augen. Sie wartete und sah in die Runde. Niemand antwortete ihr. Angespannt pustete sie die schwarz eingefärbte Strähne aus der Stirn, rückte ihre Wollmütze zurecht und überkreuzte ihre langen Beine hinter dem Besprechungstisch. Mit der rechten Hand stützte sie ihr markantes Kinn ab. Nachdem die Kollegen immer noch nicht geantwortet hatten, sah sie sich genötigt, ihre Gedanken laut auszusprechen. Vielleicht bekäme sie dann ja Antworten. Sie stand auf und ging, während sie ihre Gedanken laut aussprach, auf und ab.

„Derjenige, der mir den Stein an den Kopf geknallt hat, muss jemand sein, der meine Gewohnheiten kennt. Der oder die weiß, dass ich Kampfsport betreibe. Nur deshalb konnte man mich so feige von hinten beziehungsweise seitlich erwischen. War es Melitta gewesen, die mir jemanden auf den Hals gehetzt hat?"

„Was sagt die Kripo zu diesem Vorfall?", erwiderte Schmidt, der gerade ihren Büroraum betrat.

„Wieso fragen Sie?" Noch immer war sie wütend darüber, wie man sie schon wieder auf der Polizeiwache behandelt hatte.

„Harry erklärt Ihnen gerne, was daraus geworden ist! Ich selbst hatte allerdings den Eindruck, dass ich nicht ernst genommen wurde, trotz Harrys mahnender Worte.

„Es wurden weder am Stein noch auf dem Fetzen Papier brauchbare Fingerabdrücke gefunden."

Harry sah ebenfalls ziemlich verärgert auf Schmidt und setzte seinen Bericht fort. „Die Kollegen vertraten die Ansicht, dass Amelie den Überfall selbst initiiert habe, um sich so in eigener Sache Verhör zu verschaffen. Das Verfahren gegen unbekannt wurde bereits eingestellt!"

Amelie hatte längst abgeschaltet, sie konnte es nicht mehr ertragen. Mit ihren Gedanken war sie längst anderswo.

„Hallo Amelie, wir sind es, deine Kollegen und Freunde! Was sagst du dazu?", hörte sie Daniel rufen.

Amelie zuckte mit den Schultern; sie hatte nicht vor, sich zu Harrys Bericht zu äußern. Sie war zu wütend und wenn sie könnte, würde sie genau in diesem Augenblick aus ihrer Haut springen und jemand anderes sein wollen. Jemand, der nicht als Kuckuckskind geboren wurde und Knasterfahrungen sammeln musste. Sie hasste es, weiter diskriminiert zu werden. Alles, was sie bisher unternommen hatte, endete im Chaos oder in einer Sackgasse.

„Leute, es tut mir echt leid, ich wollte euch nicht in meine Sache reinziehen. Es ist Wochenende und ich habe mich entschlossen, meinen Ex-Verlobten in der Villa aufzusuchen. Mein Freund Max hat es mir angeraten und ich werde den Rat annehmen. Es wird Zeit, mit ihm zu reden, vielleicht bringt mich das weiter!"

Sie tat, als höre sie die Proteste des Chefs und der Kollegen nicht.

„Ich fahre dich hin und warte, bis du wieder rauskommst."

„Ach Harry, das muss nun wirklich nicht sein. Ich kann auf mich selbst aufpassen."

„Keine Widerrede, wir haben erlebt, wie du auf dich aufpassen kannst."

Es berührte sie, so viel Aufmerksamkeit von den Kollegen zu erhalten. Und wenn sie darüber nachdachte, war es vielleicht keine so schlechte Idee, Harry mitzunehmen.

„O. K., ich sehe schon, du lässt dich nicht abwimmeln. Dann sehen wir uns morgen am frühen Nachmittag."

„Und … ich suche weiter nach deiner Zeugin und nach dem Mann auf dem von dir gezeichneten Phantombild", rief Daniel ihr hinterher.

„Danke für eure Unterstützung, Daniel", erwiderte sie und verließ den Konferenzraum. Sie fragte sich, ob das wirklich der richtige Weg war.

Villa Roth

Amelie blickte auf eine dunkle Wolkenwand, die alles Licht hinter sich geschluckt zu haben schien, als sie zu Harry in das Wohnmobil stieg. Er lächelte und ihr blieb nichts anders übrig, als ebenfalls zurückzulächeln. Er konnte nichts dafür, dass sie nervös und sich absolut nicht mehr sicher war, das Richtige zu tun. Nun war es zu spät, sie war in sein Wohnmobil eingestiegen. Es gab kein Zurück mehr. Harry fuhr los und sie schwieg. Zum Plaudern war ihr nicht zumute. Unruhig spielte sie mit ihren Fingern an der Halskette, die Bernd ihr an einem ihrer Geburtstage geschenkt hatte. Es schmerzte, als Bilder von ihrer Verlobung, dem Aufgebot beim Standesamt und Bernds glückliches Lachen vor ihrem inneren Auge aufblitzten. Jeder

Gedanke an ihn ließ ihre Seele stumm schreien.

„Amelie, was ist los? Du bist ganz blass im Gesicht, soll ich umdrehen? Du musst da nicht rein, wenn du nicht willst."

„Doch Harry, ich muss da hinein. Es soll aufhören, dieser Schmerz in mir. Verstehst du? Ich werde es überstehen, schließlich habe ich schon ganz andere, noch viel härtere Schläge hinter mir." Harry nickte ihr verständnisvoll zu. Wenige Meter vor der Villa Roth hielt er sein Mobil an.

„Viel Glück und lass dich nicht provozieren. Versprochen?" Sie nickte ihm zu und stieg aus. Harry fuhr weiter und parkte auf der gegenüberliegenden Straßenseite. Mit jedem Schritt, den sich Amelie der Villa näherte, glaubte sie, Blei unter ihren Sohlen zu haben. Fast sechs Jahre war es her, dass sie Bernd das letzte Mal gesehen hatte. Unmittelbar nach ihrer Verhaftung war die Hochzeit abgesagt und die Verlobung aufgelöst worden. Es passte nicht in ihren Schädel, dass der Mann, mit dem sie sechs Jahre zusammengelebt hatte, an ihre Schuld glaubte. Würde sie wirklich die nötige innere Kraft besitzen, ihm gegenüberzutreten? Auf einmal war sie sich überhaupt nicht mehr sicher, das Richtige zu tun. War es besser für sie umzukehren?

Reifen quietschten. Amelie zuckte, sie stand plötzlich vor einer Motorhaube. Eine ältere Frau im Wagen fuchtelte heftig mit den Armen. Mitten auf der Straße war sie stehen geblieben, ohne es zu registrieren. Hastig deutete sie mit einer Handbewegung eine Entschuldigung an. Sie beeilte sich, die Straße zu überqueren. Je näher sie der Eingangstür kam, umso mehr grummelte unangenehm ihr Magen. Automatisch wischte sie die feucht gewordenen Hände an ihrer Jeans ab. Erst dann holte sie tief Luft und drückte den Klingelknopf. Amelie musste an Max' Worte denken, während sie wartete. Innerlich wiederholte sie diese. *„Du hast nichts zu verlieren! Du kannst nur gewinnen! Halt dir das immer vor Augen."* ...

Kaum zu Ende gedacht, öffnete sich die Tür und Melitta stand ihr gegenüber. Mit offenem Mund starrte sie auf sie, so als sei sie ein böser Geist. Amelie nutzte den Überraschungseffekt für sich und huschte an ihr vorbei. Erst als sie im Flur stand, drehte sie sich zu ihr um.

„Hallo Melitta, hier bin ich wieder … wie versprochen … ist Bernd hier?"

„Öhm, der ist im Wintergarten. Ich … ich glaube nicht, dass er mit der Mörderin seiner Mutter reden will!"

„Was du glaubst oder nicht, ist mir egal", konterte Amelie und behielt ihre geballten Hände in der Jacke. Kaum konnte sie der Versuchung widerstehen, diese Frau, die einst ihre beste Freundin war, zu erwürgen. Die unverschämte Anschuldigung vor wenigen Tagen hatte sie nicht vergessen. Mit gestrafften Schultern schritt sie an Melitta vorbei, die wie aus Stein gemeißelt dastand. Keinesfalls sollte sie merken, dass ihre Nerven zum Zerreißen gespannt waren. Amelie ließ ihren Blick durch die Räume schweifen. Nichts hatte sich hier verändert. Alles stand genau so an seinem Platz wie vor sechs Jahren. Die schwere, schwarze Tischgarnitur wirkte immer noch erdrückend auf sie. Abrupt musste sie stehen bleiben. Bernd versperrte ihr breitbeinig und mit verschränkten Armen den Weg. Sein kalter Blick traf sie mitten ins Herz, dennoch hielt sie seinem Blick stand.

„Du wagst es, hierher zu kommen?"

„Ich muss mit dir reden – alleine – es … es geht um deine Mutter!"

„Was geht dich meine Mutter an? Hast du nicht genug Unheil angerichtet? Lass sie gefälligst in Frieden ruhen."

„Warum redest du so mit mir? Ich habe nichts getan! Ich wollte dir persönlich sagen, dass ich einen neuen Prozess anzustreben gedenke. Es wird für dich alles von vorn beginnen. Und ich verspreche dir, ich werde den wahren Täter finden! So wie sich deine Frau und meine ehemalige Freundin mir gegenüber verhält, werde ich den Verdacht nicht los, dass alles mit ihr oder dieser Villa zusammenhängt." Amelie ging einen Schritt rückwärts, seine steile Falte auf der Stirn verhieß nichts Gutes.

„Was redest du für einen Blödsinn? Du kommst unangemeldet in mein Haus und wagst es, mir zu drohen? Bist du gekommen, um mir den Ring meiner Mutter zurückzubringen?"

Amelie atmete so flach wie möglich. Sie ließ bewusst einige Sekunden verstreichen, bevor sie ihm erwiderte: „Nein, ich habe diesen verdammten Ring nicht! Aber es gibt eine Zeugin, die mich entlasten wird!" Amelie sah in sein kreideweißes Gesicht. Doch dann wechselte er die Farbe wie bei einem Chamäleon. Sein Gesicht lief rot an. Es erschreckte sie, als er wie ein lauerndes Tier, das auf seine Beute wartet, vor ihr stand. Wenn sie könnte, würde sie sich unsichtbar machen. Sie konnte die eisige Atmosphäre, die eingetreten war, regelrecht körperlich spüren. Aber sie wusste, dass sie seinem Blick standhalten musste. Sie ergriff das Wort:

„Bernd, du musst mir jetzt zuhören. Ich habe ein Recht darauf, meine Version zu erzählen! Nach wie vor bin ich der Überzeugung, dass der Mord an deiner Mutter ein geplantes Vorhaben war … nur sollte ich die Schuldige sein, warum auch immer! Und genau das werde ich beweisen! – Wusstest du, zumindest vermute ich es, dass deine Frau an diesem Abend ebenfalls in der Hütte war?"

Bernds Wangenknochen traten stark hervor. Er kam einen Schritt auf sie zu. Doch sie dachte nicht daran, auch nur einen Millimeter zurückzuweichen.

„Das ist nicht dein Ernst, oder? Willst du wirklich meine tote Mutter in deine Geschichte hineinziehen?"

„Nein, deine Mutter will ich nicht in die Geschichte ziehen! Ich möchte dir klarmachen, dass ich es nicht gewesen sein kann!"

Jetzt verlor Bernd die Beherrschung. Er schrie: „Offensichtlich hast du es immer noch nicht verstanden! Du bist rechtskräftig verurteilt. Deine Unschuld ist nicht bewiesen! Lass die Angelegenheit zum Donnerwetter ruhen!"

„Wie bitte?! Du bezeichnest es als *Angelegenheit,* dass man mir fünfeinhalb Jahre meines Lebens geraubt hat und ich als eine Mörderin abgestempelt bin?!" Wie ein tödliches Gift kroch die Erbitterung in ihr hoch. Es kostete sie eine wahnsinnige Kraft, nicht zu zittern.

„Nach dem Tod meiner Mutter habe mich mit gegen dich entschieden. Geh und lass uns in Ruhe! Außerdem fehlt immer noch jede Spur von dem Ring! Es ist ein Erbstück meiner Oma, den sie Mutter vererbt hat, und ich will ihn wiederhaben. Er gehört mir."

„Ah, jetzt verstehe ich, dann warst du es, der den Kerl auf mich gehetzt hat? Du setzt andere auf mich an?"

„Wie gesagt, ich will den Ring meiner Mutter zurück! Gib ihn mir und ich ziehe den Mann ab!"

„Du glaubst tatsächlich, dass ich den Ring gestohlen habe? Dieses verdammte Ding ist nicht in meinem Besitz! Übrigens, dein angeheuerter Detektiv ist eine große Nulpe. Ein Blinder mit einem Krückstock hätte ihn genauso bemerkt wie ich. Oder sollte ich es etwa merken? Wolltest du mich verunsichern?" Fragend sah sie ihn an, während ihre Hand an den Hals griff und die Kette mit den eingravierten Initialen im Anhänger löste. Den Verlobungsring, den er bis heute nicht zurückgefordert hatte, zog sie aus der Jackentasche. Ohne ihn anzusehen, legte sie beides auf den Tisch. Die Sehnsucht nach ihm, die sie viele Jahre in sich vergraben gehalten hatte, zersprang wie Eiskristall. Es war ungeheuerlich! Nach wie vor war sie die Mörderin seiner Mutter.

„Was willst du eigentlich wirklich hier? Dich an mir rächen, weil ich nicht auf dich gewartet und eine andere geheiratet habe?"

„Nein, das will ich nicht. Nur die Wahrheit interessiert mich. Deshalb ist deine Schonzeit um, ich werde auf deine Gefühle keine Rücksicht mehr nehmen. Wieso nur habe ich geglaubt, dass wir wie erwachsene Menschen miteinander reden können?"

„Du versuchst meinen Ruf und den meiner Frau zu ruinieren. Meine tote Mutter willst du in deine Geschichte hineinziehen. Hast du uns nicht schon genug angetan? Das lass ich nicht zu, hörst du! Wer wird dir noch glauben? Selbst deine Eltern haben dich im Stich gelassen, weil sie dich für schuldig halten. Du weißt selbst nicht einmal, ob du es getan hast oder nicht!"

„Ich glaube an mich! Das sollte genügen!" Plötzlich schwankte alles unter ihren Füßen. *Woher wusste er das mit ihren Eltern?* Amelie ging auf einen Stuhl im Wintergarten zu und setzte sich unaufgefordert. Es war ihr egal, ob Bernd es guthieß oder nicht. Doch überraschenderweise tat er es ihr gleich und nahm ihr gegenüber Platz. Wie aus einem Reflex heraus griff sie nach seiner Hand. Hastig zog er diese zurück. Amelie ließ sich nicht beirren, nicht mehr, nicht von diesem Menschen, der offensichtlich keinerlei Schuldgefühle ihr gegenüber besaß.

„Wir haben uns mal geliebt, wir wollten heiraten! Nicht ich habe dich, sondern du hast mich fallen gelassen. Du hast mir misstraut, mich eine Mörderin geschimpft, was du heute noch tust." Hastig erhob sie sich vom Stuhl, schritt zum Fenster und öffnete es. Sie brauchte Luft zum Atmen. Im Innersten zutiefst gespalten, schob sich ein Flimmern vor ihre Augen. Sie hatte sich dieses Gespräch anders vorgestellt, freundlicher, vielleicht ein wenig versöhnender. Schließlich waren sie fast sechs Jahre lang liiert gewesen. Ihre Zunge glitt über ihre trockenen Lippen. Eine Frage musste sie noch loswerden.

„Bist du wirklich der Meinung, dass ich mich an dir rächen will? Hast du vergessen, dass *du* derjenige warst, der unbedingt wollte, dass ich mit deiner Mutter auf die Almhütte fahre? Ist dir bis heute nicht klar geworden, dass ich nur dir zum Gefallen mitgefahren bin? Dieser Gefallen hat mir inzwischen sechs wertvolle Jahre meines Lebens gekostet!" Sie hielt inne, als sie sich ihrer schrillen Stimme bewusst wurde.

„Raus hier, sofort! Komm nie wieder hierher! Wie kannst du es wagen, mich und meine Frau so anzupöbeln? Deine Freundin Melitta war es, die mich aufgefangen hat, als du verhaftet worden bist. Sie hat mir bei der Beerdigung die Hand gehalten, nicht du! Lass sie in Ruhe, sie ist meine Frau!"

„Ach ja? Warum, denkst du, hat sie dich wohl getröstet? Bist du so naiv oder tust du nur so?"

Bernd ballte seine Hände zu Fäusten. Langsam ging sie einen Schritt rückwärts. Ihre Augen jedoch verfolgten jede seiner Bewegungen. Sie musste bereit sein, falls er ganz ausrasten würde.

„Sie war meine beste Freundin … zumindest hatte sie das behauptet. In Wahrheit aber wollte sie nur dich, und ich war ihr im Weg! Wieso gibt sie nicht zu, auf der Almhütte gewesen zu sein? Wen deckt sie? Nachdem ich deiner Frau auf den Kopf zugesagt habe, dass ich ihr nicht traue, wurde ich überfallen und bedroht. Wieso? Hol sie her, los, frag sie!" Aus dem Augenwinkel sah sie, wie Melitta ihre Jacke vom Haken der Garderobe nahm und die Villa verließ. Bernd sah ihr stillschweigend hinterher.

„Noch habe ich keine endgültigen Beweise. Aber glaube mir, ich finde sie! Ich bin hergekommen, um dich zu warnen, doch du lässt es nicht zu. Wenn sich mein Verdacht erhärtet, wird der Fall neu aufgerollt." Bernds Gesicht glich einer verzerrten Maske. Doch Amelie konnte nicht anders, sie sprach weiter auf ihn ein.

„Du weißt, dass ich Lügen und Intrigen hasse, du hättest es dir denken können, dass ich solch eine Schuld nicht auf mir sitzen lasse. Ich wollte es dir ersparen, von Dritten zu hören, dass ich das Verfahren wieder aufnehmen werde. Es bleibt nicht aus, dass du erneut vor Gericht eine Aussage treffen musst. Ich dachte, ich warne dich, damit du nicht, so wie ich damals, in ein scheußliches schwarzes Loch gezogen wirst."

Ihr Blick traf Bernd und plötzlich sah sie einen völlig anderen Menschen vor sich. Er war nicht mehr der Mann, mit dem sie ihr Leben teilen wollte.

„Nur noch ein letztes Wort, dann siehst du mich nie wieder, außer vor Gericht. Ich habe die Hölle hinter mir, du sicherlich noch vor dir! Und noch etwas! Wenn du den angeheuerten Detektiv nicht zurückziehst, werde ich eine Anzeige wegen Belästigung erstatten. Sollte ich den Ring deiner Mutter finden, wird die Polizei ihn dir zurückgeben." Amelie hatte keine Lust mehr auf einen Kommentar von ihm. Er war für sie ein Fremder geworden. Eine schwere Last fiel von ihren Schultern, als sie das erkannte.

Mit einem Seufzer der Erleichterung schritt sie den Flur hinunter, öffnete die Haustüre und verließ die Villa, ohne sich noch einmal umzudrehen. Dieses Kapitel war für sie endgültig abgeschlossen. Mit jedem Schritt, den sie sich von der Villa entfernte, trug sie Bernd zu Grabe und weinte ohne Tränen. Sie lief über die Straße, dahin, wo Harry mit seinem Wohnmobil auf sie wartete. Es waren nur noch wenige Schritte dorthin. Ohne jegliche Vorwarnung traf sie etwas Hartes an der rechten Schulter. Sie schrie, als ein nicht zu beschreibender Schmerz sie durchzuckte. Unwillkürlich drehte sie sich um die eigene Achse, hob ihren Arm und stieß mit Wucht eine Person von sich. Sie hörte Flüche. Erst danach sah sie in ein verzerrtes Gesicht.

„Hau ab, wir brauchen keine Mörderin in unserer Villenstraße. Ich habe dich schon einmal gewarnt, vergessen? Eva war eine gute Nachbarin, sie hatte es nicht verdient, beraubt und getötet zu werden!"

Blitzschnell fing Amelie den Hieb, der sie ein zweites Mal treffen sollte, ab. Sie riss dem Mann den Stock aus seinen Händen.

„Was fällt Ihnen ein, mich zu beleidigen und auf mich einzudreschen? Sind Sie von allen guten Geistern verlassen?" Schmerz und Zorn wechselten sich ab. Sie griff das Handgelenk des Mannes, riss ihm den zweiten Gehstock aus der Hand und schleuderte diesen weit von sich. Der Gedanke und das Bedürfnis, ihm für sein unverschämtes Tun das Handgelenk zu zerquetschen, wurden in ihr übermächtig. Erst als eine kräftige Hand die ihre von der des Mannes löste, ließ der Krampf in ihren Händen nach. Harry war es, der sie, ohne ein Wort zu verlieren, von dem Mann wegzog.

„Amelie, was sollte das? Soll ich die Polizei rufen? Ich habe gesehen, wie er ausgeholt hat, war aber nicht schnell genug, um es zu verhindern."

„Keine Polizei, die glauben einer Vorbestraften sowieso nicht." Am liebsten hätte sie geschrien, getobt und dem alten Mann eine Ohrfeige verpasst. Doch das durfte sie nicht. Mit brachialer Gewalt musste sie sich zur Ruhe zwingen.

Unterdessen brachte Harry dem alten Mann den Stock von der anderen Straßenseite.

Anschließend kam er auf sie zu. Widerstandslos ließ sie sich von ihm auf die andere Straßenseite schieben. Ihre Schulter schmerzte viel zu stark, als dass sie sich gegen Harrys Tun hätte wehren können.

„Wer war dieser Mann und wer hat ihn gegen dich aufgehetzt? Von alleine kommt ein alter Mann bestimmt nicht auf die Idee, auf so eine brutale Art einen Menschen zu vertreiben."

Scheinbar war auch Harry geschockt darüber, was sich gerade abgespielt hatte.

„Ich weiß es nicht, wir alle kannten uns über viele Jahre, oft spielte ich mit denen Skat, wenn der dritte Mann fehlte. Ich begreife es nicht!"

****

Die Schulter schmerzte einige Tage und fast jeden Tag ging sie schlecht gelaunt in die Kanzlei, um ihre Arbeit zu verrichten. Einen wirklichen Sinn für ihr Leben sah sie nicht mehr, obwohl die Kollegen immer wieder versuchten, sie aufzumuntern.

„Amelie, eine Melitta Roth will dich sprechen."

„Was will die denn?", antwortete sie überrascht. Sie überlegte kurz, bevor sie das Gespräch annahm. Daniel bat sie, den zweiten Hörer zu nehmen. Es war besser für sie, wenn ein Außenstehender mithörte.

„Hier Amelie, was gibt's?"

„Ich wollte mich bei dir entschuldigen für mein Verhalten. Ich habe gehört, dass der alte Nachbar Schulte auf dich eingedroschen hat. Es tut mir leid. Können wir uns treffen? Dieses Mal lade ich dich zu unserem Italiener ein."

„Wie kommt es zu dieser Wandlung? Was führst du im Schilde?"

„Nichts, Amelie … wirklich nichts."

„Gut, treffen wir uns heute um 20 Uhr beim Italiener." Amelie wartete keine Antwort ab und legte den Hörer zurück auf die Gabel. Sie sah die fragenden Blicke ihrer Kollegen.

„Ja, ja, ich weiß! Aber meine Neugier ist zu groß, als dass ich ihr einen Korb gegeben hätte."

„Warum will sich diese Melitta plötzlich kooperativ zeigen? Was war der Auslöser dafür?", hörte sie Schmidt fragen.

„Der Auslöser war der alte Mann, der Amelie mit einem Gehstock verhauen wollte", antwortete Harry.

Kurz vor Freitagabend berieten sich die Kollegen, ob einer von ihnen in der Nähe der Pizzeria bleiben sollte. Doch sie machte ihnen klar, allein zu diesem Treffen gehen zu wollen.

„Amelie gehört nun mal zu den Menschen, die immer an das Gute glauben, und das trotz ihrer schlechten Erfahrungen", mischte sich Schmidt erneut ein.

„Das ist ihr gutes Recht! Dann suche ich derweil weiter nach der mysteriösen Zeugin." Daniel verdrehte theatralisch die Augen, während er dies verkündete.

„Und ich werden meine Kontakte aktivieren, um herauszufinden, ob der Juwelierladen verschuldet ist. Immerhin sollte der Ring fünfzigtausend Euro wert sein. Vielleicht brauchten die Roths das Geld von der Versicherung", mischte sie Harry ein.

„Nein, das glaube ich nicht. Bernd konnte immer mit Geld umgehen, er hat auch die Buchhaltung von dem Laden gemacht."

„Na eben, alles kann sich ändern. Vielleicht ist seine jetzige Frau so anspruchsvoll", konterte Harry.

„Versprich uns, nicht auszurasten, nicht zu schreien und auch nicht handgreiflich zu werden, wenn du dich mit dieser Frau triffst. Eine Anzeige kannst du nicht gebrauchen." Daniel grinste so breit, dass seine Ohren Besuch bekamen.

„Na hör mal, Daniel, wie bist du denn drauf? Hast du mich je schon mal ausrasten sehen? Meistens habe ich eine draufbekommen!"

„Schon gut, war nicht so gemeint. Aber diese Melitta darf keinen Verdacht schöpfen. Wenn sie merkt, dass wir gegen die Roths ermitteln, wird sie dichtmachen und du erfährst nichts mehr, falls sie etwas Brauchbares wissen sollte."

„Ich passe auf und werde friedlich wie ein Lamm sein. Aber leichtfallen wird es mir bestimmt nicht, nach dem Theater, das sie veranstaltet hatte."

Kein schöner Abend, dachte Amelie, als sie den Regen von ihrer Enduro-Jacke abtropfen ließ. Als sie die Pizzeria betrat, sah sie Melitta von einem der hinteren Tische winken. Amelie war klar, dass sie ihr gegenüber zurückhaltend sein musste. Ein Vertrauensbonus hatte diese Frau nicht mehr bei ihr. Sie zwängte sich zwischen den Tischen hindurch, bis sie den hintersten erreichte.

„Hallo", grüßte Amelie. Ihren Helm und die Jacke legte sie auf den freien dritten Stuhl, bevor sie sich Melitta gegenübersetzte. Amelie sah sie an und stutzte. So herausgeputzt hatte sie Melitta noch nie gesehen. Die blonden Haare fielen weich über ihre Schultern. Das enge Kleid, das sie trug, ließ sie zart und zerbrechlich erscheinen. Die Lippen waren zu einem Schmollmund kirschrot geschminkt und die Fingernägel knallig rot lackiert. Zweifelsohne zog sie mit diesem Aufzug die Blicke der Männerwelt auf sich. Es schien nicht dieselbe Frau zu sein, die sich vor Tagen einen hysterischen Aufstand auf der Straße geleistet hatte. Was wollte sie mit dieser Maskerade erreichen? Melitta holte sie aus ihren Gedanken.

„Amelie, es tut mir leid, dass ich vor Tagen so ausgerastet bin. Irgendwie fühlte ich mich von dir überrumpelt. Komm, lass unsere Freundschaft wieder aufleben. Schließlich waren wir Kindergartenfreundinnen."

„Ach ja? Weshalb auf einmal? Dich hatte es überhaupt nicht interessiert, wie es mir erging. Warum gerade jetzt?"

„Ich, ich … es tut mir leid! Ehrlich, ich hatte ein schlechtes Gewissen dir gegenüber. Lass mich dir helfen. Ich will es wiedergutmachen."

Es schmerzte Amelie, als sie zusehen musste, wie Melitta mit der Halskette spielte, die sie vor Tagen Bernd zurückgegeben hatte. „Warum lügst du? Und … weiß Bernd, dass du wie eine aufgetakelte Pfauenhenne auf offener Straße herumläufst?"

„Natürlich! Er will es so, wusstest du das nicht? Komm, lass uns nicht streiten. Vielleicht kann ich dir wirklich helfen, den wahren Täter zu finden. Wenn du es nicht warst."

„Weißt du irgendetwas? Was willst du mir sagen? Und … warum gerade jetzt und nicht vor fünf Jahren?"

„Nein ich weiß nichts, ehrlich! Sag mir, was ich tun soll, und ich tue es."

„Du bist eine gute Schauspielerin, Melitta. Ich glaube dir kein Wort."

Amelie hatte keine Lust mehr auf diese Wortspielchen. Entschlossen stand sie auf, griff nach ihrem Helm und ihrer Jacke. „Noch eine Frage: Warst du an dem besagten Abend auf der Almhütte?"

„Nein, natürlich nicht! Wieso fragst du wieder danach?"

„Weil ich an diesem Abend einen Schatten gesehen habe und ich nach wie vor der Meinung bin, dass du es warst. Du bist die Einzige gewesen, die wusste, dass ich das Wochenende mit Eva auf der Hütte verbringen würde."

„Nein, ich – war – nicht – dort."

Amelie hatte genug von diesem Theater. Sie bereute es, dass sie die Einladung angenommen hatte. Sie hatte wahrlich andere Probleme, als sich mit ihr auseinanderzusetzen. „Hier hast du meine Handynummer, falls dir noch etwas einfallen sollte. Übrigens, dein Lippenstift ist verschmiert." Auf eine Reaktion von ihr wollte Amelie nicht warten. Sie verließ das Lokal, ohne etwas bestellt zu haben.

Draußen war es stockdunkel geworden. Sie atmete die kalte Luft tief ein und stieß sie mit einem kräftigen Stoß aus ihren Lungen. Sie lief auf ihre Maschine zu, nahm die Strickmütze ab und ersetzte sie durch die Sturmhaube. Wie immer sah sie erst über ihre Schulter, bevor sie den Zündschlüssel aus ihrer Jackentasche zog.

Blitzschnell drehte sie sich in Richtung des Schattens, der hinter ihr aufgetaucht war. Amelie packte die Person hart am Arm und zog sie zu Boden. Ein spitzer Schrei drang an ihr Ohr. Sie stutzte, lockerte den Griff, sah an sich herunter und erkannte Melitta. Mit einem kräftigen Ruck zog sie diese wieder auf die Beine.

„Was soll das? Tickst du falsch oder was? Mich von hinten anzugreifen!"

„Ich, ich habe dich nicht erschrecken wollen. Du warst so schnell weg, da bin ich dir hinterhergelaufen. Ich muss dir noch etwas sagen." Melitta war nicht mehr so selbstbewusst wie im Lokal. Woher kam plötzlich der Wandel? Wieso ließ sie gerade jetzt ihre Fassade fallen? Oder war es ein Schauspiel erster Klasse? Sie wusste es nicht, sie spürte nur, dass sie extrem genervt war.

„Hast du etwa zu viel getrunken? Deine Wimperntusche, der Lippenstift und dein Make-up sind völlig verlaufen. Du siehst aus wie ein trauriger Clown."

Melittas Stimme klang erbärmlich und leise. Sie war kaum zu verstehen.

„Bernd ist seit dem Tod seiner Mutter depressiv. Die Ärzte wissen sich keinen Rat mehr. Unsere Ehe ist nichts mehr wert. Ich brauche deine Freundschaft!"

„Warum erzählst du mir das? Ich habe genug mit mir zu tun. Erst behandelst du mich wie ein Stück Dreck und jetzt heulst du dich bei mir aus. Was willst du erreichen? Glaubst du ernsthaft, dass ich Gewehr bei Fuß stehe, wenn du mit dem Finger schnippst? Läufst du deswegen wie ein Paradiesvogel herum, um Aufmerksamkeit zu erlangen? Oder seid ihr pleite und du musst anschaffen?" Amelie drehte sich von ihr weg und stieg auf ihre Maschine. Viel zu hastig setzte sie ihren Helm auf und drehte den Zündschlüssel. Der Motor sprang an. Das leise Tuckern der Maschine beruhigte sie. Es war eine Wohltat zu spüren, wie sich die Anspannung in ihrer Schulter löste. Den Gasgriff ließ sie für einen Moment los und drehte sich noch einmal zu Melitta um. Diese stand wie erstarrt. Dennoch musste sie eine Frage loswerden.

„Sag mal, was wird denn Bernd sagen, wenn du die Freundschaft zu mir wieder aufnimmst? Er hat mich rausgeschmissen und mir zu verstehen gegeben, dass ich mich nie wieder blicken lassen soll. Er würde diese Freundschaft nicht dulden."

„Es ist alleine meine Sache. Bernd muss mit sich selbst fertigwerden. Selbst mich ignoriert er seit einigen Monaten. Egal … Auf jeden Fall bin ich dir eine Menge schuldig, und das will ich wiedergutmachen. Er wird mich verstehen."

„Wenn du meinst! Ich melde mich bei dir, aber es kann dauern. Schließlich hast du über fünf Jahre gebraucht, um mir erneut deine Freundschaft anzubieten." Auf eine Antwort wartete sie nicht mehr. Sie nickte ihr zu und fuhr los. Während der Fahrt fragte sie sich, ob Melitta eine gute Schauspielerin war oder tatsächlich nichts mit dem Tod von Eva Roth zu tun hatte. Das war erst mal nebensächlich, sie würde mit ihren Kollegen darüber reden. Vielleicht waren sie weitergekommen und hatten Neuigkeiten.

Ein Hoffnungsschimmer?

Amelie stocherte im luftleeren Raum. Es war deprimierend, in eigener Sache nicht voranzukommen. Fremde Fälle, wie den schwierigen Fall Bertram, konnten sie knacken. Sie war es, die Schmidt auf die richtige

Spur geführt hatte. Er nannte es weibliche Intuition. Die Staatsanwaltschaft hatte die Klage zurücknehmen müssen. Es war die Ex-Geliebte von Bertram, die ihm die Unterschlagung untergejubelt hatte. Die Kanzlei zeichnete einen Erfolg nach dem anderen. Die Quoten für Freisprüche sprachen sich herum wie ein Lauffeuer. Die Kanzlei konnte sich vor neuen Mandanten kaum retten.

Doch was half es ihr? Nichts! Nichts war passiert, außer dass Bernd den Detektiv abziehen musste. Keine neuen Hinweise, sie trat auf der Stelle. Schon frühmorgens, wenn sie ihren ersten Kaffee trank, wechselten sich Wut und Hilflosigkeit ab. Zum Lachen war ihr schon lange nicht mehr zumute. Wenn es ganz schlimm wurde, griff sie zum Telefon und rief Max oder Marlies an. Manchmal schafften sie es, sie aus ihrem Tief zu holen.

Mit einer Handbewegung verscheuchte sie die negativen Gedanken, trank ihren Kaffee aus, spülte die Tasse, schloss die Tür hinter sich und ging hinunter in ihr Büro. Würde es wieder so ein sinnloser Tag werden?, grübelte sie.

„Guten Morgen, Amelie, kommen Sie in mein Büro, wir müssen reden."

„Guten Morgen, Chef, was gibt's?"

„Das Verfahren gegen den Unbekannten, Sie wissen schon, der mit sie mit einem Stein attackierte, wurde mangels öffentlichen Interesses eingestellt."

„Das war zu erwarten", fast hätte sie es rausgeschrien. Aber sie beherrschte sich und steckte stattdessen hastig die Hände in ihre Hosentaschen. Keinesfalls wollte sie Schmidt anschreien. Der konnte nun wirklich nichts gegen die Entscheidung der Justiz tun. Dennoch gelang es ihr immer weniger, ihre Wut zu unterdrücken. Mit jedem Tag wurde ihr bewusster, dass sie etwas gegen die häufig auftretende

Erbitterung unternehmen musste, wollte sie nicht den Blick für das Wesentliche verlieren.

„Amelie, was ist los mit Ihnen? Sie sind plötzlich so blass im Gesicht."

„Schon gut, war zu erwarten, dass die das Verfahren einstellen." Der plötzliche Drang, mit der Enduro ins abgelegene Gelände zu fahren, wurde übermächtig. Sie brauchte Luft zum Atmen.

„Herr Schmidt, ich glaube, ich werde ab heute Überstunden abbauen. Meine Arbeit ist getan und es liegt nichts Dringendes an. Beurlauben Sie mich für den Rest der Woche?"

„Ja, ich sehe, dass Sie Abstand brauchen und sich wieder beruhigen müssen. Das wird schon, glauben Sie mir. Es war kein Rückschlag, auch wenn die Kripo keine Spuren gefunden hat. Wir sehen uns am Montag. Und … das gesamte Team steht hinter Ihnen, vergessen Sie das nicht, Amelie."

„Ich weiß", erwiderte sie. Sie drehte sich auf dem Absatz um und verließ sein Büro, bevor er es sich anders überlegen konnte. In Windeseile zog sie ihre Lederkombi an, nahm den Schlüssel vom Haken und hastete die Treppe hinunter. Daniel rief ihr etwas hinterher. Sie ignorierte ihn, sie wollte nur noch weg, raus an die Luft, bevor sie innerlich zerplatzen würde. Hastig stieg sie auf ihre Maschine und fuhr los. Das Ziel war die Grube.

Die Wiesen, Täler und Ortschaften flogen nur so an ihr vorbei. Erst an der obersten Spitze der Grube, kurz vor dem Abgrund, zog sie am Bremshebel. Mit einem Ruck blieb die Maschine stehen. Amelie stieg ab, holte tief Luft und schrie hinunter in die Tiefe. Erst als der schrille Schrei in ein Krächzen überging, verstummte sie und setzte sich an die Kante der Grube. Sie ließ ihre Beine baumeln, als sie hinunter in den tiefen Abgrund sah. Allmählich verblasste die Wut. Ihr Kopf wurde frei und sie schaffte es, wieder klar zu denken. Marlies' Worte bei ihrem letzten Telefonat fielen ihr ein.

„Die Wut, die du in dir spürst, will dir etwas zeigen. Also überlege, handle und sorge dafür, dass du herausfindest, was sie dir zeigen will, und versuche es zu ändern! Die Attacken auf dich müssen einen Grund haben! Vielleicht wollte dich jemand auf diese Weise warnen; wenn ja, finde heraus, warum. Vielleicht bist du der Sache näher, als du selbst vermutest. "

Amelie dachte über diese Worte nach, immer und immer wieder. Sie zeichnete Kreise in den losen Untergrund, so lange, bis der Nebel des Zorns vor ihren Augen verschwand. Sie blickte auf ihre Uhr, es war spät geworden. Über Nebenstraßen fuhr sie zurück in die Kanzlei. Ihr Entschluss stand fest: Sie musste mit Schmidt reden, brauchte mehr Freiraum, mehr freie Tage, um in ihrer Sache voranzukommen. Zur Not würde sie die Kanzlei verlassen, wenn Schmidt in ihr Vorhaben nicht einwilligen würde. Das war ihr fester Vorsatz. Sie würde sofort zu ihm gehen. Schmidt war jedoch nicht mehr in der Kanzlei anzutreffen. Schweren Herzens entschloss sie sich, bis zum kommenden Montag zu warten.

****

Die Tür zu ihrem Büro wurde aufgerissen und Schmidt stand im Türrahmen. Sie erschrak, als er wie ein zorniger Wichtel auf sie zugeschossen kam und mit einem Schriftstück wedelte. Amelie erkannte es als ein Schreiben vom Amtsgericht.

„Was habe ich mit dem Gericht zu tun? Das kann nur ein Irrtum sein." Sie ging einen Schritt auf ihn zu und nahm ihm das Schreiben aus der Hand. Als sie den Antrag las, zogen sich ihre Augenlider zu einem schmalen Strich zusammen.

„Das ist ein komischer Scherz." Amelie gab ihm das Schreiben zurück. „Das ist eigenartig! Melitta hatte mir zugesichert, dass Bernd die Unterlassung zurückziehen wollte."

Schmidt räusperte sich, und schon hörte sie ihn wettern.

„Was haben Sie sich dabei gedacht? Wie kommen Sie überhaupt dazu, in die Villa Roth zu marschieren und seine Frau zu beschuldigen?"

„Herr Schmidt, das hatten wir hier so besprochen, und falls Sie sich daran erinnern, waren Sie es, der Harry gebeten hat, mich zu begleiten. Schon vergessen?"

Schmidt schwieg und schien zu überlegen. Das war für sie die Gelegenheit, weiter zu argumentieren.

„Erst nachdem ich Bernd Roth in der Villa besucht habe, bin ich mit einem Stein niedergeschlagen und bedroht worden! Das kann kein Zufall gewesen sein! Irgendjemand muss fürchterliche Angst haben, dass ich etwas herausfinde."

Amelie wartete auf Schmidts Reaktion, obwohl sie überhaupt keine Lust mehr darauf hatte, sich ständig aufs Neue wehren zu müssen. „Übrigens, das war sicherlich die Retourkutsche dafür, dass Sie ihn, in der Funktion als Anwalt, per Schreiben aufgefordert hatten, den Detektiv von mir abzuziehen", schob sie hinterher. Schmidt war wütend. Sein Blick sprach Bände.

„Geben Sie her, ich erledige das! Aber unterstehen Sie sich, sich in die Nähe der Villa aufzuhalten. Sie sind vorbestraft, man hat ein besonderes Auge auf Sie! Es wird noch immer vermutet, dass Sie den Ring haben."

„Ich habe verstanden, trotzdem kann ich nicht nachvollziehen, warum Bernd mir den Zutritt zur Villa durch eine Unterlassungsklage reingedrückt hat. Sicherlich wird mir Melitta etwas dazu sagen können."

„Unterstehen Sie sich, auch nur in die Nähe der beiden zu kommen."

Schmidt verließ ihr Bürozimmer und sie zuckte leicht, als sich die Tür mit einem kräftigen Knall schloss.

Amelie drückte ihre Ellenbogen auf die Schreibtischplatte. Ihre Lippen schlossen sich zu einem schmalen Strich und sie grübelte vor sich hin. *Wieso sollte sie leben und arbeiten, wenn sie nie Gerechtigkeit erfahren würde? Warum ließ sie nicht alles, wie es war, und vergaß das Unrecht, das man ihr angetan hatte? War sie zu schnell vorgeprescht, als sie das Gespräch mit ihrem Ex-Verlobten erzwungen hatte? Wo sollte sie noch suchen? Alle Hinweise, die für sie einen kleinen Lichtblick bedeuteten, verliefen im Sand. War sie schuldig im Sinne des Gesetzes? Hatte sie den Ring selbst versteckt und wusste nicht mehr, wo? Sollte ihr Vater recht behalten? War sie eine Mörderin?* Sie fand keine Antworten darauf. Sie fühlte sich saumiserabel.

„He Amelie." Sie hatte Daniel nicht kommen hören, so sehr war sie in ihrer düsteren Gedankenwelt gefangen gewesen. Unauffällig schniefte sie in ihr Taschentuch. Sie vermied es, Daniel anzusehen.

„Hab vom Chef gehört, was dir passiert ist. Echt mies, so etwas. Glaube mir, der Chef biegt es wieder hin!"

„Bist du deshalb hier, um mir das zu sagen?"

„Nein, deshalb bin ich nicht hier! Ich habe eine Überraschung für dich."

Daniels Grinsen zog sich über beide Ohren. Aber auch das konnte ihre miese Laune nicht verdrängen. „Och, Daniel, für heute habe ich genug schlechte Nachrichten. Ich brauch keine mehr."

„Was bekomme ich von dir, wenn ich dir ein großes Geheimnis verrate und dir garantiert ein Lächeln auf deine bezaubernden Lippen zaubere?"

„Hör auf Daniel, ich habe keine Lust auf ein Ratespiel!"

Daniel ließ sich nicht beirren.

„Wenn ich dir die Adresse von dieser Neumann präsentiere, gehst du dann mit mir aus?" Er verschränkte die Arme und wartete auf eine Antwort.

„Du weißt, dass ich nicht gerne unter vielen Leuten bin, aber wenn du meinst, dass es dir das wert ist, ja, dann gehe ich mit dir aus. Also los, sag schon."

„Siehst du, ich wusste, dass ich dich überreden würde!" Daniel schob seine Brille zurecht, dann wurde er ernst.

„Diese Frau hat ihren Namen geändert, jetzt heißt sie Silke Marenkowitz."

„Wie, sie hat den Namen geändert? Deshalb konnten wir sie nicht finden!"

„Es war nicht einfach, sie zu finden, nachdem sie sich einen polnischen Pass besorgt hatte." Mit geschwellter Brust erzählte er ihr, dass sein Freund Amyl ihn auf die Idee gebracht hatte.

„Ich hatte ihn gefragt, wohin sich ein Mensch verkrümeln würde, wenn er im Mecklenburgischen zu Hause war und etwas zu verbergen hätte. Was denkst du, wie die Antwort ausfiel? … Na, eine Idee?"

Amelie hatte keine Ahnung und auch keine Lust auf ein Rätselspiel. Und … sie hatte keine Antwort auf seine Frage. „Weiß ich nicht, komm, sag schon, ich platze gleich vor Ungeduld."

„Na gut, dann verrate ich es dir. Die Antwort meines Freundes hieß Polen."

Daniel rieb sich die Hände. Er schien sich diebisch über diese Aussage zu freuen.

„Mit dieser Erkenntnis habe ich mich sofort darangemacht, in der Nähe der polnischen Grenze die Einwohnermeldeämter unter dem Namen der Kanzlei anzuschreiben. Dort habe ich um Auskunft über Zuzüge aus dem Jahr 2007 und 2008 gebeten. Voilà … es waren nicht viele und das Foto, das du mir gegeben hast, habe ich zurechtgeschnitten und im Internet veröffentlicht. Der Text lautete: *Hilfe ich suche meine Schwester!* Es ging erstaunlich schnell, bis ich den Hinweis bekam." Daniel wedelte mit einer Notiz vor ihrer Nase herum.

„Daniel, du bist ein Genie." Am liebsten hätte sie ihn umarmt, doch sie ließ es. Nach wie vor waren ihr fremde Berührungen unangenehm, fast schmerzhaft.

„Ich weiß", hörte sie.
Erst nach einer Weile wurde ihr die Gewichtigkeit von Daniels Worten bewusst. War es vielleicht doch möglich, eine neue Chance zu bekommen? Daniel unterbrach ihre Gedanken.
„Und … wann gehen wir aus?"

Amelie kannte ihn lang genug, um zu wissen, dass er erst dann die Adresse rausgeben würde, wenn sie seine Einladung per Handschlag annehmen würde. Schließlich war es sein Recht, eine Gegenleistung zu verlangen, auch er arbeitete in seiner Freizeit für sie, genauso wie Harry. Mit einem Handschlag besiegelten sie die angenommene Einladung und verabredeten sich für den kommenden Samstag in einer Disco. Mit dem Zettel, den Daniel ihr in die Hand gedrückt hatte, verließ sie die Kanzlei. Ihr war nicht klar, warum Daniel darauf bestand, mit ihr auszugehen. Schließlich war sie fast zehn Jahre älter als er. Warum vergnügte er sich in der Freizeit nicht mit jungen Studentinnen? Sie selbst hasste Discos und außerdem hatte sie derzeit keinen Nerv, auf der Tanzfläche herumzuzappeln.

****

Viele verschiedene Lichterfarben flackerten um sie herum, als sie die Disco betrat. Daniel stand bereits an einem Ecktisch. Er wirkte gelöst, sicherlich war er stolz darauf, es geschafft zu haben, sie, Amelie, zum Ausgehen zu bewegen. Als er sie entdeckte, winkte er wie wild und schrie irgendetwas. Sie konnte ihn nicht verstehen, sie hörte nur die schrillen Töne von irgendwelcher Musik, die sie nicht kannte. Amelie wühlte sich durch die Menge, um an Daniels Tisch zu gelangen. Auf dem Weg dorthin roch sie Schweiß und Zigarettenqualm, der sich miteinander vermischte. Ihre Nasenflügel zogen sich zusammen.

Warum sie ihre Wollmütze zu Hause gelassen hatte, begriff sie selbst nicht. Ohne diese fühlte sie sich nur halb angezogen. Stückweise kam sie ihrem Kollegen näher. Als sie es endlich geschafft hatte und vor Daniel stand, starrte er sie an. Sein Mund war halb geöffnet.

„Donnerwetter, toll siehst du aus!", hörte sie ihn brüllen. Er griff nach ihrer Hand. Sachte zog sie diese zurück. Hastig nahm sie den Drink, den er ihr reichte. Es wurde ihnen schnell klar, dass eine Unterhaltung bei dieser Lautstärke unmöglich war. Amelie ließ sich von Daniel auf die Tanzfläche ziehen, wo sie sich mit den Übrigen nur stehend, von einem Fuß auf den anderen tretend, bewegen konnten. Um sie herum zuckten und schüttelten sich die Körper unter der Electro-Musik. Zwanzig Minuten hielt sie es aus, dann zog sie Daniel von der Tanzfläche, quer durch die Menschenmasse. Seinen enttäuschten Blick spürte sie in ihrem Nacken. Draußen vor der Disco entschuldigte sie sich.

„Ich lade dich demnächst zum Essen ein, versprochen." Gott sei Dank machte er gute Miene zum bösen Spiel. Ohne zu mosern, fuhr er sie zurück in ihre Wohnung. Gerade als sie sich ihren Jogginganzug anziehen wollte, klingelte das Handy. Auf dem Display sah sie, dass es Daniel war. „Ja? Hast du was vergessen?"

„Nein, schlimmer! Bei mir wurde eingebrochen. Die Polizei ist hier in meinem Zimmer."

Amelie erinnerte sich daran, dass Daniel mal erwähnt hatte, dass er noch bei seinen Eltern in der Villa wohnte, aber eine Etage komplett für sich gemietet hatte.

„Daniel, ich komme vorbei. Es dauert nur zwanzig Minuten."

Kaum war sie von der Maschine gestiegen, öffnete er die Tür. Mit dem Helm unterm Arm lief sie Daniel hinterher. Mit einem Blick erfasste sie das angerichtete Chaos. Kleider, Schuhe, Bettwäsche, Handtücher, einfach alles war aus den Schränken gerissen worden. In seinem Studierzimmer lagen überall Papiere, Stifte und zerrissene Zettel zerstreut auf dem Boden. Selbst das aus massivem Holz geschnitzte Bücherregal war umgekippt worden.

„Amelie, die haben meinen Computer geklaut. Alles war darauf gespeichert, auch meine Studienarbeiten."

„Auch die Unterlagen in meiner Angelegenheit?" Daniel konnte nicht antworten, es klingelte erneut. Schmidt und Harry standen vor der Tür. Erschrocken wich Amelie einen Schritt zurück. Plötzlich fühlte sie sich schuldig an diesem Chaos hier. *Hatte dieser Einbruch etwas mit ihr zu tun? War es wegen der Recherchen?* Bei diesem Gedanken schluckte sie den Kloß, der ihre Kehle blockierte, hinunter.

„Das war kein Zufall", hörte sie Schmidt sagen.

„Wer wusste außer uns noch, dass Daniel nicht zu Hause war?", fragte Harry.

„Kommt, die Kripo soll ihre Arbeit machen. Hier können wir im Augenblick nichts tun."

Amelie wurde von Harry aus der Wohnung geschoben. Daniel und Schmidt folgten. Sie gingen eine Etage höher, zu Daniels Eltern. Doch die Diebe hatten ihre Arbeit so leise verrichtet, dass niemand etwas gesehen oder gehört hatte. Es gab in dieser Nacht nichts mehr zu tun. Daniel schlief bei seinen Eltern; Amelie, Harry und Schmidt machten sich auf den Heimweg.

Es folgte eine Nacht, in der sie nicht schlafen konnte. Um vier Uhr in der Früh schloss sie die Kanzlei auf, ging direkt in die Teeküche und kochte starken Kaffee. Kaum war der Kaffee fertig, traten Schmidt, Harry und am Schluss Daniel in die Kanzlei. In solchen Krisensituationen war es normal, sich direkt an den runden Tisch zu setzen. Der frisch gebrühte Kaffee belebte die Gemüter. Daniel holte einen Stick aus seiner Hosentasche und hob ihn hoch.

„Das Ding hier wollten die haben. Auf diesem Stick ist die Adresse dieser ehemaligen Haushaltshilfe drauf. Wenn die meinen Computer knacken und es geht wirklich um Amelies Aufklärungsfall, dann finden sie auch die neue Adresse von dieser Frau, wer immer sie außer uns noch sucht."

Fast eine Stunde lang diskutierten sie darüber, wie man an diese Frau herankommen könnte. Harry fand eine Lösung.

„Ich fahre hin, wollte sowieso mal in diese Ecke. Amelie, was hältst du davon?"

Amelie schnappte nach Luft. Was für eine geniale Idee! Endlich konnte sie selbst aktiv werden. Was würde Schmidt dazu sagen? Fragend sah sie ihn an.

„Keine schlechte Idee, Harry. Du hast in der letzten Zeit sowieso viel zu viel für dein Alter gearbeitet. Schließlich bist du Rentner."

Harry lachte laut auf und ging auf Amelie zu.

„Und? Was sagst du dazu?"

„Was für eine Frage! Natürlich, vielleicht habe ich Glück und wir kommen einen Schritt weiter. Herr Schmidt, bekomme ich Urlaub? Von mir aus auch unbezahlt."

„Es liegt auch in meinem Interesse zu beweisen, dass meine Mitarbeiterin einem Justizirrtum zum Opfer gefallen ist."

„Dann ist alles geklärt, wir fahren morgen früh in den Süden Mecklenburgs", erwiderte Harry.

„Wir werden euch von hier aus unterstützen", versprach Daniel.

„Na dann mal los, Amelie, pack ein paar Sachen, morgen geht's los."

Harry war Feuer und Flamme. Schon lange hatte er sich vorgenommen, mit seinem alten Mobil diese Gegend, die er selbst noch nicht kannte, zu erkunden. Und Amelie konnte kaum glauben, doch eine Chance zu bekommen, die Wahrheit herauszufinden.

Der Tag war ausgefüllt mit Packen, Adressen und Skizzen fertigen und vielen kleinen Dingen mehr. In der Nacht vor der Abreise konnte sie nicht schlafen. Sie war zu aufgekratzt und musste gegen ihre Nervosität und Ungeduld ankämpfen. Würde dieser Spuk bald ein Ende haben? In den Morgenstunden fiel sie in einen kurzen Schlaf. Unruhig drehte sie sich von einer Seite auf die andere, als, wie so oft in den letzten Nächten, Bilder der Verhaftung vor ihrem inneren Auge auftauchten und nicht wieder verschwanden. Wie gerädert, aber zufrieden stieg sie aus dem Bett und sprang unter die Dusche. Nachdem sie Jeans und Jacke angezogen hatte, nahm sie ihren alten Rucksack und schloss die Tür ihres Appartements sorgfältig hinter sich ab. Auf dem Weg zur Kanzlei hörte sie Harry laut lachen, er war offensichtlich in Reiselaune.

„Ah, da bist du ja. Können wir starten?"

Sie konnte nur nicken, sie war viel zu nervös, um zu antworten. Außerdem war sie mit der Frage beschäftigt, was sie dieses Mal wohl erwarten würde. Daniel schien ihre Gedanken lesen zu können.

„Amelie, lass es auf dich zukommen, du kannst eh nichts beeinflussen. Bleib relaxt. Wir alle wollen dir helfen, vergiss das nie, versprochen?"

Amelie sah in ein strahlendes Gesicht. Daniel schaffte es immer wieder, Optimismus zu verbreiten.

„So, wir können starten. Bist du bereit für dieses Abenteuer mit einem alten Mann wie mir?" Harry lachte noch immer. Die Ratschläge von Schmidt und Daniel hörte sie kaum noch. Amelie war geistig schon auf dem Weg nach Mecklenburg.

Im brandenburgischen Süden

Vor ihren Augen erstreckten sich ein sanftes Tal, Wiesen und Weiden. Quer durch die Bilderbuchkulisse teilte ein Fluss das Tal. Es war erstaunlich für sie, dass etwa 100 Kilometer südlich von Berlin sich so ein Landschaftsbild auftat. Harry hielt am Rande einer Landstraße an.

„Jetzt verstehst du sicherlich, warum ich so viel mit meinem Vehikel unterwegs bin. Diese faszinierende Natur entschädigt mich immer wieder von Neuem für den täglichen Stress." Harry zog seine buschigen Augenbrauen nach oben und ein befreiendes Lachen drang an ihre Ohren, als er mit weit ausgebreiteten Armen und großen Schritten durch die Wiesen schritt. Amelie musste schmunzeln, es sah irgendwie eigenartig aus, wie so ein Hüne von Mann sich wie ein Kind über die Natur freute.

Sie stieg ebenfalls aus, stopfte ihre dichten, widerspenstigen Haare unter die Strickmütze und folgte ihm. Sie selbst hatte den Sinn für Landschaften schon längst verloren. Der ständige Blick auf die Mauer der JVA hatte sie die Natur vergessen lassen. Nur wenn sie auf ihrer Maschine saß, konnte sie die Freiheit genießen. Wenn es nach ihr ginge, würden sie weiterfahren, aber sie verstand Harry und sie wusste, dass sie sich nach ihm richten musste. Er war der Fahrer und er verdiente es, Pause zu machen. Harry liebte die Natur und schließlich war es seine Zeit, die er für sie opferte. Außerdem bewunderte sie ihn für die Ruhe, die er für sich gepachtet zu haben schien. Ihn konnte nichts, aber auch gar nichts zu erschüttern. Und sie, was tat sie? Sie verschwendete ihre Zeit, indem sie viel zu sehr an in der Vergangenheit herumwühlte, obwohl sie wusste, dass *Zeit* ein kostbares Gut war, mit dem sie sehr sorgfältig umgehen sollte. Es war ihr bewusst, dass es sich nicht lohnte, bereits verstrichener Zeit nachzutrauern. Seit sie unterwegs waren, grübelte sie darüber nach, wie sie diese Frau Rieke zum Reden bringen könnte. Fast wäre sie auf Harry geprallt, als der plötzlich stehen blieb. Sein Blick war fragend auf sie gerichtet. Sie fühlte sich in ihren Gedanken ertappt.

„Ist alles gut bei dir?"

„Nein, nichts ist gut! Ich werde immer nervöser, weil ich nicht weiß, was auf uns zukommt. Außerdem platze ich fast vor Ungeduld. Den vierten Tag rollen wir schon durch die Städte und Dörfer, nur weil du Autobahnen meidest wie die Pest. Ich habe das Zeitgefühl verloren und glaube bald in diesem Leben nicht mehr anzukommen."

Harry legte seine Hand auf ihre Schulter.

„Ich weiß, als Motorradfahrerin bist du es gewöhnt, mit einem gewissen Tempo von A nach B zu gelangen. Gewöhn dich einfach an mein Tempo."

„Ja, ja, ist schon gut. Entschuldige meine Ungeduld." Amelie war froh, als sie wieder einstiegen und losfuhren.

Sie waren bereits einige Tage unterwegs, und sie fand es schade, dass Harry so wenig von sich selbst erzählte. Wenn sie ihn danach fragte, antwortete er mit einem wehmütigen, in die Ferne schweifenden Blick, dass jeder seine individuelle und eigene

Lebensgeschichte habe. Er würde seine gerne für sich behalten. Amelie konnte ihn verstehen, denn auch sie hielt einen Teil ihrer Vergangenheit versiegelt. Sie drängte ihn nicht weiter, denn er war ihr ein guter Freund geworden. Wenn es darauf ankam, stand er wie eine Eiche vor ihr und war immer überlegt genug, brenzlige Situationen zu entschärfen.

„Hallo, bist du schon wieder abgetaucht? Würdest du dich endlich anschnallen?", feixte Harry.

„Bin wieder gelandet", erwiderte sie und sie schenkte ihm ein entwaffnendes Lächeln. „Es kann nicht mehr weit sein, oder?", schob sie schnell hinterher.

„Nein, aber ich denke, dass wir heute Nacht hier in der Pampa kuscheln müssen. Kein Haus weit und breit, nur Felder und Wiesen."

„Och, dass macht mir nichts aus in den Alkoven zu klettern. Nur meine langen Beine werde ich zusammenzuklappen müssen, wenn ich da hochkrabble. Es ist ein bisschen wie Akrobatik. Ich schaff das schon."

Harry lachte laut los, und es war ansteckend …
Sie fuhren weiter, bis zur nächsten Abzweigung.

„Hier muss es irgendwo sein", hörte sie Harry murmeln. Er bog ab und sie stieß sich mehrmals den Kopf. Das alte Mobil wackelte und schwamm plötzlich hin und her. Es war kein Wunder, der Asphalt glich dem Wilden Westen, wie man es aus Filmen kannte.

„Halt an, siehst du das Ortsschild mit dem Namen Alwine? Daniel hatte recht, diesen Ort gibt es tatsächlich." Amelie zog die Zeichnung aus ihrer Tasche und faltete sie auseinander. „Schau mal, diese Zeichnung ist identisch mit dem, was wir hier gerade vor uns sehen."

„Du hast recht, hier steht ‚Alwine 100–106'", bestätigte Harry und zeigte mit dem Finger darauf.

„Offensichtlich ist dieser Ort nach der Wende in Vergessenheit geraten", dachte Amelie laut.

Harry lenkte sein Mobil durch die schleifenförmige Dorfstraße. Neun Wohnhäuser, mehrere Nebengebäude und zehn Schuppen und Garagen zählte sie. Keine Einkaufsmöglichkeiten und gerade fuhr ein Bus ohne Halt an diesem Ort vorbei. Die Siedlung war von der Hauptstraßenseite eingezäunt, die Häuser verfallen und nur wenige bewohnt. An einem Haus sah sie, wie sich eine alte Übergardine an einer zerschlagenen Fensterscheibe verfangen hatte. Neugierig gewordene Bewohner kamen aus den Häusern. Langsam fuhren sie weiter. Sie kamen an das letzte Haus dieses Dorfes, seitlich der Schleife, an. Dieses Haus war dem Wildwuchs der Natur zum Opfer gefallen. Auf einem weiteren unbebauten Grundstück lagen Autowracks, ein kleiner Reichsbahnwaggon und ein verlassener Wohnwagen. Harry stoppte sein Mobil. Die Straße endete und der Wald begann unmittelbar. Er wendete.

„Hier irgendwo soll die Zeugin Rieke – jetzt- Marenkowitsch – leben?", fragte Harry.

Amelie rutschte nervös auf ihrem Sitz hin und her. Die plötzlich aufgetretene Anspannung in ihrem Körper konnte sie kaum noch ertragen. Am liebsten wäre sie sofort aus dem Wagen gesprungen, um die paar Leute zu befragen. Doch Harry fuhr unbeirrt weiter.

„Wir sind am Ziel, halt an! Wollen wir nicht aussteigen?" Amelie griff an ihren Gurt, um ihn zu öffnen. Harry hielt sie am Ärmel fest, schüttelte verneinend den Kopf und fuhr weiter. Sie strafte ihn mit einem bitterbösen Blick. Er sollte merken, dass ihr das nicht passte.

„Amelie, du darfst nicht unüberlegt handeln! Also bleib angeschnallt und beruhige dich. Ich sehe dir deine Ungeduld und Enttäuschung an." Und schon fuhr er zurück auf die Landstraße Nr. 65.

„Wir werden uns ein Restaurant oder einen Imbiss suchen, ich sterbe vor Hunger."

Amelie nickte nur, sie war noch viel zu verärgert, um antworten zu können.

In der Dunkelheit steuerte Harry einen Parkplatz an. Sie stieg mit Harry aus dem Wagen. Unweit von ihnen befand sich das beleuchtete Restaurant.

„So, hier werden wir etwas für unseren Gaumen finden. Was meinst du?", hörte sie ihn.

„Klar, einen Kaffee könnte ich schon vertragen."

Harry öffnete die Tür zum Restaurant und eine mollige Wärme kam ihnen entgegen. Fast gleichzeitig blickten sie auf einen offenen Kamin. Das frisch aufgelegte Holz knisterte leise. Amelie steuerte direkt auf den Zweiertisch neben dem Kamin zu und setzte sich. Harry tat es ihr gleich. Sie bestellten die Spezialitäten aus der Region und würzigen Tee. Gelangweilt sah Amelie sich im Lokal um, bis sie unmerklich zusammenzuckte. Sie griff nach Harrys Arm und zeigte mit einer Kopfbewegung in Richtung Theke.

„Da ist diese Frau, ich erkenne sie, obwohl sie jetzt anders aussieht. Die Haare sind schwarz gefärbt und sie ist dünner geworden."

Harry zog das aktuelle Foto aus seiner Tasche, das Daniel besorgt hatte. Er schielte darauf und nickte. Kurz darauf folgte ein betäubender Lärm, der sie zusammenfahren ließ. Mit aufgerissenen Augen beobachteten sie, wie Teller und Gläser auf den Fliesenboden des Restaurants aufschlugen. Es wurde mucksmäuschenstill. Die Gäste drehten ihre Köpfe und starrten zum Tresen. Der Wirt schimpfte lautstark, als er die Scherben und Essensreste mit aufsammelte. Hastig lief die Bedienung hinaus und kam mit einem Bodentuch zurück. Sie wischte den Rest auf und verschwand mit hochrotem Kopf in die Küche.

Gespannt, was als Nächstes passieren würde, beobachteten sie dieses Szenario. Amelie reagierte sofort und verlangte die Rechnung. Mit dem Essen waren sie sowieso fertig. Harry stand unterdessen auf und lief zum Ausgang. So war es ihm möglich zu beobachten, wie die Kellnerin den Hinterausgang nahm. Amelie stürmte aus dem Lokal und ging auf Harry zu. Schnell stiegen sie ins Wohnmobil und Harry lenkte den Wagen an eine für andere nicht einsehbare Ecke. Trotz der Dunkelheit ließ er das Licht vom Wagen aus. Amelie starrte aus dem Fenster und beobachtete den hinteren Eingang des Innenhofes. Ihre Geduld wurde auf eine harte Probe gestellt. Endlich … Harry zeigte mit seinem Finger auf den Schatten, der gerade an ihnen vorbeigehuscht war und auf ein altes Mofa stieg. Erst nach einem genügenden Abstand fuhren sie los. Sie folgten der Person in die kleine Siedlung Alwine. Dort verschwand sie in eines der zerfallenen Häuser.

Harry hielt hinter einer alten Scheune, machte den Motor aus und kurbelte seine Rückenlehne nach hinten.

„Was machst du da? Willst du dich jetzt wirklich hinlegen und schlafen?" Amelie war perplex! Sie würde jetzt kein Auge zudrücken können. Jetzt, wo sie endlich diese Frau gefunden hatten!

„Morgen wird diese Person sicherlich noch in dem Haus sein. Entspann dich!", hörte sie Harry murmeln. Dann knickte er weg und schnarchte leise vor sich hin.

Wie konnte er nur einschlafen! Sie war hellwach und könnte Bäume ausreißen. Auf keinen Fall wollte sie die Chance, die sich ihr gerade bot, ungenutzt verstreichen lassen! Nein, sie konnte hier nicht sitzen bleiben! Vorsichtig erhob sie sich vom Beifahrersitz, ging in den hinteren Bereich der kleinen Küchenzeile und suchte sich aus der Schublade die notwendigen Utensilien zusammen. Sie nahm die Taschenlampe, das Pfefferspray und die langen Streichhölzer und verstaute sie in der Hosen- und Jackentasche. Mit allerhöchster Vorsicht öffnete sie die Beifahrertür, verließ das Fahrzeug und lehnte die Tür nur an. In geduckter Haltung lief sie hinter das Wohnmobil in Richtung der Häuser. Geschickt stahl sie sich im Schatten der wenigen Bäume zu dem Haus, in dem Rieke verschwunden war. Ihr Blick huschte entlang der Häuserfront, dann Richtung Dachspitze. Sie wollte sehen, ob irgendwo Licht in einem der Häuser brannte. Doch sie sah im Schein des Mondes nur zerschlagene Fensterscheiben und aus den Ankern gerissene Holzverschläge. So leise wie nur möglich öffnete sie die Tür eines der Häuser. Geschmeidig wie eine Katze nahm sie Stufe um Stufe, sorgsam darauf achtend, kein Geräusch zu verursachen. Zwanzig Stufen zählte sie, bis sie vor einer zerstörten Tür stand. Mit dem abgedämpften Licht der Taschenlampe hob sie mit äußerster Vorsicht ihre Füße über die zersplitterten Holzbalken des Türrahmens. Mit vorgehaltener Hand leuchtete sie den Boden des Raumes ab. Es musste eine Küche gewesen sein. Zerbrochenes Porzellan und andere nicht definierbare Scherben lagen auf dem Boden.

Was musste man verbrochen haben, um hier sein Leben zu verbringen? Wie viel Angst musste ein Mensch haben, um sich in so einem Loch zu verkriechen? Gerade wollte sie ihre Hände an der Jeans trocken wischen, da ließ sie irgendetwas mitten in ihrer Bewegung anhalten.

„Ist hier jemand? Hallo?", rief sie aufs Äußerste gespannt.

Keine Antwort. Sicherlich waren ihre Nerven zu sehr angespannt. Hatte sie sich etwa im Haus geirrt? Unterlag sie einem Irrtum und Rieke hielt sich woanders auf? Sie war sich sicher gewesen, diese Person hier reingehen gesehen zu haben. Für einige Sekunden zögerte sie. Sollte sie umkehren? Sie entschied sich zu bleiben. Sie griff nach der Dose mit dem Pfefferspray in ihrer Jackentasche.

„Nee, das ist jetzt nicht wahr!" Verärgert klopfte sie die Taschenlampe gegen ihre Oberschenkel. Keine Chance. Die Lichtquelle erstarb und es war schlagartig stockdunkel.

Die Streichhölzer, dachte sie erleichtert und griff in ihre Jackentasche. Das Streichholz blitzte kurz auf und erlosch wieder. Mit ausgestreckten Armen und einem Fluch auf den Lippen tastete sie sich vorwärts. Sie stolperte ... etwas Ohrenbetäubendes krachte auf den Boden. Es war schwierig, mit zittrigen Fingern ein weiteres Streichholz anzuzünden. Endlich, sie hielt das flackernde Streichholz hoch. Erleichtert prustete sie die Luft aus ihrer Lunge, als sie sah, dass sie einen gusseisernen Topf mit dem Zipfel ihrer Lederjacke vom Ofen gerissen hatte. Mit einem weiteren Streichholz leuchtete sie durch den Raum. Tatsächlich befand sie sich in einer alten Küche. Ihre Muskeln entspannten sich, als sie sich auf den einzigen wackligen Stuhl setzte. Amelie legte die Hände auf die Knie und drückte die Beine fest in den Boden. In dieser Sekunde bereute sie, im Alleingang unterwegs zu sein. Die unheimliche Stille nach dem lauten Lärmen war beklemmend. Nur ihren eigenen hektischen Atem vernahm sie ...

Und noch etwas anderes! Blitzschnell drehte Amelie ihren Kopf in die Richtung, wo sie das Geräusch vermutete. Sie sprang vom Holzstuhl. „Hallo, Harry, Frau Neumann? Ist hier wer?"

Ein kurzes Zischen ... Ein heftiger Schlag. Etwas Breites, Schweres streifte ihr Kinn. Instinktiv griff sie nach dem Stuhl, zu spät. Ihre Beine versagten den Dienst. Ohne es verhindern zu können, fiel sie. Glasscherben knirschten unter ihren Kniescheiben. Der Schmerz ließ sie laut aufstöhnen. Benebelt von dem Schlag blieb sie auf den Knien am Boden. Wie sollte sie sich selbst aus dieser Situation befreien? *Wieder war sie unbedacht in eine Falle gelaufen, und das mitten in der Pampa, wo sich Fuchs und Hase Gute Nacht sagten.* Sie fluchte über ihren eigenen Starrsinn! *Warum hatte sie nicht auf Harry gehört?* Sie konnte nur hoffen, dass er nach ihr suchen würde.

„Amelie, wo bist du? Verdammt noch mal, sag etwas!"

„Harry?" Sie biss sich vor Freude auf die Lippen.

„Du hast mich gefunden!" Schwere Schritte, dann das Knarren der aus den Ankern gerissenen Tür. Der Lichtkegel einer Taschenlampe beleuchtete den Teil der Küche, in der sie festsaß.

„Dich kann man keine fünf Minuten aus den Augen lassen", schimpfte Harry.

Amelie fühlte, wie ihr die Röte ins Gesicht schoss. Es war peinlich genug, dass sie es nicht schaffte, von dem kalten Boden aufzustehen. Diesmal war sie auf Harrys Hilfe angewiesen. „Hier bin ich, am Fenster."

Er kam näher und betrachtete sie kritisch.

„Und was ist passiert? Du siehst blass aus. Spielst du wieder den Helden?", prasselten die Fragen auf sie ein.

„Ist gut, bist du fertig?" Sie stöhnte, als Harry ihr half, sich auf den Stuhl zu setzen. Mit hochgezogener Stirn besah er sich im Licht der Taschenlampe ihre Knie und das Kinn.

„Irgendjemand muss mir gefolgt sein und mich überrumpelt haben. Wer wusste, dass ich hierherkommen würde? Das war also der Grund, warum bei Daniel eingebrochen worden ist."

Er zuckte mit den Schultern, er wusste es genauso wenig wie sie. Harry ließ den Lichtkegel durch den Raum und über den Boden gleiten. In der Nähe des alten vergammelten Kachelofens hielt er den Lichtkegel an.

„Amelie, siehst du, was ich sehe?" Mit spitzen Fingern hob Harry einen speckigen Zettel vom Boden auf und drückte ihn ihr in die Hand. Er richtete die Taschenlampe auf den Fetzen Papier. Obwohl sie völlig verspannt war, konnte sie sich ein Grinsen nicht verkneifen, nachdem sie den Wisch gelesen hatte. Sie reichte Harry den Zettel. Er schüttelte seinen Kopf, als er die Zeilen las:

Eh, Ahlte, las meinne Freundinn in Friden, sie hatt dir nichts getann. Haut wider ahb, wir brauchen euch hier niech!

„Jetzt können wir sicher sein, dass hier die Zeugin lebt, die mich entlasten kann", überlegte Amelie laut.

„Aber wieso hat sie dich hier niedergeschlagen?"

„Das war ein Mann, der mir den Kinnhaken verpasst hat, keine Frau, da bin ich mir sicher!"

Amelie humpelte Richtung Ausgangstür, Harry stützte sie auf dem Weg zum Wagen. Ihr Knie blutete und ihr Kinn schmerzte, sie konnte kaum ihren Kiefer bewegen. „So ein Feigling, mich im Dunkel anzugreifen! Wenn ich den kriege, ist er fällig!", rief sie wütend.

„Beruhige dich, bist selbst schuld", murmelte Harry.

„War ich lange in dem Haus? Du hast geschlafen, als ich dein Wohnmobil verlassen habe. Wieso hast du mich so schnell gefunden?"

„Ich kenne dich lang genug, um zu wissen, dass du keine Ruhe gibst. Geduld war noch nie deine Stärke. Außerdem habe ich einen leichten Schlaf." Sie blickte in Harrys feixendes Gesicht.

„Die wollen nicht, dass ich diese Frau befrage, bestimmt sollte der Überfall eine Warnung für mich sein", überlegte sie so laut, dass Harry es verstehen konnte.

Er nickte. „Trotzdem verstehe ich die sinnlose Aktion nicht. Wieso haben sie dich nicht gefesselt und geknebelt?" Darauf wussten beide keine Antwort. Harry säuberte die Wunde an ihrem Knie und zog den Splitter mit einer Pinzette heraus. Das ging so schnell, dass sie es kaum merkte. Amelie war ihm dankbar, als er sich unmittelbar nach dem angelegten Pflaster umdrehte und ihr etwas Warmes zubereitete. Den heißen, nach Jasmin duftenden Tee genoss sie Schluck für Schluck und überlegte dabei, wie es nun weitergehen sollte.

„Jetzt abzubrechen, wäre der reine Wahnsinn! Wir müssen hier an diesem Ort tiefer bohren!"

„Du hast recht, wir müssen der Sache auf den Grund gehen." Der Jasmintee schien seine Wirkung zu entfalten. Es fiel ihr schwer, die Augenlider offen zu halten. Ob es daran lag, dass sie seit Tagen keinen Schlaf gefunden hatte? So als sei sie schon weggetreten, hörte sie, wie Harry dem Kollegen Daniel die JPS-Daten durchgab und ihm berichtete, was passiert war.

„Ja, ja, sag ich ihr."

Amelie schreckte auf, tatsächlich war sie einige Minuten eingenickt. „Was ist los, Harry?", fragte sie und rieb sich die Augen.

„Der Chef will, dass wir zurückkommen. Es soll alles von der Kanzlei aus in die Wege geleitet werden."

„Wieso? Das können wir nicht! Wir müssen sie aufhalten, sonst verschwindet sie wieder und ich fange von vorne an!
Bevor das passiert, kündige ich und recherchiere auf eigene Faust weiter!"

„Reg dich nicht auf, wir bleiben hier. Ich helfe dir weiterhin, schließlich muss der Spuk für dich ein Ende haben. Unseren Chef konnte ich überzeugen! Du weißt, er steht auf der Seite der Gerechten."

„Du bist mir wirklich ein guter Freund und Kollege." Amelie stieß die Luft mit einem kräftigen Stoß aus der Lunge. Jetzt galt es zu überlegen, wie sie an diese Frau herankommen und zu einem Gespräch überreden konnte.

Amelie mietete sich in Alwine für kleines Geld bei einer Privatfamilie ein. Das ältere Ehepaar freute sich über jeden Euro, den es dazuverdienen konnte. Das Zimmer war klein, aber sauber und gemütlich eingerichtet. Harry schlief weiterhin in seinem Wohnmobil.

Das Frühstück buchte sie für zwei Personen, so konnten sie jeden Morgen gemeinsam die weiteren Schritte besprechen.

An diesem Morgen klingelte ihr Handy; auf dem Display sah sie, dass es Daniel war. Ohne Umschweife berichtete er ihr, dass der Einbrecher in seiner Wohnung durch einen Fingerabdruck identifiziert werden konnte und bei der Vernehmung behauptete, den Auftraggeber nicht zu kennen. Er hatte nur den Auftrag, die Festplatte zu kopieren. Die Verwüstung diente der Täuschung.

Amelie hörte angespannt zu. Daniel holte Luft und Amelie nutzte seine Sprechpause und bat ihn, weiter nach Hinweisen der Familie von Rieke zu suchen. Sie musste unbedingt wissen, wie diese Frau früher tickte, welche Freunde sie hatte, ob sie eine gute oder schlechte Kindheit hatte. Daniel versprach ihr, so viel wie möglich herauszufinden. Schließlich hatte man an seinem Ego gekratzt. Das wollte er nicht auf sich sitzen lassen. Bevor sie sich von Daniel verabschiedete, bat sie ihn, Schmidt über ihr Vorhaben zu informieren. Er sollte sein Okay dazu geben, wenn möglich schriftlich!

Erschöpft klappte sie ihr Handy zu. Nach dem Überfall der letzten Nacht beobachteten sie die Umgebung rund um die Uhr. In Wechselschicht übernahm einer die Nachtschicht, der andere die Tagschicht. Vom Wirt des Restaurants, in dem sie ab und an essen gingen, erfuhren sie, dass Rieke oder Silke, wie sie sich nun nannte, gekündigt hatte.

Bereits die dritte Nacht verbrachten sie in diesem Dorf, ohne dass sich etwas Wesentliches ereignet hatte. Irgendwie musste sie es schaffen, diese Frau abzufangen. Sie wollte doch nur mit ihr reden. Was hatte sie zu befürchten? Wie war Rieke in der Sache involviert?

Vor dem Brunnen des Marktplatzes schnürte sie ihre Sportschuhe ein wenig fester. Sie wollte wie jeden Morgen um das kleine Dorf Alwine joggen. An manchen Tagen hielt sie mit dem einen oder anderen Dorfbewohner ein Schwätzchen und hörte sich geduldig deren Sorgen an. Die wenigen, die hier lebten, waren besorgt darüber, was mit ihnen passieren würde. In den Medien kursierte das Gerücht, dass dieses Dorf zum Kauf angeboten wurde. Die Angst vor Veränderungen war unter diesen Menschen stark zu spüren. Trotz der vielen Gespräche mit den einzelnen Dorfbewohnern erfuhr sie nichts über Rieke Neumann. Keiner wusste, wo sie herkam oder wo sie hinging. Alle erzählten, dass sie eines Tages in diesem Dorf aufgetaucht sei und geblieben war. Mehr war nicht herauszukriegen.

Amelie schüttelte die Gedanken ab, als sie den zweiten Schuh schnürte. Sie blickte auf und sah, dass Harry vor dem Wohnmobil stand und telefonierte. Das war für sie die beste Gelegenheit, auf eigene Faust loszuziehen. Schließlich konnte sie auf sich alleine aufpassen. Was sollte ihr eine Rieke Neumann schon tun?

Wie in den letzten Tagen joggte sie rund um Alwine. Sie rannte durch die einzige Straße des kleinen Dorfes bis zum Waldstück und wieder zurück. Sie entschloss sich, ein Stück weiter entlang des Waldes zu laufen. Wenige Minuten später, sie hatte gerade die Lichtung verlassen, raschelte es hinter ihr. Sofort spürte sie die Bedrohung, die wie ein Tier zwischen ihren Schulterblättern hockte. Geistesgegenwärtig drehte sie sich in diese Richtung. Ein Typ, etwas größer und viel kräftiger als sie selbst, stand plötzlich vor ihr. Ohne dass sie etwas tun konnte, ergriff er ihre Handgelenke und riss sie nach vorn. Sein Gesicht war mit einer Strumpfmaske bedeckt, nur die Augen waren zu sehen. Als er sich zu ihr herunterbeugte, blickte sie in Augen, die stumpf und ohne jeglichen Glanz waren. Seine rechte Hand drückte ihr Handgelenk stärker zusammen. Ihr Gehirn signalisierte ihr, sich loszureißen, zu schreien und zu treten. Doch nichts dergleichen tat sie. Sie begriff diese makabre Situation nicht, es ging alles zu schnell. Plötzlich löste er seine linke Hand aus der ihren. Er holte aus, so, als ob er ihr jeden Augenblick ins Gesicht schlagen wollte. Doch er tat es nicht. Der Kerl ließ seine Hand fallen. Er nahm ihr Kinn und zog es an sich heran. Ihr blieb nichts anderes übrig, als in die stumpfen Augen zu sehen. Sie musste stöhnen und in diesem Augenblick löste sich ihre innere Starre. Die Angst wandelte sich in Empörung. So, als würde ihr Körper explodieren, drückte sie ihren Rücken durch und schnellte ansatzlos in die Höhe. Mit ihrem Kopf traf sie diesen Menschen hart am Kinn. Sie glaubte, Zähne zu hören, die ungesund aufeinandertrafen. Er heulte auf und sie sah, wie sich unter der Maske das Gesicht vor Schmerz verzerrte. In Sekundenschnelle drehte sie sich weg von ihm und rannte, wie von einer Marionettenhand gezogen, zurück ins Dorf. Sie hatte jegliches Gefühl für Zeit und Raum verloren. Es war unmöglich, einen klaren Gedanken zu fassen.

Keuchend stoppte sie vor dem Dorfbrunnen und sah über ihre Schulter. Er war ihr nicht gefolgt. Dieses Mal würde sie Harry und die Polizei informieren müssen. Zweimal hintereinander eine Attacke auf sie, das hielt kein Mensch aus, selbst sie nicht. Amelie verlangsamte ihren Lauf und richtete den Blick auf Harrys Wohnmobil. „Was zum Teufel", murmelte sie und schoss los, als sie Harry mit wedelnden Armen aus seinem Mobil stolpernd kommen sah. Plötzlich war alles von Rauch umgeben, wohin man auch sah. Flammen schlugen aus dem Wagen. Bestürzt und panisch zugleich schrie sie: „Harry!" In den aufsteigenden Flammen sah sie ihn nicht mehr.

In Windeseile hatte sich eine Traube von Menschen gebildet. Nachbarn rannten mit Eimern hin und her und reichten diese gefüllt mit Wasser an Harry weiter. Viele helfende Hände versuchten gleichzeitig, das Feuer zu löschen. Es knallte, zischte und knisterte an allen Ecken. Verzweifelt hörte sie, wie Harry schrie, dass alle zurücktreten sollen. Der Wagen brannte lichterloh, die Gasflaschen im hinteren Bereich des Wohnmobils, die zum Heizen und Kochen dienten, drohten zu explodieren. Aus weiter Ferne hörte sie die Sirenen der Feuerwehr.

„Wie immer zu spät", hörte sie die resignierende Stimme Harrys.

Es konnte nichts mehr getan werden. Wie erstarrt standen die Menschen auf dem Platz, dazwischen ihr Kollege und sie selbst. Ausgelaugt, seelisch und körperlich musste sie zusehen, wie das Wohnmobil ausbrannte. Es blieben nur noch Glut, Asche, verkohlte und geschmolzene Gegenstände übrig. Harrys entsetzter Blick sprach Bände, und sie, sie fühlte sich schuldig. Sie wusste, wie sehr er an seinem alten Wohnmobil, mit dem er über zwanzig Jahre durch die Landschaften gezogen war, hing. Es tat ihr so unendlich leid. Sie konnte nichts anderes tun, als ihn stillschweigend zu umarmen. Erst als ein Sanitäter angelaufen kam, löste sie sich von ihm. Seine Hände mussten verbunden werden. Zu spät hatte Harry das Feuer bemerkt. Mit bloßen Händen hatte er versucht, die ersten Flammen zu löschen. Wie in Trance sahen sie zu, wie die Polizisten die umstehenden Nachbarn befragten. Wie immer hatte niemand etwas gesehen oder bemerkt. Ihrem Kollegen blieb nichts anderes übrig, als Anzeige gegen unbekannt zu erstatten. Auch die ausgesprochene Vermutung gegenüber der Polizei, dass Rieke Neumann etwas damit zu haben könnte, half Harry und ihr nicht weiter. Es gab keinerlei Hinweise darauf. Diese Frau hatte das Chaos genutzt, um zu verschwinden. Der letzte Hoffnungsschimmer, die Wahrheit ans Licht zu bringen, zerplatzte wie eine Seifenblase. Kein Mensch hatte sie weggehen sehen, niemand wusste, wohin sie und ihr Mitbewohner geflüchtet waren. In Alwine konnte nichts mehr getan werden. Sie brachen an dieser Stelle die Suche nach ihr ab. Mit dem Zug fuhren sie zurück in die Kanzlei. Amelie spürte, wie sie innerlich erstarrte. Sie wusste, dass sie ohne diese Frau ihre Unschuld nicht mehr würde beweisen können.

Hohler 26

Amelie musste mit ansehen, wie Harry unter dem Verlust seines alten Wohnmobils litt. Die Entschädigung von der Versicherung war nicht gerade üppig. Für ein neues oder gut gebrauchtes Mobil reichte es nicht. Bisher hatte er gezögert, überhaupt an einen anderen Wagen zu denken. Für ihn war der emotionale Wert des Wohnmobils nicht mit Geld zu ersetzen. Deshalb fühlte sie sich schuldig, schließlich war sie es gewesen, die darauf bestanden hatte, in Alwine zu bleiben. Fieberhaft überlegte sie, wie sie Harry zu einem anderen Mobil verhelfen konnte. Der Zufall kam ihr zur Hilfe. Schmidt erwähnte, dass er in wenigen Tagen fünfundsiebzig Jahre alt werden würde. Da machte es „klick".

„Ich hab es", rief sie spontan aus. „Was denkt ihr, wollen wir für Harry eine Party schmeißen?" Gespannt sah sie zu Schmidt und dann zu Daniel. „Unter den meisten Bekannten und Kollegen ist bekannt, dass sein Mobil dem Feuer zum Opfer gefallen ist. Also wird um Geld anstatt um Blumen gebeten."

„Genial", Daniel klatschte sich auf die Schenkel.

„Hm, ich bin mir nicht sicher, ob er die Spenden annehmen wird", mischte sich Schmidt ein.

„Papperlapapp, es wird eine Überraschungsparty an seinem Geburtstag. Das wird schon klappen. Das bekommen wir hin!"

„Gut, dann werde ich die nächsten Tagen Amelie die Adressen seiner Freunde geben. Zudem lade ich Geschäftspartner, die mir was schuldig sind, ein."

„Super", Amelie biss sich vor Freude auf die Lippen. Wenige Stunden später hielt sie die Liste in der Hand.

„Schau mal, das sind über fünfzig Gäste. Wusstest du, dass Harry so viele Freunde und Bekannte hat?"

„Etwa zwanzig von denen", er zeigte mit dem Finger darauf, „sind Geschäftspartner der Kanzlei", erwiderte Schmidt.

„Na, dann mal los, an die Arbeit!"

Die Geburtstagsparty war ein toller Erfolg. Nie würde sie diesen magischen Moment vergessen, als der Kollege in die überfüllte Kanzlei trat.

Etwas übernächtigt ging sie am darauffolgenden Morgen in den Konferenzraum. Wie jeden Montag kamen sie zur wöchentlichen Besprechung für die Aufgabenverteilung hier zusammen. Amelie roch den frisch aufgebrühten Kaffee. Die Kollegen und Schmidt saßen bereits am Tisch. Daniel verdrehte schwärmerisch seine Pupillen, als sie sich neben ihn setzte.

„Also ich weiß nicht, was ich sagen soll. Trotzdem … ich möchte nicht noch einmal so überrascht werden."

„Wir wollten dir eine Freude machen."

„Das ist euch gelungen." Harrys Augen strahlten, als er sich über seinen Bart strich.

„Noch etwas", meldete sich Amelie nun zu Wort und legte einen Umschlag auf seinen Platz. „Hierin ist dein Geschenk von uns und denen, die auf deiner Party waren."

„Nein, das nehme ich nicht an. Die Party war mehr, als ich erwarten konnte." Harry schob den Umschlag zu ihr zurück.

„Alter Freund, du hast uns oft geholfen, brenzlige Situationen, die die Kanzlei betrafen, zu entschärfen. Also stell dich nicht so an und nimm ihn." Amelie sah erstaunt auf Schmidt. Solche Töne war sie von ihm nicht gewohnt. Irgendwie klang seine Stimme melancholisch.

Harry zog seine buschigen Augenbrauen nach oben und seufzte ergeben. Er griff nach dem Umschlag, holte den Scheck heraus. Sein Mund öffnete und schloss sich wieder. „Nein, das kann ich nicht annehmen."

„Doch das kannst du. Zier dich nicht wie ein gewöhnliches Waschweib und nimm dieses verdammte Ding."

Nanu, war ihr Chef ergriffen von seinen eigenen Worten? Sonst war er doch immer der Bärbeißige, dachte Amelie.

„Ich weiß nicht, was ich sagen soll." Harry schniefte in sein Taschentuch und steckte mit der freien Hand den Umschlag in seine Hosentasche.

„Schade, der Brandstifter wurde nicht gefasst", unterbrach Daniel die sentimental gewordene Stimmung. Amelie hatte ihn verstanden und lenkte das Gespräch geschickt in eine andere, heiklere Richtung.

„Uns allen ist klar, dass wir irgendjemandem fürchterlich auf den Schlips getreten haben. Wer sonst zündet ein altes Wohnmobil an und nimmt das Risiko auf sich, Menschen zu verletzen?" Daniel trank den letzten Schluck Kaffee, nachdem er seinen Senf dazugegeben hatte. Schmidt stand auf und unterbrach die Runde.

„Können wir später darüber reden? Heute habe ich einige Termine zu erledigen, wie ihr wisst."

Sofort gingen Daniel und Harry zurück ins eigene Büro. Sie folgte den beiden. An der Tür hielt Schmidt sie zurück.

„Warten Sie in Ihrem Büro auf mich, ich komme gleich nach." Amelie blieb hinter ihrem Schreibtisch stehen. Sie sah, wie Schmidt mit dem Oberkörper zuerst ihre Kammer betrat. Die Beine kamen irgendwie später hinterher. Es sah einfach nur komisch aus. Das Grinsen musste sie sich verkneifen. Sie hörte ihn sagen: „Diese Akte hat Vorrang." Mit seinen knochigen Fingern zeigte er auf einen der umliegenden Ordner, die sie gerade bearbeitete.

„Chef, ich brauche ein paar Tage Urlaub. Die Kollegen können das vorarbeiten." Es überraschte sie nicht, dass Schmidt verneinend seinen Kopf schüttelte. Wie immer suchte er nach irgendwelchen Vorwänden. Seit er geschieden war, hielt er nichts von freien Tagen. Dieses Mal ließ sie sich nicht ins Bockshorn jagen, sie war auf seine Reaktion vorbereitet. „Weshalb machen Sie es mir so schwer? Es ist wichtig für mich, meine Unschuld zu beweisen. Herrgott noch mal, ich muss Klarheit haben! Wer sonst soll die Wahrheit finden, außer mir? In meinen Träumen sehe ich den verdrehten Körper im Abgrund. Und jeden Morgen muss ich mich erneut der Frage stellen, ob ich es gewesen bin. Der Psychologe und der Psychiater haben mir Schlafmittel und eine Auflistung meiner Symptome, unter denen ich angeblich leiden soll, gegeben. Auf den Beipackzetteln steht so etwas wie Angstzustände, Schuldgefühle, Trauer, Unruhe drauf. Wollen Sie noch mehr hören? Die Arbeit hier macht es mir nicht möglich, frei zu atmen, geschweige denn zu handeln." Sie ließ Schmidt nicht aus den Augen, als sie ihre dunkle Strähne zurück unter ihre Mütze steckte. Außerdem sollte er ruhig merken, dass sie sich keinesfalls von ihrem Entschluss, freizunehmen, abbringen lassen würde. Unbeirrt sprach sie weiter: „Wir hatten einen Deal, Herr Schmidt! Aber im Augenblick sieht es so aus, als ob der Deal nur von meiner Seite aus erfüllt wird. Sie geben mir überhaupt keine Chance, meine Überstunden abzubauen. Es wird Zeit, an mich selbst zu denken." Mit zusammengekniffenen Lippen wartete sie auf eine Reaktion.

„Was ist Ihnen denn über die Leber gelaufen? Gerade eben waren Sie noch guter Laune. Woher die plötzliche Gemütsschwankung?"

„In den letzten Wochen habe ich genug Enttäuschungen und Rückschläge einstecken müssen, ohne auch nur einen Schritt vorangekommen zu sein! Im Gegenteil, ich habe Harry und Daniel da reingezogen. Nun ist mein Leben zu einem sehr ernsten Spiel geworden. Ein Spiel, in dem es nur einen Gewinner geben kann. Es muss ein Ende haben! Der Gedanke, eine Mörderin zu sein, bringt mich fast um den Verstand!" Amelie presste ihre Hände auf den Schreibtisch und wartete. Hatte sie übertrieben?

„Ich will nicht ungerecht sein", hörte sie ihn nach einem kurzen Atemzug erwidern. „Eine Woche gebe ich Ihnen. Und … Sie wissen, dass Sie gerade Unsinn geredet haben? Sehr wohl stehen wir hinter Ihnen! Vergessen Sie das nie!"

„Danke. In einer Woche bin ich wieder am Platz." Erst als Schmidt ihr Büro verlassen hatte, konnte sie befreit aufatmen. Für einen Moment blieb sie sitzen, ihre Beine waren wie Gummi. Normalerweise war sie nicht der Typ, der verbal und so frontal auf jemanden losging. Aber sie bereute es nicht, ihrem Frust freien Lauf gelassen zu haben. Sie schloss die Schreibtischschublade ab, legte die Akten nummeriert auf den Tisch und schrieb darauf, wer diese vorab bearbeiten sollte. Nach einem tiefen Atemzug verließ sie ihr Büro.

***

Es fühlte sich gut an, in Ruhe und ohne Hektik in der Kanzlei nachdenken und agieren zu können. Den ersten Tag nutzte sie, um alles, was seit der Entlassung passiert war, akribisch in ihrem kleinen Notizbuch aufzuschreiben, egal ob es Fragen, Antworten, Telefonate oder Adressen waren. Sie zeichnete jeden Schritt, jeden noch so kleinen Erfolg oder Misserfolg auf. Die Ausbeute war verheerend. Allen Spuren, denen sie gefolgt war, verliefen im Sand. Mit einem roten Stift markierte sie offene Fragen. Warum wusste sie keine Antwort darauf? Sie schloss ihre Augen und versuchte, Bilder der

Vergangenheit vor ihr inneres Auge zu holen. Dabei ließ sie ihre Schultern kreisen. Die Verkrampfung wollte sich nicht lösen. Es musste etwas mit dem Ring zu tun haben! Wieder starrte sie auf die Notizen und hoffte auf eine Eingebung. Plötzlich tippte sie sich auf die Stirn. Ich hab's! Warum war sie nicht früher darauf gekommen? Marlies! Genau, sie musste Marlies anrufen. Es wurde sowieso Zeit, dass sie sich bei ihr meldete. Marlies hatte sich bei Max beschwert, dass sie kaum etwas von ihr hören würde. Das würde sie nun ändern. Kurzerhand nahm sie ihr Handy und suchte die eingespeicherte Nummer. Wenn ihr jetzt noch jemand weiterhelfen konnte, dann war sie es! Ganz bestimmt würde sie Sybille befragen, schließlich hatte diese Hehlerei im großen Stil betrieben, bevor sie geschnappt worden war.

Ihr Handy klingelte. *Nanu, ich hatte die Kurzwahltaste noch nicht gedrückt. Sie schüttelte ihren Kopf und nahm das Gespräch entgegen.* „Ja."

„Ich bin es, Mutter, bin gerade alleine, Vater ist unterwegs, kann ich irgendetwas für dich tun?"

„Nein, du kannst nichts für mich tun. Aber danke, es ist schön, dass wenigstens du an mich denkst! Wenn ich meine Unschuld bewiesen habe, werde ich mich melden!" Hastig drückte Amelie das Gespräch weg. Sie konnte es sich nicht leisten, sentimental zu werden. Es schmerzte, keinerlei Unterstützung durch die Eltern zu haben. Beide hatten sie wie eine heiße Kartoffel fallen lassen. Auch ihre Eltern glaubten, dass sie schuldig war. Nie würde sie ihnen das vergessen können. Mit einem tiefen Seufzer strich sie sich eine Strähne aus der Stirn. Dann wähle sie Marlies' Nummer.

„Hallo?"

„Hi, Marlies, schön, deine Stimme zu hören. Wie geht's?

„Na endlich meldest du dich mal. Max und ich haben uns schon Sorgen um dich gemacht. Geht es dir gut?"

„Ja, mir geht es so weit ganz gut. Ich habe eine Bitte an dich. Kannst du mit Sybille über die Hehlerei, die sie betrieben hatte, reden?" Amelie erklärte in kurzen Worten, worum es ihr ging.

„Mache ich, wollen wir uns am Wochenende treffen? Bis dahin habe ich Antworten. Außerdem kenne ich eine Kneipe ganz in deiner Nähe, da wird viel gedealt. Hab mal einem Kneipenwirt geholfen. Da reden wir später drüber."

„Das wäre echt super! Ich habe Fragen, über die ich nicht unbedingt am Telefon reden möchte."

„Klar, wir sehen uns Freitag. Ich schick dir eine SMS, wenn du mich vom Bahnhof abholen kannst. Mein Wagen ist in der Werkstatt."

„Danke Marlies, wir sehen uns." Amelie klappte ihr Handy zu, nahm sich ein Stück Lakritze aus dem Schälchen und kaute gedankenverloren darauf herum. Sie freute sich, Marlies wiederzusehen.

Wie immer war es unangenehm zügig am Bahnsteig. Sie zog ihre Strickmütze tiefer in die Stirn und wartete. Im Tumult der ein- und aussteigenden Menschen streckte sie sich. Da sah sie Marlies am Fenster des mittleren Waggons stehen. Kurz darauf stieg sie aus und zündete sich eine Zigarette an. Amelie ging auf sie zu und musste schmunzeln. Nie hatte sie Marlies zuvor in privater Kleidung gesehen. Marlies winkte ihr zu. Lachend und mit offenen Armen kam sie ihr entgegen. Theatralisch fiel die Umarmung aus.

„Jetzt darf ich das." Marlies lachte und der Schelm war ihr ins Gesicht geschrieben. Gemeinsam schlenderten sie die Bahnhofsallee hinunter. Während sie im Bistro eine Kleinigkeit aßen, berichtete Amelie, was sie bisher auf der Suche nach dem wahren Täter erreicht oder eben nicht erreicht hatte.

Sie konnte es Marlies ansehen, wie ihr Gehirn auf Hochtouren lief.

„Ich weiß, was wir machen werden. Was hältst du davon, wenn ich heute Nacht bei dir bleibe und wir morgen mit deinem heißen Gerät nach Reichenbach fahren?"

„Gerne, du kannst bei mir übernachten, ich habe Platz genug. Aber was ist in Reichenbach?"

„Wie ich dir am Telefon angedeutet habe, gibt es eine Kneipe mit dem Namen „Hohler 26", dort findet sich alles aus der Motorradszene ein. Es ist auch der Treff ehemaliger Straftäter, natürlich auch der Hehler. Dort kannst du bestimmt mehr über den Ring in Erfahrung bringen, falls er dort in den letzten Jahren aufgetaucht ist. Sybille gab mir den Namen Mena. Du solltest versuchen, Kontakt zu ihr aufzunehmen. Und mir fiel ein, dass ich diesen Tobi kenne."

„Wo du dich überall rumgetrieben hast!"

Marlies lachte.

„Im Ernst, ich stelle dir Tobias, genannt Tobi, den Kneipenwirt vor. Vor einiger Zeit war er der Freund einer Mitinsassin und ich habe ihm geholfen, die Papiere auszufüllen, damit er seine Freundin besuchen konnte. Er selbst ist sauber. Keine Vorstrafen, außerdem ist er ein feiner Kerl, wir sind gute Freunde geworden, mehr nicht. Er freut sich bestimmt, wenn ich ihn besuche, und so kann ich dich unauffällig in die Szene einschleusen. Schließlich bist du auch eine heiße Motorradbraut." Marlies kicherte wie ein kleines Mädchen, das gerade etwas angestellt hat.

„Komm, wir machen uns noch einen schönen Abend. Morgen fahren wir nach Reichenbach. Ich muss schon sagen, du hast tolle Ideen", erwiderte Amelie.

„Ach ja", Marlies machte ein ernstes Gesicht.

„Roswitha haben wir eines Morgens tot in der Zelle aufgefunden. Sie hatte sich eine Überdosis gespritzt. Wie die an das Zeug gekommen ist, weiß kein Mensch. Die Ermittlungen sind noch nicht abgeschlossen."

„Ja, ich weiß. Max hat es mir erzählt. Was soll ich sagen? Roswitha war ein böser Mensch, aber den Tod verdient niemand, auch sie nicht."

Reichenbach an der Fils

Es war eine lange Nacht geworden. Am späten Vormittag fuhren sie über einen schmalen Weg, der von der Hauptstraße abwich, zu der Kneipe „Hohler 26". Amelie sah sich auf dem Parkplatz, der im Sommer bestimmt mit Motorrädern voll geparkt war, um. Rechts der Kneipe war ein kleiner Sommergarten, bestückt mit Biertischen und Bänken. Neben der Kneipe, am Rande des Parkplatzes, sah sie auf zwei heruntergewirtschaftete Mietshäuser. Amelie lenkte ihre Maschine in eine Lücke neben der Kneipe und wartete, bis Marlies abgestiegen war. Sie lief hinter Marlies direkt auf die Kneipe zu und sie traten ein.

„Marlies, du? Bist du es wirklich?!" Ein Mann mit tiefen Lachfalten um die Augen kam auf sie zugestürmt. Zwei schlangenförmige Tattoos zogen sich vom Haaransatz über die Schläfen bis unter seine Augen. Unter seinem gelben Hemd zeichneten sich breite Schultern und die Muskeln eines Bodybuilders ab. Amelie schluckte. Nie hätte sie geglaubt, dass Marlies, die in der JVA immer so konservativ gewirkt hatte, solche Typen kannte.

„Es sind bestimmt zwei Jahre her, dass du mich hier besucht hast, oder?" Es war eine warme und leicht melancholisch klingende Stimme.

„Sicher, es ist lange her, und wie ich sehe, läuft dein Laden hier immer noch gut."

„Ja, ich bin zufrieden", erwiderte er und sah Amelie fragend an.

„Darf ich dir eine Freundin vorstellen?" Amelie spürte Marlies' Hand an ihrem Rücken. Sacht schob sie Amelie Tobias entgegen.

„Tobi war früher Türsteher und betreibt heute ein Inkassobüro, wenn er nicht gerade die Kneipe ‚Hohler 26' bewirtschaftet", erklärte Marlies ihr.

„Willkommen!"

Amelie zuckte, hielt die Luft an und biss sich auf die Zunge, als Tobias ihr die Hand zur Begrüßung drückte. Hastig zog sie ihre Hand aus seiner Stahlklaue zurück. Mit einem breiten Grinsen im Gesicht verschwand er hinter seinem Tresen und mixte zwei Begrüßungsdrinks.

Amelie mochte ihn auf Anhieb, obwohl sie Tattoos hasste. Grundsätzlich war sie gegen Hautstecherei. Unauffällig ließ sie ihren Blick durch die kleine gemütliche Kneipe schweifen, die wie in „Omas gute Stube" wirkte, während Marlies in einem beigen ausgeblichenen Sofa versank. Die weißen Kissen mit dem zartrosa Blumenmuster und dem weinroten Saum waren passend gewählt für die abgewetzten, alten Sessel. Die kreischend rote Lampe auf einem altweißen Nachttisch warf Licht auf die gemusterte Tapete. Die hellgrün getünchte Stirnwand mit vollgestopften Fotos aus vergangenen Jahren rundeten das Bild ab. Sofort fühlte sie sich heimisch.

In diesen Stunden brachten Tobi und Marlies sie zum Lachen. Viel zu schnell war der gemütliche Nachmittag vergangen und Marlies signalisierte, dass es Zeit war aufzubrechen, wollte sie nicht den letzten Zug verpassen. Im rasanten Tempo fuhren sie zum Bahnhof. Gerade rechtzeitig kamen sie an. Sie hatten kaum Zeit, sich zu verabschieden, da fuhr der Zug auch schon weiter.

Ungemütlich leer war es auf auf dem Bahnhof geworden. Kein Wunder, um diese Uhrzeit fuhr kein weiterer Zug mehr. Amelie beobachtete, während sie zum Nebenausgang der Bahnhofshalle lief, wie ein alter Mann mit einem vollgestopften Einkaufswagen voller Gerümpel an ihr vorbeischlurfte. Eine ältere Frau mit zerzausten Haaren und kaputter Strumpfhose lag auf einer grauen Eisenbank, spärlich mit Zeitungspapier bedeckt. Neben ihr stand eine fast leere Flasche Korn. Dies war nicht gerade Amelies bevorzugte Ecke, direkt am Bahnhof. Impulsiv zog sie den Reißverschluss ihrer Lederjacke bis zum Hals hoch. Fast im Joggingschritt lief sie dorthin, wo sie ihre Maschine abgestellt hatte. Während sie lief, nahm sie den Schlüssel aus der Jackentasche. Endlich … sie sah ihre Maschine und steuerte darauf zu. Bevor sie den Schlüssel ins Schloss steckte, drehte sie gewohnheitsgemäß ihren Kopf über die rechte Schulter. Sie schien allein zu sein. Eilig zog sie ihre Strickmütze vom Kopf, stopfte sie in die Seitentasche der Maschine und nahm dafür ihre Sturmhaube heraus. Mitten in ihrer Bewegung stoppte sie ihr Vorhaben. Eine kräftige Hand packte sie an der Schulter und riss sie zurück. Amelie ruderte mit den Armen. Zu spät … sie stolperte, hielt sich gerade noch am Lenker ihrer Maschine fest. Fast wäre sie mitsamt der Maschine umgekippt.

„He du, was machst so spät hier? Los, gib mir deinen Rucksack!"

„Spinnst du? Mach, dass du Leine gewinnst!" Sie war es leid, sich immer wieder verteidigen zu müssen.

„Los, mach keine Zicken, her damit", schrie der Typ erbost. Bevor sie reagieren konnte, riss er ihr den Rucksack mit der linken Hand weg. Mit seiner Rechten schupste er sie rückwärts auf die Mauer des

Bahnhofgeländes zu. Seine Hände waren voller Kraft. Amelie atmete flach und starrte auf seine Augen. Die Pupillen waren ohne Glanz – leblos und kalt – wie Gletschereis. In der Zeit der JVA hatte sie genug Erfahrungen mit Menschen sammeln können, um zu wissen, dass man solchen Typen mit Gelassenheit begegnen musste. Genau das tat sie jetzt und sie witterte ihre Chance. In einem Bruchteil von Sekunden spannte sie alle Muskeln in ihrem Körper. Blitzschnell duckte sie sich und drehte sich aus seinem Arm. Im gleichen Atemzug streckte sie ihr Bein und trat ihm mit aller Kraft in die Kniekehlen. Amelie hörte, wie er fluchte und dann wegknickte. Ohne zu überlegen, trat sie auf seine Hände und zog das Tuch von seinem Kopf. Sie sah in ein Gesicht voller Narben. Sein linkes Augenlid war eingeklappt.

„Wer hat dich geschickt? Was willst du von mir? Raus mit der Sprache, sonst rufe ich die Polizei."

„Ich … ich sollte dich nur erschrecken und aus deinem Rucksack deinen Ausweis klauen, sonst nichts."

„Wie, sonst nichts? Bist du noch bei Trost? Das nennt man Köperverletzung, was du getan hast, willst du in den Knast? Noch mal, wer hat dich geschickt?" Amelie drückte ihm ihren Stiefel fester in die Hand.

„Ich … weiß es nicht! Ab und zu liegt ein Umschlag in der Kneipe hinter dem Tresen für mich."

„Meinst du die ‚Hohler 26'?"

„Ja, die meine ich. Ab und zu verdiene ich Geld mit kleinen Gefälligkeiten, ohne denjenigen zu kennen oder nachzufragen, warum ich es tun soll. Ich mache es einfach. Die Leute kennen mich nicht und ich sie nicht. So ist alles einfacher, für mich und den Auftraggeber."

„Weiß Tobias etwas davon?" Er schüttelte seinen Kopf und sah dabei auf ihre Füße. Amelie überlegte, ob sie einen Kollegen, die Polizei oder ihn laufen lassen sollte. Sie entschied sich, den Kerl loszulassen.

„Wenn ich dich noch einmal in meiner Nähe erwische, zeige ich in der ‚Hohler 26‘ mit dem Finger auf dich und schreie heraus, dass du mich überfallen hast. Dann wird dich Tobi für ewig aus der Kneipe verbannen. Und … wenn ich dich brauche, hast du da zu sein! Verstanden? Dein Gesicht habe ich mir eingeprägt.“

Er nickte so heftig, dass die untere Hälfte seiner Kinnpartie schwabbelte. Sie wusste, dass sie nur für einige Minuten die Oberhand hatte. Also beeilte sie sich, ihm den Rucksack zu entreißen und den Helm aufzusetzen. Den Typen ließ sie nicht aus den Augen. Danach zündete sie ihre Maschine, drehte am Gashahn und fuhr los. Während der Fahrt spukten ihr viele Gedanken durch den Kopf.

Sie war nur wenige Stunden in der Kneipe gewesen. Wer kannte sie dort und jagte ihr hinterher? Erst jetzt wurde sie sich der Tragweite bewusst, was so eben geschehen war. Der Adrenalinschub ließ nach und ihr wurde übel. An einer geeigneten Stelle hielt sie an und nahm den Helm ab. Zu übermächtig war der Druck in ihren Schläfen geworden. Ihre Hände zitterten noch, als sie sich ein Stück Lakritze aus der Hosentasche angelte und in den Mund steckte. Erst einige Minuten später stieg sie erneut auf ihre Maschine. Auf dem direkten Weg fuhr sie zurück in ihr Apartment.

In dieser Nacht fand sie nur wenige Stunden Schlaf. Viel zu sehr hielten sie die Gedanken in Schach. Nie hätte sie es für möglich gehalten, so kaltblütig wie am gestrigen Abend handeln zu können. So zornig hatte sie sich selbst noch nie erlebt! Nicht einmal im Gefängnis. Auch der Gedanke, dass dieser Kerl der erste richtige Hinweis sein könnte, raubte ihr den Schlaf. *War es eine Spur, die es sich zu verfolgen lohnte? Sie musste Marlies’ Instinkt vertrauen und diese Spur in der Hohler 26 weiterverfolgen. Auf jeden Fall musste sie*

Schmidt und ihre Kollegen darüber unterrichten.

Ihr Entschluss stand fest. Jeden Tag würde sie nach Reichenbach zum Biker Treff „Hohler 26" fahren. Fest entschlossen fuhr sie zu einem Secondhandshop, der gebrauchte Motorradbekleidung führte. Für wenig Geld kaufte sie sich eine verschlissene Enduro-Hose und - Jacke. Die passenden Stiefel mit Nieten an den vorderen Fußkappen und eine grobgliedrige Kette mit einem schwarzen Zahn daran nahm sie auch noch mit. In einem Laden mit Friseurbedarf erstand sie eine Packung rote Farbe und färbte anschließend eine zweite Haarsträhne dunkelrot ein. Die Kette mit einem schwarzen Zahn befestigte sie am Ledergürtel an der Hose. Zuallerletzt tauschte sie ihre modischen Wollmützen gegen speckige Ledermützen aus. Auf keinen Fall wollte sie in der Biker-Kneipe auffallen. Ihre Überlegungen gingen auf. Sie wurde in den eingeschworenen Kreis aufgenommen. An manchen Tagen musste sie kräftig schlucken, wenn ihr die extrem schrägen Typen die Hand reichten. Von Tobias wusste sie, dass am Stammtisch mindestens fünfzig Jahre Knast zusammensaßen. Einmal in der Woche traf sich eine Klicke von Bikern. Sie unterhielten sich über die Zeit im Knast, als wäre es ein Spaziergang gewesen. Aus eigener Erfahrung wusste sie, dass sich die Gesetze im Knast nicht mit Gutmütigkeit und Fairness vereinbarten. Diese Kerle hier am Tisch waren hartgesotten. Manchmal, wenn einer dieser Typen mit mufflig riechender Lederkluft, fettigem Haar und lausigem Bart zu dicht an ihr vorbeischoberte, zogen sich automatisch ihre Nasenflügel zusammen. Doch zu einem Durchbruch, der sie hätte weiterbringen können, kam es nicht.

Der trübe Himmel verbesserte nicht gerade ihre schlechte Laune, als sie sich, wie die letzten Tage auch, auf dem Weg zur „Hohler 26" machte. Es nieselte und sie spürte, wie die Kälte langsam von den Beinen an nach oben kroch. Was gäbe sie jetzt für einen starken

Kaffee! Sie musste sich gedulden, die Kneipe war noch zu. Um sich aufzuwärmen, lief sie über den Parkplatz, der sich allmählich mit alten Enduros, Reisemaschinen, Choppers und Harley-Davidsons füllte. Motoren heulten auf, Staubwolken wirbelten durch die Luft. Amelie liebte den Geruch von Gummi und Benzin.

Tobias war eingetroffen. Sie ließ erst einmal die Biker in die „Hohler 26" stürmen. Erst danach nahm sie Kurs auf ihren Stammplatz, unterhielt sich mit Tobi und bestellte einen großen Pott schwarzen Kaffee. Es war ziemlich viel los an dem Tresen und sie ahnte schon, dass es dauern würde, bis sie ihren Kaffee in Händen halten würde. Dies gab ihr Raum und Zeit zum Nachdenken.

Bisher hatte sie nichts über die Hehlerware und den Unbekannten, der sie am Bahnhof überfallen hatte, in Erfahrung bringen können. Hier in der Kneipe hielten alle zusammen, keiner stach einem anderen ein Auge aus. Es war eine verschworene Biker-Gemeinschaft. Was, wenn Marlies unrecht hatte und sie ihre Zeit hier verschwendete? Sie konnte selbst nicht sagen, ob es richtig oder falsch war, was sie hier tat.

„Hallo, ich bin Rebecca."

Fragend sah Amelie in das fremde Gesicht und beobachtete, wie ihr die Person den bestellten Pott Kaffee auf den Tisch stellte.

„Darf ich mich zu dir setzen? Ich bin eine Freundin von Tobias. Dich habe ich in den letzten Tagen öfters gesehen."

Amelie nickte. „Klar kannst du dich setzen." Rebecca musste etwa fünf Jahre jünger als sie selbst sein, vermutete Amelie. Krampfhaft überlegte sie, wo sie dieses Gesicht schon einmal gesehen haben könnte. Selbst die Gestik dieser Frau kam ihr vertraut vor. Rebecca verstand es im lockeren Tonfall zu erzählen. Dabei erwähnte sie, dass sie schon länger in den unterschiedlichsten Motorradszenen unterwegs gewesen sei. Die Stunden mit ihr flogen nur so dahin und Amelie hatte schon lange nicht mehr so viel gelacht wie an diesem Tag.

Seit dieser Begegnung wich ihr Rebecca nicht mehr von der Seite. Kaum hatte sie die Kneipe betreten, stand sie neben ihr. Diese Frau nahm sie mehr in Beschlag als ihr lieb war. Mehr und mehr kam Amelie zu der Überzeugung, dass Rebecca nicht in ihr Bild passte. Sie wollte wissen, was sie vorhatte und wo ihre Ziele lagen. Als Rebecca sie eines Tages befragte, wie es sich hinter Gittern angefühlt habe, wurde ihr klar, dass sie gegenüber Rebecca auf Abstand gehen musste. Niemandem aus dieser Szene hatte sie je erzählt, dass sie im Gefängnis gesessen hatte. Wer war diese Frau wirklich? Diese Frage ließ sie nicht mehr los. Amelie distanzierte sich von Rebecca und von diesem Tag an war diese nicht mehr im „Hohler 26" anzutreffen. Das Foto, das sie irgendwann mal von Rebecca und Tobi geschossen hatte, schickte sie weiter an Daniel. Vielleicht war es möglich, über diese Frau etwas in Erfahrung zu bringen. Am späten Nachmittag vibrierte ihr Handy. Sie nahm es und las auf dem Display:

„Nein, das Foto, das du mir geschickt hast, ergibt keinen Treffer. Es gibt keine Rebecca Marcus."

„Wer war sie dann? Wieso lebte sie unter einem falschen Namen?", schrieb sie zurück. *War sie erneut in einer Sackgasse geraten? Wo lag ihr Denkfehler? Warum erkannte sie den Zusammenhang zwischen Rebecca und dieser Kneipe nicht? Nicht umsonst hatte diese Frau sie nie aus den Augen gelassen.*

Mit diesen Gedanken im Kopf starrte sie ins Leere und legte ihre Stirn wie immer in tiefe Falten. Unbewusst griff sie sich ein Stück Lakritze aus der Tasche und schob es sich in den Mund.

„Was zum Teufel …!", sie sprang vom Stuhl. Mit voller Wucht stieß sie den Menschen von sich.

„Niemand hat das Recht, mich unaufgefordert zu berühren! Wage es ja nicht, mich noch einmal anzufassen!"

Erst als sie die Blicke der Biker auf sich gerichtet sah, wurde ihr bewusst, dass sie ziemlich laut gebrüllt haben musste.

„Entschuldigung … du siehst so deprimiert aus, ich wollte nur fragen, ob ich helfen kann."

„Verdammt noch mal, warum wollen mir alle *helfen*? Habe ich ein Zeichen auf meiner Stirn?!" Eigentlich war Amelie wütend auf sich selbst, dass sie so schreckhaft geworden war. „Okay, wie heißt du und was willst du von mir?" Es war ihr egal, dass sie unwirsch klang. Ein echtes Interesse an der Frau mit der sehr schmalen, fast knabenhaften Figur und den verfilzten grünlichen Haaren hatte sie eh nicht. Außerdem fühlte sie sich gestört … sie wollte einfach nur ihren Kaffee trinken und in Ruhe nachdenken.

„Ich bin Manuela, genannt Mena." Mena setzte sich ihr gegenüber. Am liebsten hätte sie diese Person weggescheucht, es interessierte sie nicht im Geringsten, was sie zu erzählen hatte. Doch nach einigen Minuten erwähnte Mena etwas, was sie aufhorchen ließ. Auch diese Person wusste, dass sie im Gefängnis gewesen war. Amelie fehlten die Worte! „Woher weißt du das? Ich wüsste nicht, dass ich es erzählt hätte."

„Diese Rebecca hat sich oft mit einer Freundin hier getroffen. Dabei ist dein Name gefallen. Erst in den letzten Tagen wurde mir bewusst, dass du es sein musst, über die sie gesprochen hatten."

Amelie sprang vom Stuhl, der prompt nach hinten wegkippte. Das, was sie gerade erfuhr, riss ihr den Boden unter den Füßen weg. Sie starrte auf Mena, die ihre Augen weit aufgerissenen hatte. Tobias kam und fragte, ob alles in Ordnung sei. Sie nickte, antworten konnte sie nicht. Allmählich beruhigte sie sich.

„Kennst du die Freundin? Wie sieht sie aus, kannst du sie mir beschreiben?"

„Was soll ich sagen? Die Frau war anders, keine von uns. Mehr eine Dame, geschminkt und im Kostüm. Frag die anderen."

Amelie sah sie an und schwieg. Sofort aktivierte sie ihre Gehirnzellen, in Windeseile ging sie alle ihre Bekannten und Arbeitskolleginnen durch. *Es muss eine Freundin sein, die sie beide kennen! Warum hat Rebecca verschwiegen, dass sie mich kennt?* Wie vom Donner gerührt fiel ihr nur eine Person ein! – Melitta! – Was hatte das zu bedeuten? Sie nahm sich vor, mit Rebecca Tacheles zu reden. Wie hatte sie sich nur so von ihr verarschen lassen können! Wut kroch in ihr hoch, es war ihr schier unmöglich, weiter einen klaren Gedanken zu fassen. Sie musste sich zurückfahren, sonst würde sie nicht mehr vernünftig agieren können. Für einen kurzen Augenblick schloss sie die Augen und öffnete sie, als Mena sie erneut ansprach.

„Amelie, bitte erzähl niemandem, was ich dir gerade gesagt habe. Walter verprügelt mich sonst wieder, weil ich meinen Mund nicht halten konnte."

Amelie sah sie lange an und überlegte, ob es nicht besser war, das Gespräch hier zu beenden. Doch eine Frage hatte sie noch. „Warum erzählst du mir das alles? Was willst du wirklich von mir?"

„Ich will nur helfen! Hier in der Gegend und in der Kneipe fühle ich mich ziemlich einsam. Ich wollte eine nette Bekannte haben, mit der ich quatschen kann. Mich nimmt keiner ernst hier. Und ich dachte, dass du auch einsam bist. Außerdem verhältst du dich anders als die anderen hier."

Amelie stutzte. Sah man es ihr wirklich an? Vielleicht *war das hier eine neue Chance, in dieses Milieu einzusteigen? Mit Menas Hilfe könnte sie es schaffen.*

Erst jetzt bemerkte sie, dass Mena ihr die Hand als Geste der Freundschaft gereicht hatte. Ein Ruck ging durch ihren Körper und sie nahm die dargebotene Hand. Mena erzählte, dass sie von der Stütze lebte. Walter, ihr Freund, war der Beschützer. Am Tag darauf sah sie Mena mit einem blauen Auge und einer aufgeplatzten Lippe. In der Hand hielt sie ein Büschel Haare, das Walter ihr zuvor aus der Kopfhaut gerissen hatte. Mit dick geschwollenen Augenlidern kam Mena auf sie zu. Ein Zittern ging durch ihren Körper, als sie sich ihr gegenübersetzte. Tobi brachte ihr einen Schnaps und einen Eisbeutel für ihre geschwollenen Augenlider. Er kannte das Spielchen offensichtlich. Am liebsten würde Amelie die junge Frau zur Polizei schleppen und Anzeige wegen Körperverletzung erstatten. Doch sie ließ es sein; sie wusste, dass sie jetzt nichts Unüberlegtes tun durfte. Mena konnte sich nur selbst helfen. Es war schließlich nicht das erste Mal, dass dieser Typ ihr gegenüber ausgerastet war.

Amelie konnte ihre Enttäuschung kaum verbergen. Ihr Urlaub neigte sich dem Ende zu. Bisher hatte sie nichts erfahren, was sie weiter gebracht hätte. Nun blieben ihr nur noch die Abende und Wochenenden, an denen sie tätig sein konnte. Allmählich riss ihr der Geduldsfaden. Unzufriedenheit und Wut beherrschten ihre Gedanken. An ein klares analytisches Denken war nicht mehr zu denken. Es war, als würde sie im tiefen Nebel stochern. Ohne Max und Marlies hätte sie längst das Handtuch geschmissen. Sie waren es, die sie drängten, weiter nach ihrer Wahrheit zu suchen. Aber was nützte es ihr? Sie, Schmidt und die Kollegen traten auf der Stelle. Alles, was sie vorweisen konnten, waren Verdachtsmomente, sonst nichts! Bisher hatte es weder konkrete Hinweise zu dem Ring noch zur einzigen Zeugin gegeben. Marlies, mit der sie vor Kurzem gesprochen hatte, war sich sicher, dass die Kneipe „Hohler 26" der richtige Ansatzpunkt sei und sie sich in Geduld üben müsse. Amelie wünschte sich so sehr, dass sie recht behielt.

An diesem Wochenende fuhr sie wie unter Zwang in die Biker-Szene nach Reichenbach. Ihre Laune war nicht die beste und sie überlegte, ob sie nicht besser umkehren sollte. Doch die Verlockung, doch noch etwas Brauchbares zu finden, war zu groß. Kaum stand sie in der Türschwelle zur Kneipe, kam Mena ihr mit strahlenden Augen entgegen. Von den Verletzungen war nichts mehr zu erkennen. Sie hatte ein Talent, sich gut zu schminken.

„Hallo Amelie, feierst du mit mir meinen Geburtstag?"

„Warum nicht? Herzlichen Glückwunsch." Amelie drehte sich zu Tobias um: „Hi Tobi, bringst du uns zwei Kaffee?" Amelie hatte sowieso nichts Besseres zu tun, das Wetter heute war eher feucht und nass. Kaum saßen sie, veränderte sich Menas Gesichtsausdruck. Ihre Mundwinkel waren nach unten gezogen, ihre Augen blickten sie traurig an.

„Was ist los? Gerade hast du noch gestrahlt und nun bist du traurig."

„Walter hat wieder einmal meinen Geburtstag vergessen."

„Lass gut sein, ich bin hier und du bist nicht allein." Sie selbst war froh, ihn nicht anzutreffen. Sie mochte ihn nicht.

„Hier, für dich." Tobias stellte eine Dose mit Keksen auf den Tisch. Mena freute sich wie ein kleines Mädchen. Amelie bezahlte und winkte Tobias noch einmal zu. Dann folgte sie Mena, die ihre Keksdose unter den Arm geklemmt hatte. Sie liefen zu den heruntergewirtschafteten Häusern, die ihr schon beim ersten Mal aufgefallen waren. Putz bröckelte von der verblassten Fassade. Unter den Schuhsohlen knirschten Scherben, als sie das Treppenhaus betraten. Mena warnte sie, das Treppengeländer nach Möglichkeit nicht anzufassen. Die Wohnungstür war durch ein schlecht angebrachtes Vorhängeschloss gesichert.

Mena betrat als Erste ihre Behausung. Sie rannte sofort zu dem einzigen Fenster und öffnete es. Es roch nach Schimmel und Fäule. Amelie hielt für einige Sekunden die Luft an. Das Zimmer war winzig, unter dem einzigen Fenster stand ein großes altes ausgezogenes Schlafsofa. In der Mitte befand sich ein kleiner Tisch mit zwei maroden Stühlen. Die Toilette war auf dem Gang. Offensichtlich schien Mena sich in dieser Behausung wohlzufühlen. Als ob sie ihre Gedanken lesen konnte, meinte sie, dass dies hier allemal besser sei, als auf der Straße zu leben. Amelie musste ihr insgeheim recht geben. Etwas vorsichtig setzte sie sich auf einen der wackligen Stühle. Gut gelaunt stellte Mena den frisch gebrühten Instantkaffee und die Dose Kekse auf den Tisch. Sie feierte ihren vierundzwanzigsten Geburtstag. Amelie hörte den Geschichten, die sie erzählte und die teils amüsant, teils traurig waren, zu. Jedenfalls war Mena weder im Gefängnis gelandet noch hatte sie etwas mit Drogen zu tun gehabt, stellte Amelie beruhigt fest. Am späteren Nachmittag holte Mena eine Flasche billigen Wodka aus dem Kleiderschrank. Schon bei dem Gedanken, dieses Gesöff trinken zu müssen, schüttelte Amelie sich. Aber Mena goss sich ein ... und ein. Sie selbst nippte noch immer am ersten Gläschen und versuchte, das Gespräch auf ihren Freund zu lenken. Von Daniel wusste sie, wie lang sein Strafregister war. In den letzten Jahren war ihm allerdings kein Verbrechen mehr zur Last gelegt worden. Er schien sauber zu sein. Oder war er nur cleverer geworden? Jede Spur, bei der sie hoffte, dass es eine brauchbare Spur sei, verlief im Sand. Sie nahm sich vor, keine weitere Zeit mehr im „Hohler 26" zu verschwenden. Ihrer kleinen Freundin hatte sie noch nichts von ihrem Vorhaben erzählt.

Amelie erschrak, als Mena plötzlich unkontrolliert vom Stuhl sprang, kicherte und eine kleine Holzkiste, die in einem schwarzen Tuch eingewickelt war, aus dem alten Schrank holte.

„Hier, schau mal", Mena faltete das Tuch auseinander, öffnete die kleine Holzkiste und holte einen Ring heraus. Amelie bekam Schnappatmung und starrte wie hypnotisiert auf den Ring. Ohne zu zögern, griff sie nach ihrem Wodkaglas und schüttete den Inhalt in sich hinein, ohne abzusetzen. Das Zeug brannte wie Feuer in ihrer Kehle – ihr blieb die Spucke weg – „Wo – hast – du – ihn – her?"

„Den hat mir Walter zur Verlobung geschenkt. Keine Ahnung, ob er echt ist. Auf jeden Fall hat er mir verboten, den Ring zu tragen, warum auch immer."

Amelie begriff, was sie in der Hand hielt. *War es wirklich so einfach? So lange hatte sie auf einen Hinweis gewartet, auf den Verbleib des Ringes. Was sollte sie jetzt tun? Würde sie ihren Fall endlich knacken?* Völlig neben sich, strich sie sich eine Strähne aus der Stirn.

Das war der Ring von Eva Roth! Wie war der in die Hände von Walter gekommen? Woher kannte dieser Typ die Familie Roth? Das alles passte überhaupt nicht zusammen!

Amelie glaubte, explodieren zu müssen! Der Gedanke, dass wegen dieses scheußlichen Rings ihr Leben zerstört worden war, ließ sie stumm schreien. Unauffällig wischte sie die feuchten Hände an ihrem Pulli ab. Mena sollte nicht misstrauisch werden.

„Wie – wie – lange – seid du und Walter schon ein Paar?", hörte sie sich fragen.

„Walter habe ich vor sechs Jahren kennengelernt, kurz nachdem er aus dem Knast kam."

„Und wann hast du den Ring bekommen?"

„Ich glaube vor ungefähr zwei Jahren. Er hatte mich wieder mal verprügelt und zwei Tage später verlobte er sich mit mir und gab mir diesen Ring. Der ist eigentlich viel zu groß für meine schmalen Finger."

Mitten im Satz zuckte Mena und ließ blitzschnell den Ring mitsamt dem Kästchen in einer Tasche ihres weiten Rockes verschwinden, den Blick angstvoll zur Tür gerichtet. Amelie sah ebenfalls in die Richtung. Walter hatte unbemerkt die Wohnung betreten. Breitbeinig, die Arme in die Hüften gestemmt, stand er im Türrahmen. Ein kühler Blick traf sie. Mena schien er keine Beachtung zu schenken. Amelie wusste, sie musste ruhig bleiben, durfte jetzt keinen Fehler machen! Doch dann drehte er sich weg von ihr, als Mena lautstark zu schimpfen begann und sich bei ihm darüber beschwerte, dass er sie an ihrem Geburtstag allein gelassen hatte. Das war ihr Signal, auf der Stelle zu verschwinden. Mena war doch nicht so naiv, wie sie tat!

Amelie verließ leise das Zimmer und lief auf die Straße. Der Wodka und die Entdeckung des gesuchten Ringes ließen sie um Fassung ringen. Völlig durcheinander verschwand sie hinter der nächstgelegenen Ecke. Ihr Magen drehte sich um und sie erbrach ihren sämtlichen Mageninhalt. Alles um sie herum schien sich zu drehen. Der Druck, der sich in den letzten Tagen in ihrem Inneren aufgebaut hatte, schien mit einem Mal von ihr abzulassen. Es war unfassbar … Hatte sie vor wenigen Minuten wirklich diesen vermissten Ring in ihrer Hand gehalten? *Warum hatte sie ihn sich wieder wegnehmen lassen?*

Schnell wurde ihr klar, dass sie ihn sowieso nicht hätte mitnehmen können. Das hier war Aufgabe der Polizei!

Was hatte dieser Walter damit zu tun? Sie konnte sich nicht daran erinnern, ihn je gesehen zu haben. Also war Marlies' Vermutung doch richtig!

Amelie wurde fast verrückt, dass sie es nicht schaffte, ihre Gedanken unter Kontrolle zu bekommen. Noch immer stand sie mit gebeugtem Oberkörper an der Hauswand. Als ihr das bewusst wurde, drückte sie ihre Knie durch, wischte ihren Mund trocken und versuchte, den bitteren Geschmack auf ihrer Zunge zu ignorieren. Aus dem Augenwinkel sah sie, dass noch Licht in der Kneipe „Hohler 26" brannte. Tobi räumte gerade den Tresen auf, als sie eintrat.

„Amelie, was ist los? Du bist blass um die Nase. Zu viel getrunken mit Mena?"

Sie nickte und bat um ein Glas Wasser. Für heute hatte sie genug erfahren. Sie wollte allein sein und nicht mehr angesprochen werden, von niemand. Es war an der Zeit, den nächsten Schritt zu überlegen. Sie ließ sich in den alten Plüschsessel in der hintersten Ecke der Kneipe fallen. Sie nippte an ihrem Glas und spürte, wie sich ihr Pulsschlag normalisierte.

„Sag mal, hast du zufällig ein Foto von allen Gästen dieses Klubs?"

„Ist einer dabei, der dir gefallen könnte?" Tobias grinste. Dann verschwand er hinterm Tresen und wühlte in einer Schublade.

„Ah, da ist es ja", hörte sie ihn sagen.

Sofort stand sie auf, ging ihm entgegen und nahm ihm das Foto ab.

„Danke." Neugierig betrachtete sie die Fotos. Tobias stand hinter ihr und zeigte mit seinem Finger auf die einzelnen Personen auf dem Bild und nannte deren Namen. Amelie interessierten nur zwei, maximal drei Personen! In der zweiten Reihe auf dem Foto sah sie Rebecca und Melitta stehen. In der hintersten Reihe erkannte sie Walter und den Typ, der sie am Bahnhof überfallen hatte. Amelie schob das Foto in ihre Jacke und verschwand mit einem „Ich danke dir" aus der Kneipe. Mit zittrigen Händen holte sie ihr Handy aus der Tasche, drückte die Kurzwahltaste und berichtete Harry, was sich vor weniger als eine halben Stunde ereignet hatte.

„Beruhige dich, ich verstehe nur die Hälfte von dem, was du erzählst."

Amelie bemühte sich, langsamer zu sprechen.

„Ich werde alle Hebel in Bewegung setzen, um diesen Walter aufzuhalten, bevor er für immer über alle Berge verschwindet. Vielleicht reicht die Information für eine Durchsuchung der Wohnung. Ich werde mit Schmidt reden", versicherte ihr Harry.

Bevor er auflegte, hörte sie noch, wie er sie ermahnte, vorsichtig zu sein! Amelie klappte ihr Handy zu. Es war Zeit zurückzufahren.

Inzwischen war es stockdunkel. Sie nahm sich vor, den direkten Weg zurückzunehmen. Sie stieg auf ihre Maschine und fuhr los. Es regnete noch immer und es sah aus, als ob der Himmel seine Schleusen nie wieder schließen würde. Die Nebenstraßen, die sie fahren musste, waren ausgewaschen und teils mit losem Untergrund versehen. Hinter der zweiten Kurve sah sie im Rückspiegel, wie sich im hohen Tempo ein schwarzer Wagen näherte. Er fuhr immer dichter auf. Das Scheinwerferlicht blendete sie. Ein Fluch nach dem anderen verließ ihre Kehle. Sie gab dem Fahrer des Wagens Zeichen, sie endlich zu überholen. Auf keinen Fall wollte sie sich von dem Wagen treiben lassen, zumal sich die Strecke von einer Kurve in die andere windete. Schon glaubte sie, dass der Wagen endlich an ihr vorbeifahren würde, als dieser plötzlich neben ihr auftauchte. Amelie stieß einen spitzen Schrei aus. Der Wagen versuchte sie von der schlecht befahrbaren Straße zu drängen. Sie drehte am Gashahn, doch der Wagen blieb hartnäckig neben ihr. Das erste Mal wünschte sie sich, ein schnelleres Motorrad unterm Hintern zu haben. Die alte Möhre gab nicht mehr so viel her. Amelie versuchte, in das Innere des Wagens zu blicken. Sie wollte wissen, welcher Idiot so etwas tat, doch die Scheiben waren abgedunkelt. Genau in diesem Moment wurde ihr klar, dass es mit dem Ring zu tun haben musste. Voller Verzweiflung trat sie mit ihrem

Enduro-Stiefel gegen die Beifahrertür. Ihre Maschine fing an, hin und her zu schwanken. Blitzschnell orientierte sie sich neu und bog in einen ihr bekannten Feldweg ab. Es blieb still hinter ihr, und sie betete, dass es ihr gelungen sein möge, diesen Wagen abzuschütteln. Ihre Beine waren wie Pudding, als sie von der Maschine stieg. Sie lauschte, doch sie hörte nur ihren eigenen Herzschlag. Wie angewachsen blieb sie neben ihrer Maschine stehen …

Plötzlich, wie aus dem Nichts, blendeten sie Scheinwerfer. Von selbst hob sich ihre Hand, um ihre Augen zu schützen. „Was verdammt noch mal soll dieser Scheiß?", brach es aus ihr heraus. Entrüstung und Angst trieben sie auf den Wagen zu. Bevor sie jedoch nahe genug herankam, heulte der Motor auf und der schwarze Wagen wendete auf der Stelle. Dann verschwand er in der Dunkelheit. Amelie drehte sich um die eigene Achse … sie war allein. Ihre Nerven waren zum Zerreißen gespannt. Ihr wurde speiübel.

Was hatte das zu bedeuten? Sollte sie nicht besser Harry oder Daniel anrufen?

Schnell verwarf sie diesen Gedanken, schließlich hatte sie gelernt, sich selbst zu verteidigen. Mit Entschlossenheit wischte sie über das Visier ihres Helmes, stieg auf die Maschine und klappte den Seitenständer weg. In diesem Moment fragte sie sich, warum sie das alles auf sich nahm. Eine Verurteilte war sie sowieso! Mit einem dicken Kloß in der Kehle lenkte sie die Maschine zurück auf die Landstraße.

„Heiliger Strohsack …!" Geistesgegenwärtig trat sie mit voller Wucht auf die Hinterradbremse und zog gleichzeitig mit Kraft die Vorderbremse. Zu spät! Quer vor ihr auf der Straße stand der schwarze Wagen. Es ging alles sehr schnell … die Maschine rutschte, sie stürzte und fiel ins Endlose, während der Wagen mit quietschenden Reifen in der Dunkelheit verschwand.

„Das war's, dieses Mal hast du es geschafft", hörte sie sich selbst hysterisch schreien, als sie am Straßenrand auf der Suche nach ihrem Motorrad entlangtaumelte.

„Mir geht es gut", murmelte sie fortwährend. Keinesfalls wollte sie sich eingestehen, dass sie verletzt sein könnte. Schließlich war sie schon öfter mal im Gelände von der Maschine gestürzt. Dieses Mal war es jedoch anders … das spürte sie. Denn sie sah nur noch einen Stiefel an ihren Füßen … und den Helm hatte sie auch nicht mehr auf. Der Regen prasselte auf ihren Kopf und lief in ihren Nacken … es war kalt. Wieder versuchte sie aufzustehen, aber sie fiel immer wieder hin.

Warum?

Das war etwas, das ihr normalerweise nach einem Sturz nie passierte! Es machte sie sauer und sie war enttäuscht von sich selbst, dass es ihr einfach nicht gelingen wollte aufzustehen. Keinesfalls würde sie hier am Straßenrand im Regen sterben … Dumpf, wie durch ein Vakuum, hörte sie Sirenen, die immer näher zu kommen schienen.

***

„Amelie, aufwachen! Wie geht es Ihnen?", hörte sie die Stimme ihres Chefs. Doch sie konnte ihre Augenlider nicht öffnen, sie fühlten sich bleischwer an. Außerdem war sie sooo müde.

Was macht der Chef in meiner Wohnung?, fragte sie sich.

„Sie haben Glück gehabt. Ein Passant hat einen Krankenwagen gerufen. Sie waren zwei Tage nicht ansprechbar", vernahm sie die Stimme ihres Chefs.

Vorsichtig versuchte Amelie, sich aufzusetzen, doch ein Tropf an ihrem rechten Arm hinderte sie daran. „Was ist mit mir?" Allmählich kam die Erinnerung zurück. Schweiß trat unangenehm auf ihre Stirn. „Es … es war eine Attacke auf mich." Es fiel ihr schwer, sich auf ihre

Worte zu konzentrieren.

„Sind Sie sich da ganz sicher? Derjenige, der den Notruf gewählt hat, behauptete, gesehen zu haben, wie Sie auf nasser Straße ausgerutscht seien."

Sie starrte Schmidt entgeistert an, aber sie fühlte sich zu schwach, um ihm alles zu erklären. Jeder Muskel schmerzte. Ihr fielen die Augen zu, keine Kraft der Welt hätten sie offen halten können. Sie hörte noch, wie die Krankenschwester sagte, dass er morgen wiederkommen solle.

Am darauffolgenden Tag besuchten sie ihre Kollegen. Die erzählten ihr, dass sie nach einem abgesetzten Notruf unterkühlt und mit einer Beule am Kopf gefunden worden war.

„Daniel, es war ein Anschlag auf mich. Es hat etwas mit dem Ring zu tun, den ich in der Hand hielt. Es war der Ring von Eva Roth. Ich muss sehr nahe dran sein. Hast du diese Frau gefunden? Oder die Eltern? Sag, dass du irgendetwas gefunden hast!"

„Nein, bisher noch nicht. Tut mir leid."

„Die Kripo ermittelt nicht, sie glauben dem Anrufer, dass du ausgerutscht und in einen Graben gestürzt bist."

„Das ist ungeheuerlich! Glaubt ihr etwa auch, dass ich fantasiere? Hat sich jemand die Unfallstelle angesehen?"

„Ja, leider keine brauchbaren Spuren. Es war nass und lediglich eine Ölspur zu sehen. Bist du vielleicht doch darauf ausgerutscht?"

„Neiiiin, verdammt noch mal! Bin ich nicht!"

„Dann hat dieser Jemand verdammt gründlich gehandelt."

„Ich spinne nicht! Und ... jetzt lasst mich allein."

Leise schloss sich die Tür des Krankenzimmers. Amelie schloss ihre Augen. Wie in einem Film sah sie sich selbst mit ihrer Maschine rutschen.

„Ich muss raus hier, ich will wissen, wer dahintersteckt. Keiner hält

mich mehr auf. Schmidt muss mit Berger reden, die müssen diese verlauste Bude von Walter durchsuchen. Wenn sich niemand findet, werde ich es selbst tun!", murmelte sie entschlossen. Mit dieser Entscheidung im Kopf schob sie sich aus dem Bett und taumelte zum Schrank. Zum Glück hatte Harry mitgedacht und ihr bereits neue Anziehsachen besorgt. Der Kollege Harry war der Einzige, dem sie einen Zweitschlüssel ihres Apartments überließ. Sie brauchte viel Zeit, bis sie endlich ihre Jeans übergestreift hatte. Es fehlten nur noch ihre Schuhe. Gerade als sie diese anziehen wollte, ging die Tür zu ihrem Zimmer auf.

„Was machen Sie da? Bleiben Sie liegen." Entsetzt hob die Schwester ihre Arme.

„Nein, es geht mir gut und ich werde das Krankenhaus jetzt verlassen. Ja, ich gehe auf eigene Verantwortung. Zufrieden?"

„Es sind noch nicht alle Untersuchungen abgeschlossen."

„Dann kläre ich das mit meinem Hausarzt, versprochen. Jetzt aber werde ich gehen." Amelie nahm ihre kleine Tasche, bestellte sich per Handy ein Taxi und verschwand aus dem Krankenhaus.

„Guten Morgen, bin wieder da!", rief Amelie, als sie den Konferenzraum der Kanzlei betrat. So frisch, wie sie klang oder zu klingen versuchte, fühlte sie sich ehrlich gesagt nicht. Ihr Kopf schmerzte heftig.

„Ich denke, Sie sind im Krankenhaus. Warum haben Sie immer Hummeln im Hintern?", schimpfte Schmidt.

Harry und Daniel kamen hereingestürmt und schüttelten wie abgesprochen ihren Kopf.

„Setzt euch bitte. Egal was ihr mir predigt, ich gehe nicht zurück ins Krankenhaus. Die Spur, die ich habe, darf ich keinesfalls verlieren. Herr Schmidt, ich habe den Ring mit eigenen Augen bei diesem

Walter, sprich bei Mena gesehen. Ja, ihn sogar in der Hand gehalten. Glauben Sie mir, es fiel mir sehr, sehr schwer, ihn zurückzugeben. Reicht meine Aussage, um das Zimmer zu durchsuchen?" Gespannt wartete sie auf eine Antwort.

„Nein, das reicht nicht, wir brauchen mehr. Können Sie diese Mena nicht dazu überreden, den Ring freiwillig rauszugeben?"

„Nein, sie hat viel zu sehr Angst vor diesem Walter."

Harry mischte sich ein. „Sprich mit Mena offen darüber, was du vermutest. Biete ihr etwas an, etwa dass du ihr hilfst, von diesem Walter loszukommen. Versuch es! Du hast nichts zu verlieren, du kannst nur dazugewinnen."

„Harry hat recht. Versuche es und ich sorge weiter dafür, etwas über diese Rebecca herauszufinden Das Bild ist bereits online", hörte sie Daniel sagen.

„Und ich sehe mal, ob ich eine alte Freundin von mir, die Staatsanwältin Weber, motivieren kann, uns zu helfen. Vielleicht können wir durch sie einen Durchsuchungsbeschluss durchsetzen. Aber Sie müssen mir versprechen, nichts Unüberlegtes zu tun."

„Versprochen!" Amelie war überwältigt von so viel Solidarität. „Dann bin ich mal wieder weg. Gott sei Dank ist meine alte Möhre heil geblieben. – Chef, was dagegen, wenn ich noch zwei Tage Urlaub dranhänge?"

„Sie brauchen keinen Urlaub dafür. Es ist nun auch Angelegenheit der Kanzlei geworden. Sie arbeiten in meinem Auftrag."

„Na dann. Wir sehen uns bald."

Amelie verschwand aus dem Konferenzraum. Sie musste so schnell wie möglich mit Mena reden. Aber erst einmal musste sie sich ausschlafen. Die Medikamente, die ihr verabreicht worden waren, forderten ihren Tribut. Fast vierzehn Stunden – und das ohne

Albträume! – hatte sie geschlafen. Erfrisch und ausgeruht genoss sie den frisch gebrühten Kaffee. Mehrere Stufen auf einmal nehmend lief sie die Treppe hinunter direkt in den Hinterhof, wo ihre Maschine stand. Sie betrachtete sie genau, nur wenige längliche Kratzer waren hinzugekommen. Die Reifen waren in Ordnung. Kein Platten, nix. Noch immer konnte sie nicht begreifen, warum keinerlei Spuren gefunden worden waren. Sie nahm sich fest vor, die Stelle, an welcher der Wagen sich fast auf der Stelle gedreht hatte, zu begutachten. Es konnte nicht sein, dass dieses Manöver keinerlei Spuren hinterlassen hatte. Vielleicht war es nicht untersucht worden, weil man dem Anrufer, der den Notruf gewählt hatte, schlicht und einfach glaubte.

„Guten Morgen, Tobi. Hast du Mena heute gesehen? Ich muss dringend mit ihr reden. Du weißt, was mit mir passiert ist?"

Tobi schüttelte den Kopf. „Nein, ich habe mich nur gewundert, dass du einige Tage nicht hier warst."

Mit kurzen Worten erklärte sie ihm, was an dem letzten Abend, als er ihr das Foto gegeben hatte, passiert war. Mit Entsetzen hörte er zu und schlug die Hände über dem Kopf zusammen.

„Deshalb war Mena die letzten Tage so nervös und hat mich ständig gefragt, ob ich wüsste, wo du steckst. Meinst du, sie hat etwas damit zu tun?"

„Nein, das glaube ich nicht. Ich werde mal nach ihr sehen. Wenn ich in einer halben Stunde nicht zurück bin, ruf bitte die Polizei. Versprichst du mir das?"

Tobi nickte. Er verstand die Welt nicht mehr. Sie winkte Tobi an der Tür zu und verschwand nach draußen.

Je näher sie diesem scheußlichen Häuserblock kam, umso unruhiger wurde sie. Am Eingang atmete sie tief ein und stieß die Luft wieder mit einem kräftigen Stoß aus ihrer Lunge, bevor sie die Treppe nach oben stieg. Abrupt blieb sie stehen, als sie Schreie hörte. Jemand rief um Hilfe. Ihr Puls schlug heftig an ihre Schläfe, als sie leise die letzten Stufen nahm.

„Hilfe, Hilfe, hört mich keiner?" Amelie blieb wie angewurzelt stehen. War das ihre Chance, ganz legal in die Wohnung zu kommen? Sie wusste, dass es egoistisch war, nicht einzugreifen, sie fühlte sich deswegen auch mies. Doch sie musste so handeln. Schnell drückte sie sich an die Hauswand und rief Schmidt über Handy an. In kurzen Worten berichtete sie, was sie vermutete, und bat ihn, die Polizei zu verständigen. Sie musste ihm versprechen, nichts zu unternehmen, bis die Polizei eingetroffen wäre. „Ich spreche mit der Staatsanwältin Weber und besorge den Durchsuchungsbeschluss. Berger ist bereits von mir informiert worden. Er hat versprochen, sich der Sache anzunehmen."

„Ich muss auflegen, der Polizeiwagen hält gerade vor der Tür."

„Sie warten, bis Berger mit dem Beschluss da ist. Betreten Sie nicht die Wohnung. Verstanden? Warten Sie, bis diese Mena aus der Tür kommt."

„Ja, versprochen." Gerade hatte sie ihr Handy weggepackt, als ein Polizist auf sie zukam und nach der Etage fragte. Zwei Polizisten stürmten nach oben und stießen, nach mehrmaliger Aufforderung, die Tür zu öffnen, diese auf. Mena saß zusammengekauert mit einer Eisenkette am alten Heizkörper gefesselt. Ihr Gesicht war zugeschwollen und sie blutete aus dem Mund. Amelie nahm sie auf der Straße in Empfang. Stehend brach Mena zusammen, ihr Schluchzen wollte nicht nachlassen.

„Weißt du, wo dein Walter ist?", fragte Amelie. Mena schüttelte den Kopf. Mehr konnte sie nicht tun. Ein Sanitäter führte sie in den Krankenwagen. Kommissar Berger schoss auf den Krankenwagen zu.

Er schien zu überlegen, ob er mit Mena sprechen sollte. Er wollte! Er vermittelte ihr, dass sie nun die Wohnung durchsuchen würden. Er hielt ihr den Durchsuchungsbeschluss unter die Nase. Auch ihm gegenüber zuckte Mena nur mit den Schultern. Die Türen des Krankenwagens schlossen sich und der Wagen fuhr los. Amelie nickte dem Kommissar zu. Dann verschwand sie ebenfalls. Bei der Durchsuchung der Wohnung durfte sie sowieso nicht dabei sein. Also ging sie zurück in die Kneipe und erzählte Tobi, was passiert war.

***

„Amelie, kommen Sie in mein Büro. Wir müssen reden."

„Hat die Durchsuchung etwas ergeben? Haben sie den Ring gefunden?"

„Es wurde kein Ring gefunden und auch sonst keine Hehlerware. Deine kleine Freundin kann diesen Walter höchstens wegen schwerer Körperverletzung anzeigen. Doch das will sie nicht tun. Sie schützt ihn und sie weigert sich, mit der Kripo zu reden. Berger ist stinksauer, dass er zu einem sinnlosen Einsatz gerufen worden ist. Wir stehen genau da, wo wir angefangen haben."

Amelie musste sich setzen. Der winzig kleine Hoffnungsschimmer war ins Nichts verdampft. Sie fühlte eine alles verschlingende Leere in sich; ein tiefes Loch, das jegliches Gefühl aus ihr herauszusaugen schien. Das Pochen hinter ihrer Stirn wollte nicht nachlassen. Mit kreisenden Bewegungen massierte sie die Kuhle über ihrer Nasenwurzel. Sie starrte auf Schmidt.

„Ich muss hier raus, raus an die frische Luft."

Amelie stürmte kopflos aus der Kanzlei, direkt in den Hinterhof. Dort stützte sie sich auf ihrer Maschine ab. *Sie stand wieder am Anfang. Nichts, aber auch gar nichts hatte sie erreicht.*

Sie wischte die Tränen, die an ihren Wangen herunterliefen, mit ihrem Jackenärmel trocken.

Sie atmete tief ein und aus, viele Male, bis das Pochen hinter ihrer Stirn nachließ.

Amelie musste zurück in die Kanzlei. Etwas anderes, als sich hinter den Akten von Mandanten zu vergraben, könnte sie ohnehin nicht tun. Sie redete sich ein, dass auch diese Leute darauf warteten, in einem Gerichtsverfahren freigesprochen zu werden. Außerdem blieb ihr nichts anders übrig, als zu warten, bis Mena aus dem Krankenhaus entlassen wurde. Vielleicht besann sie sich und würde ihr einen Hinweis geben, wo Walter hingeflüchtet sein könnte.

Amelie machte sich auf den Weg ins Krankenhaus. Von Schmidt hatte sie erfahren, dass sie heute entlassen werden würde. Sie fühlte sich mitschuldig an ihrem Unglück. Es ließ ihr keine Ruhe, sie musste in Erfahrung bringen, warum sie so verkloppt worden war. Amelie öffnete die Tür zum Krankenzimmer und wich sofort einen Schritt zurück. Walter stand vor Menas Krankenbett, um sie mitzunehmen. Auch er hatte sie sofort erkannt und stürmte auf sie zu. Er brüllte wie ein Löwe, der seinen Eindringling aus seinem Territorium verjagen will. Gleichzeitig schrie Mena: „Lass sie los, du Idiot! Hast du nicht schon genug angerichtet?"

Sofort entstand Unruhe auf dem Gang. Eine Schwester kam herbeigeeilt. Sie erklärte ihm, dass die Polizei verständigt sei und jeden Augenblick eintreffen werde. Walter zog sich zurück und strafte Amelie mit einem hasserfüllten Blick.

„Na toll, jetzt hast du meinen Verlobten vertrieben!"

„Mena, bitte, halte Abstand zu ihm, wenigstens die nächsten Tage, bis sich alles beruhigt hat. Vorerst kommst du in eine Unterkunft, wo misshandelte Frauen untergebracht sind."

Mena nickte nur. Amelie packte ihre wenige Sachen zusammen und brachte sie persönlich in das vereinbarte Frauenhaus. An diesem Nachmittag erklärte sie Mena, was es mit dem Ring, den Walter ihr zur Verlobung geschenkt hatte, auf sich hatte. Stillschweigend hörte Mena zu und konnte es dennoch nicht glauben.

„Das tut mir leid, dass dir das passiert ist. Aber ich glaube nicht, dass Walter ein Mörder ist. Bestimmt hat er den Ring von jemandem bekommen. Ich verrate ihn nicht. Außerdem weiß ich gar nicht, wo er hin ist."

„Trotzdem, bitte denke darüber nach und ruf mich an, wenn du weißt, wo der Ring jetzt ist." Amelie drückte ihr ein altes Handy in die Hand. Daniel hatte es ihr zur Verfügung gestellt. Mehr konnte sie im Augenblick nicht ausrichten. Sie musste sich in Geduld üben.

Eine unsichtbare Falle

Etwas später als geplant verließ sie die Kanzlei. Heute war nicht gerade das optimale Jogging-Wetter. Nach einem kurzen Durchatmen joggte sie wie gewohnt die tägliche Runde. Der regennasse Asphalt, entlang des schmalen Weges, spiegelte ihr Schattenbild wider. Obwohl sie die Strecke im Schlaf beherrschte, fiel es ihr heute schwer, die Orientierung zu behalten. Amelie lief über die Holzbrücke, dann entlang der breiten Wiesen. Im Dunst der Abenddämmerung sah sie bereits vereinzelte Bäume und kleineres Buschwerk am Rande des angrenzenden Wäldchens. Dort angekommen, lehnte sie sich unschlüssig an einen Baum. Das dichte Blattwerk schützte sie vor dem Regen. Schon bereute sie es, in der Dunkelheit losgelaufen zu sein. *Warum hatte sie es heute nicht einfach gelassen? Machte es Sinn, weiterzulaufen?* Unschlüssig darüber, was sie tun sollte, angelte sie sich aus ihrer feucht gewordenen Sportjacke ein Stück Lakritze. Gerade als sie es in den Mund stecken wollte, stoppte sie ihre Handbewegung. Ein Schatten huschte an ihr vorbei. Erschrocken blieb sie stehen und lauschte. Plötzlich ein Rascheln; ein fremder Atem. Es schien, als streifte jemand dicht an ihr vorbei. Hastig trat sie einen Schritt nach vorn, wollte sich umdrehen … zu spät. Ein beißender Geruch stieg in ihre Nase. Instinktiv hob sie ihre Arme, um ihr Gesicht mit den Händen zu schützen. Und doch fühlte sie, dass es zu spät war.

„Genug geschlafen." Ein kräftiger Tritt folgte gegen den Behälter. Zu Tode erschrocken stöhnte sie, es fiel ihr schwer, die Augen zu öffnen. Wo war sie? Und warum lag sie so eingepfercht in dieser Enge? Amelie versuchte, sich aufzusetzen. Keine Chance. Ihr Kopf stieß an etwas Hartes. Ein eisiger Schauer schüttelte sie. Wo hielt man sie gefangen? Verzweiflung ergriff sie und ihr Herz schlug bis zum Hals. Ein scharfer Schmerz durchzuckte ihre Hüfte. Der Körper schien verdreht zu sein. In Höllenangst presste sie ihre Arme an die Brust. Aber lange hielt sie es so nicht aus. Sie löste diese wieder und ertastete die Umgebung.

„Oh, gütiger Himmel!" Der Abstand zwischen Decke und Wand war minimal. Bereits nach einer halben Elle berührte sie die Decke. Der Magen krampfte, als sie sich ihrer Lage bewusst wurde. Wie Beton – schwer – kalt und regungslos fühlte sich plötzlich ihr Körper an. Nur ihr innerliches Zittern verriet ihr, dass noch Blut durch ihre Adern floss. Wie hatte sie nur in solch eine Falle tappen können? Womit war sie betäubt worden? War es Äther? An den fiesen Geruch konnte sie sich vage erinnern. Dieses Zeug benebelte noch immer ihr Gehirn. Ohne es zu wollen, flatterten ihre Lider unaufhörlich. Wie ein verwundetes Tier in einer Falle hörte sie sich panisch-hysterisch krächzen. Schweiß drang aus ihren Poren. Ihr Herz raste und sie

knirschte mit den Zähnen. Selbst nach mehreren Versuchen schaffte sie es nicht, sich in eine andere Lage zu bringen. Völlig erschöpft legte sie den Kopf auf ihre angezogenen Knie. In schaukelnden, kleinen Vor- und Zurückbewegungen gelang es ihr, sich zu beruhigen. Im Gefängnis hatte sie gelernt, dem größten Feind – der Angst – ins Auge zu sehen. Impulsiv versuchte sie, die eigene Panik zu kontrollieren und ihre Umgebung auszuschalten. Doch es gelang ihr nicht. Ausgeliefert und hilflos musste sie verharren. Lange würde sie ihren Magen und die Blase nicht mehr kontrollieren können. Die Panik, am eigenen Erbrochenen ersticken zu müssen, ließ ihren Atem noch hektischer werden. War das ihr Ende?

Apathisch verharrte sie in der vorgegebenen Stellung.

Plötzlich ein Geräusch von außen. Schlich jemand um den Behälter herum? Ein dumpfes „Plopp" folgte. Es hörte sich an, als sei ein Korken aus einer Weinflasche gezogen worden. *Halluzinierte sie schon? Oder feierten die dort draußen mit einer Flasche Sekt ihr Ableben?* Ein heftiges Zittern durchzog ihren Körper. Ihr Magen krampfte und der Druck der Blase wurde stärker.

So weit es ihr möglich war, legte sie ihr Kinn an die Brust. Dann sah sie einen feinen Lichtstrahl, der sich durch ein winziges Loch zwängte. Nun konnte sie erkennen, in welch eine Enge man sie gezwängt hatte.

Hier würde sie nicht mehr alleine lebend rauskommen. Bei diesem Gedanken rann kalter Schweiß von der Stirn über die Nase und auf ihre Lippen. Der viel zu hohe Blutdruck wollte ihre Schläfen sprengen. Erschöpft sackte sie in sich zusammen. Für einige Sekunden harrte sie aus. Plötzlich bündelte sie ihre körperlichen und geistigen Reserven zu einer Einheit zusammen. Sie sprach mit sich selbst.

„Wegen so eines Arschlochs will ich nicht sterben. Noch nicht!"
Dann schrie sie laut: „Warum bin ich hier? Bist du zu feige, mir ins
Gesicht zu sehen? Antworte!"

Nichts – sie hörte keinen Laut. Dann erneut Schritte. Jemand trat
mit den Füßen vor die Kiste. Amelie zuckte erschrocken zusammen.

„Reicht es dir nicht, dass du aus dem Knast raus bist? Halt deine
Füße still! Warum schnüffelst du herum? Der Fall ist abgeschlossen!"
Dumpf und abgehackt kamen die Worte bei ihr an.

„Ist – er – nicht! … Was willst du von mir? Zeig dich!" Ihr Mund
war trocken und die Kehle schmerzte.

„Und, wird die Luft knapp?" Ein höhnisches Lachen folgte. Sosehr
sie ihr Gehirn auch zermarterte, ihr fiel kein Gesicht zu dieser Stimme
ein.

„Du bist wie eine Katze. Du scheinst mehrere Leben zu haben! Alle
Achtung, bisher hast du allem, was dir widerfahren ist, getrotzt. Doch
nun ist Schluss mit lustig. Dies hier ist meine letzte Warnung. Deine
Kollegen werden dich rausholen. Und …? Was ist das für ein Gefühl,
sich nicht bewegen zu können? Noch einmal zum Mitschreiben:
LASSE DIE VERGANGENHEIT RUHEN! Hast du kapiert? Beim
nächsten Mal sorge ich dafür, dass dir langsam und qualvoll die Luft
ausgeht. Keiner wird dich finden – niemand wird dich beerdigen.
Außer ich, anonym in einem Grab auf dem Friedhof."

Niemals würde sie zulassen, dass irgendein Irrer ihr Leben
bestimmen würde. Nur ein Gedanke beherrschte ihr Denken: raus aus
dieser Kiste, bevor es sich dieser Psychopath anders überlegte.

„Wer immer du bist: Dieses Ass geht an dich! Nie mehr werde ich
weitersuchen!" Fast glaubte sie selbst, was sie dem Kerl zurief.

„Kluges Mädchen, du wirst dort abgesetzt, wo wir dich eingefangen
haben. Deine Kollegen wissen, wo sie dich finden. Denke daran, du
wirst beobachtet!"

Amelie konnte nichts mehr erwidern. Sie fühlte sich zu erschöpft.

Plötzlich ein Ruck – sie schrie vor Schmerz. Das Behältnis schien vom Boden abzuheben. Unkontrolliert schaukelte es hin und her. Nirgendwo konnte sie sich festhalten. Hing sie an einem Kran? *Dann müssen es mindestens zwei Leute sein. Niemals würde es einer alleine schaffen, das Ding zu hieven,* schoss es ihr durch den Kopf. Erneutes Ruckeln, danach ein heftiges Absetzen. Sie stieß ihren Kopf an den Deckel. Es folgten Motorengeräusche. War sie auf einem Laster?

Mindestens eine halbe Stunde mussten sie gefahren sein, nach ihrem Zeitgefühl. Unerwartet folgte ein heftiges Bremsmanöver. Wie eine Rakete schoss das Ding, in dem sie lag, über die Ladefläche. Geistesgegenwärtig legte sie ihren Kopf an die Brust. Stoßweise stieß sie die Luft aus ihrer Lunge. Kleine schwarze Kreise schoben sich vor ihre Augen. Völlig unerwartet folgte erneut ein heftiger Ruck. Der Gegenstand setzte hart auf den Boden auf. Mit ihrem Hinterkopf schlug sie an die Rückwand des Behälters. Sie war unfähig, sich zu bewegen. Ein Ratschen von Stahlseilen war zu hören. Amelie wartete ab, die Muskeln auf das Äußerste angespannt. Nichts! Es war gespenstisch still.

Sollte sie um Hilfe schreien? Oder besser versuchen, den Deckel anzuheben? Was sollte sie tun? Würde eine weitere abgeschmackte Überraschung auf sie warten?

Nein, sie wollte nicht mehr warten. Sie musste raus hier! Mit angewinkelten Armen drückte sie den Deckel von sich weg. Nichts, nicht ein Millimeter bewegte sich das Ding. Wieder und wieder stemmte sie sich dagegen. Mit ihren Fäusten hämmerte sie dagegen. So lange, bis ein Hustenanfall sie schüttelte. Wie eine Ertrinkende versuchte sie die verbrauchte Luft einzuatmen. Nichts konnte sie mehr tun, als still auszuharren.

Was, wenn man sie nicht rechtzeitig finden würde? Irgendwo hatte sie gehört, das Ersticken mit zu den grausamsten Toden gehörte. Mein Gott, wie unkalkulierbar war ihr Leben geworden! Was hatte die Stimme gesagt? Sie müsste so lange verharren, bis ihre Kollegen eintreffen würden? Wann sollte das sein?

Amelie hörte, wie ihr Herz stolperte. Regungslos blieb sie in der angewinkelten Haltung liegen. Zeit und Raum waren verloren gegangen. Mit ihrer Zunge wischte sie sich über die Lippen, um diese mit den Schweißtropfen von ihrer Stirn zu befeuchten.

Hörte sie ihren Namen rufen? Waren das Schritte, die näher kamen? Gemurmel drang an ihr Ohr. Danach hörte sie, wie jemand die Scharniere aushebelte. Die Geräusche klangen unerträglich laut in ihren Ohren.

Der Deckel hob sich. Gesichter starrten sie an.

Ein Regentropfen benetzte ihre trockenen Lippen.

Panisch sog sie frische, kalte Luft in ihre Lunge.

Mehrere Hände griffen gleichzeitig nach ihr und zogen sie aus dem Behältnis. Jemand griff unter ihre Achseln und stellte sie auf die Beine.

Schlagartig ließ der Adrenalinschub nach. Gerade noch spürte sie, wie ihre Beine wegknickten. Ein Sanitäter fing sie auf und hielt sie fest. Stumm richtete sie ihr Kinn in die tief hängenden grauen Wolken. Den kalten Regen ließ sie über das Gesicht laufen.

Sie lebte!

Irgendjemand warf ihr eine Wolldecke über die Schultern. Sanitäter legten sie auf eine Bahre und schoben sie in den Krankenwagen. Türen schlugen zu. Wohlige Wärme umschloss sie. Trotzdem … sie hob ihre zittrigen Lider an. Erleichterung! Harry fuhr mit ihr. Sie musste ihm was sagen, das konnte nicht warten.

„Harry, jemand will verhindern, dass ich weiter nach der Wahrheit suche. Verstehst du? Die Spur ist nicht nur warm, sie ist kochend heiß. Glaube mir, ich habe genug Energie, um denjenigen zu fassen, der mich zerstören will."

„Hast du keine anderen Sorgen? Sei froh, dass du lebst! Und du … du denkst ans Weitermachen!"

Zu einer Antwort war sie nicht mehr fähig. Ihre Augenlider wurden schwer. Die Beruhigungsspritze entfaltete ihre Wirkung …

***

Erst viele Stunden später wachte sie in einem Krankenzimmer auf. Amelie schlug die Augen auf und war froh, ihre Kollegen zu sehen.

„Daniel, weißt du, wie lange ich in der Kiste gefangen gehalten wurde? Mein Zeitgefühl war in der Situation nicht mehr intakt."

„In etwa! Wir haben sechs Stunden später die Nachricht bekommen, dass wir dich abholen sollen. Der Chef hatte gesehen, wie du losgezogen bist. Als später immer noch kein Licht in deinem Appartement brannte, rief er uns an. Wir haben versucht, deinen Weg, den du immer joggst, zu rekonstruieren. Als dann der ominöse Anruf mit einer verzerrten Stimme von dem Irren kam, informierten wir die Polizei."

„Trotzdem hat es noch eine Stunde gebraucht, bis wir dich gefunden haben. Echt pervers, so etwas!" Harry war außer sich, als er das sagte.

„Beruhigt euch, ich habe es überlebt und habe keinen Schaden davongetragen. Außer die furchtbaren Kopfschmerzen."

Unerwartete Hilfe

Schmidt kam in den Konferenzraum; sie sah, dass er nicht allein war. Polizeihauptkommissar Klaus Berger stand neben ihm. Er kam auf sie zu und reichte ihr mit einem schiefen Lächeln die Hand. Amelie biss sich auf die Lippen, um jetzt nichts Verkehrtes zu sagen. Noch immer konnte sie seine arrogante Art nicht leiden. Trotzdem hörte sie ihm aufmerksam zu.

„Wir vermuten, dass es dieser Walter war. Eine Fahndung nach ihm ist ausgeschrieben. Ihr Chef konnte die Staatsanwaltschaft und mich davon überzeugen, dass Sie sich wohl kaum selbst in die Kiste gesperrt haben."

Schmidt grinste übers ganze Gesicht, als er Bergers Ausführung durch ein Kopfnicken zustimmte.

„Außerdem haben wir eine Überwachung der Motorradszene angeordnet. Theoretisch könnte es sein, dass dieser Walter dort auftaucht", hörte sie Berger weiter ausführen. Für einen Moment war sie sprachlos.

Sie sah in die Runde. „Danke." Mehr vermochte sie nicht zu sagen. „Was ist das?", sie zeigte auf den Stapel, der vor Daniel auf dem Tisch lag.

„Chef Schmidt hat sich überreden lassen, Flugblätter zu drucken. Hier hast du eines."

„Das ist diese Rieke Neumann oder wie auch immer sie heißt!"

„Genau, und … wir beide werden nach Mecklenburg fahren. Diese Frau wurde in der Nähe von Übergau gesehen. Das hat mir ein Vögelchen einer Plattform, auf der ich mich bewege, gezwitschert. Bist du dabei?"

„Wie kannst du nur fragen?" Amelie wusste nicht, wie ihr geschah. *Sollte ihre Angelegenheit eine frappierende Wende nehmen?*

„Ich bleibe hier und bewege mich in die Kneipe ‚Hohler 26‘, falls unser gemeinsamer Freund dort auftaucht. Schließlich kann ich nicht untätig hier rumsitzen. Und … findet den, der mein Schätzchen in Brand gesteckt hat. Bin immer noch stinkesauer", hörte sie Harry sagen.

„Bitte, falls du Mena treffen solltest, pass auf sie auf. Freunde dich mit ihr an, sei nett zu ihr. Vielleicht gibt sie uns den Ring freiwillig. Erzähle ihr, was mir passiert ist, vielleicht hilft das."

Am darauffolgenden Tag flog sie mit Daniel nach Berlin. Dort mieteten sie sich zwei Enduros und fuhren weiter in den mecklenburgischen Süden. Sämtliche Handzettel verteilten sie in Kneipen, Krankenhäusern, Kiosken und an den Bahnhöfen. Fast waren alle verteilt. Erst die letzten Zettel brachten einen brauchbaren Hinweis. Eine Kioskbesitzerin erklärte:

„Die Frau und ihren Freund kenne ich. Er holt fast jeden Tag die Zeitung. Manchmal sehe ich ihn mit seiner schüchternen Freundin. Die hält immer den Kopf gesenkt. Komisches Pärchen. Egal, ist nicht meine Sache. Zwei Straßen weiter wohnen sie." Die Frau holte einen Stadtplan hervor und kreiste die Straße mit einem roten Stift ein. Für den Plan verlangte sie 3,50 €. Amelie gab sie ihr. „Vielen Dank für Ihre Hilfe."

Kaum standen sie einige Meter weg vom Kiosk, informierte Daniel Rechtsanwalt Schmidt und Kommissar Berger. Schmidt untersagte ihnen, direkt zur Wohnung von Rieke zu fahren.

Sie mussten sich gedulden, bis ein Polizeibeamter eintraf. Gemeinsam standen sie im Treppenhaus vor der Wohnung Neumann und deren Freund Niklas. Sie warteten, bis die Tür aufging.

„Ja? Wie kann ich helfen?" Niklas schien überrascht zu sein.

„Ist Ihre Freundin bei Ihnen?" Amelie sah ihn an.

„Ja, aber was wollen Sie von ihr? Sie geht selten aus dem Haus."

„Bitte bringen Sie uns zu ihr", bat der Polizist, der sie begleitete.

„Sie kenne ich!" Niklas zeigte auf Amelie. „Und wir dachten, Sie finden uns nie wieder."

„Ich verstehe, dann haben Sie das Wohnmobil meines Kollegen angezündet?"

„Nein, das war ich", hörte plötzlich Amelie eine Frauenstimme.

„Das stimmt nicht. Meine Freundin wollte nicht entdeckt werden. Wir mussten aus Alwine verschwinden. Das war ein Ablenkungsmanöver. Ich konnte es nicht mehr mit ansehen, wie sie unter der Last der Angst litt. Bei jedem lauten Geräusch zuckt sie erschreckt zusammen."

„Dann waren Sie es auch, der mir einen Kinnhaken verpasst hat?"

Niklas Augen waren weit aufgerissen. Man sah ihm an, dass ihm erst in diesem Moment bewusst wurde, dass er sich gerade selbst verraten hatte.

„Ich erkenne die Spinne auf Ihrem Handrücken. Das habe ich kurz sehen können, als mein Lichtkegel Sie streifte."

„Ich, ich … ja, es tut mir leid. Ihr solltet verschwinden. Rieke versteckte sich nur noch, nachdem sie euch in dem Restaurant entdeckt hatte. Sie erzählte mir nichts aus ihrer Vergangenheit. Nur immer wieder, dass sie nie gefunden werden darf."

Amelie riss der Geduldsfaden. „Was, wenn Ihre Freundin eine Mörderin oder Betrügerin ist? Schützen Sie sie dann immer noch?"

Daniel schob sich zwischen Niklas und Amelie. Er hatte Schmidt am Telefon. Daniel gab das Handy dem jungen Polizeibeamten. Schmidt bat ihn, Niklas wegen Verdachts auf Brandstiftung mit auf das Revier zu nehmen. Die Staatsanwältin und der diensthabende

Polizeibeamte seien informiert. Gemeinsam, mit Niklas und Rieke im Schlepptau, fuhren sie zur Wache. Niklas wurde am nächsten Morgen dem Haftrichter vorgeführt. Wegen Verdachts auf Brandstiftung und Körperverletzung wurde er in Untersuchungshaft genommen. Nach Abnahme der Fingerabdrücke konnten diese dem unversehrten Benzinkanister, der neben dem abgebrannten Wagen gefunden wurde, zugeordnet werden. Auf dem Drohbrief waren ebenfalls seine Fingerabdrücke. Niklas drohte eine Haftstrafe wegen Brandstiftung und Körperverletzung. Trotzdem wollte Rieke keine Aussage machen. Die Angst in ihr musste gigantisch sein. Im Augenblick konnte nichts mehr getan werden. Mecklenburg endete für Amelie mit einem Flop. Ihre letzte Hoffnung, endlich die Wahrheit zu erfahren, zerplatzte wie eine Seifenblase. Deprimiert kehrten sie und Daniel zurück in die Kanzlei.

***

Es tröstete Amelie nicht, dass Harry herausgefunden hatte, dass dieser Walter mehrfach vorbestraft war. Das wusste sie von Daniel bereits. Dass er aber vor knapp sechs Jahren aus dem Knast entlassen worden war, machte sie stutzig. Er musste also kurz bevor sie selbst verhaftet wurde, entlassen worden sein. Trotzdem, eine Verbindung zu Melitta konnte sie nicht herstellen.

Vorerst legte Schmidt ihre Akte auf Eis. Doch das wollte sie nicht einfach so hinnehmen.

Erst versetzte man sie in Todesangst und nun sollte sie warten, bis etwas passierte? Nein, auf keinen Fall! Das würde sie nicht zulassen, dachte sie aufgebracht. Es musste noch etwas geben! Was hatte sie übersehen?

Noch einmal nahm sie sämtliche Notizen, die sie in den vergangenen

Tagen und Wochen geschrieben hatte, in die Hand. Bis auf eine einzige Notiz, die noch auf dem Tisch lag, hatte sie alle anderen verarbeitet. Auf dieser Notiz stand mit dickem Stift „Melitta" und ein Fragezeichen. Amelie klopfte sich an die Stirn. Im Eifer des Gefechts hatte sie diese Frau völlig außer Acht gelassen. Da würde sie noch einmal nachhaken müssen! Sie fasste einen Entschluss und hoffte auf Daniels Hilfe. Am nächsten Morgen nahm sie ihn zur Seite. „Kannst du mir einen Gefallen tun?"

„Für dich doch immer, das weißt du." Verlegen putzte er seine Brille und grinste sie an.

„Hilfst du mir, Melitta zu beobachten? Vielleicht macht sie einen Fehler, falls sie etwas mit meiner Sache zu tun hat. Die Maschine von mir kennt sie, dein Auto nicht. Ich mache es wieder gut. Versprochen."

„Klar, wann wollen wir starten?"

„Von mir aus sofort." Sie mochte seine Art, sich zu freuen.

„Vorher unterrichtete ich noch Schmidt und Berger über unser Vorhaben. Ordnung muss in diesem Fall sein." Daniel grinste übers ganze Gesicht.

„Ja, ich weiß. Wir können es uns nicht leisten, Fehler zu machen. Keinesfalls will ich unsere bereits erfolgten Ermittlungen gefährden."

An diesem Sonntagvormittag hatten sie Glück. Melitta stieg in ihren Porsche. Mit reichlich Abstand folgten sie. Die Fahrt ging nach Reichenbach und endete vor der Motorradkneipe. Völlig perplex sah sie auf Daniel. „Wieso ging sie in diese Kneipe? Ausgerechnet jetzt?!"

„Hm, vielleicht weiß sie doch etwas und verheimlicht es dir?", stellte Daniel ihr die Gegenfrage. Doch dann fiel ihr das Foto ein, das Tobi ihr gegeben hatte. „Wenn sie hier hinein geht, ist Rebecca nicht weit entfernt. Die sind seit Langem befreundet", erwiderte Amelie.

Gemeinsam wartete sie mit ihrem Kollegen im Wagen. Erst als ihre Ex-Freundin Melitta in der Kneipe verschwand, stieg Daniel aus und schlenderte hinterher. Es vergingen keine zehn Minuten. Melitta kam mit einem knallroten Kopf aus der Kneipe. Amelie konnte beobachten, wie sie wütend in den Wagen stieg und davonbrauste. Einige Minuten später kam Daniel aus der Kneipe und stieg zu ihr in seinen Wagen.

„Ich habe nicht viel zu berichten. Die hat sich heftig mit dieser Rebecca gestritten. Worum es ging, konnte ich nicht verstehen."

Amelies Handy klingelte. „Ja?"

„Ich bin's."

Amelie drückte ihr Handy ans Ohr.

„Walter kommt gleich in die Kneipe ‚Hohler 26'. Sag nicht, dass du es von mir weißt." Sie hatte aufgelegt.

„Das war Mena. Walter ist auf dem Weg hierher."

Amelie zupfte sich am Ohrläppchen und dachte nach. Daniel telefonierte mit Berger und bat um zwei Streifenwagen. Kaum hatte er sein Handy in die Ablage gelegt, sahen sie angespannt auf die Straße.

„Dort", Amelie zeigte mit der Hand in Richtung der heruntergekommenen Siedlung. „Das ist er."

„Der sieht wirklich aus wie ein Schwerverbrecher mit seinem Schwarze-Witwe-Tattoo auf seiner Glatze."

„Weißt du, was dies bei diesem Typ bedeutet?", fragte Daniel. Amelie schüttelte ihren Kopf und beobachtete jeden Schritt dieses Kerls.

„Das Tattoo habe ich vorher nie gesehen. Er trug immer eine Mütze."

„Es bedeutet, dass sein Träger eine gewisse Zeit im Gefängnis verbracht hat – die einzelnen Ringe am Netz lassen auf die Zeit schließen, wie lange er im Knast war. Das habe ich aus dem Darknet erfahren."

„Da kommt er", erwiderte Amelie stattdessen und duckte sich. Walter kickte eine Bierdose vor sich her. Dabei waren seine schwulstigen Lippen zu einem Pfiff geformt. Er lief Richtung Kneipe. Sofort machte sich Amelie auf dem Beifahrersitz klein. Keinesfalls durfte sie von ihm gesehen werden. Der würde sonst sofort Lunte riechen und sich auf und davon machen.

„Wo bleiben die nur?" Daniels Stimme klang ungeduldig. Endlich … zwei Streifenwagen hielten vor der Kneipe. Ohne Eile gingen sie dort hinein. Fünf Minuten später kamen sie mit zwei Personen heraus. Getrennt wurden sie in je einen der Polizeiwagen geschoben.

„Was hat Mena dazu veranlasst, ihren Freund zu verpfeifen?", fragte Daniel.

„Wahrscheinlich hat er sie wieder verprügelt und sie hat sich an meine Worte erinnert. Auf jeden Fall werde ich sie später anrufen. Vielleicht ist sie immer noch im Besitz des Ringes. Wenn das Arschloch erfährt, dass sie es war, die ihn verpfiffen hat, ist Mena in Gefahr. Dann müssen wir sie beschützen. Sicherlich kann ich sie überreden, einige Nächte bei mir zu bleiben. Dieser Kerl wird sich nicht getrauen, im Haus der Kanzlei einzubrechen."

„Da wäre ich mir nicht so sicher. Bei seinem langen Strafregister … Dieses Monster schreckt vor nichts zurück", erwiderte Daniel.

Es war alles gesagt. Stillschweigend fuhren sie zurück in die Kanzlei.

Die Wende

Amelie saß hinter ihrem Schreibtisch, als die Tür aufging und Mena, schüchtern wie immer, hineinspazierte.

„Oh mein Gott! Was hat er mit dir gemacht? Kommst du aus dem Krankenhaus? Zeig mal. Das sieht schlimm aus."

„Heute habe ich ihn angezeigt. Jetzt, wo er verhaftet ist, brauche ich mich nicht mehr vor ihm zu fürchten."

„Das ist gut, du hast etwas Besseres verdient."

„Hier, ich habe was für dich. Ich will ihn nicht mehr. Da klebt fremdes Blut dran. Glaube ich zumindest." Manuela streckte ihre Hand, die sie zu einer Faust geschlossen hatte, aus. „Harry hat mir erzählt, was die Kerle mit dir gemacht haben. Das wollte ich bestimmt nicht. Du warst die Einzige, die mir geholfen hat. Nun will ich dir helfen."

Sie öffnete ihre Faust. Darin lag der Ring.

Amelie schnappte nach Luft.

War das real oder nur der Wunsch eines Gedankens?

Hastig nahm sie den Ring und steckte diesen in ihre Hosentasche. Kaum konnte sie es fassen, dass sie tatsächlich im Besitz dieses verdammten Ringes war. Wie eine heiße Glut brannte er in ihrer Tasche.

„Komm, wir gehen in den Konferenzraum. Da sind gerade alle anwesend, um die Aufgaben für die Woche zu verteilen."

Als sie die Türschwelle übertraten, sah sie in die verblüfften Gesichter der Kollegen. Mit ernstem Gesicht, die Lippen aufeinandergepresst, schob sie den Diamantenring über den Tisch. Augenblicklich genoss sie die eingetretene Stille. Eine Stecknadel hätte man fallen hören können.

„Ist das dieses Erbstück?" Alle starrten sie fragend an.

„Ja, das ist der verfluchte ‚Roth-Ring'. Mena hat ihn mir gegeben. Jetzt müssen wir noch den Mörder dazu finden."

Schmidt reagierte sofort. Er nahm den Ring vom Tisch und informierte Kommissar Berger und die Staatsanwältin. Mit Mena im Schlepptau fuhren sie ins Polizeipräsidium. Dort gab sie zu Protokoll, dass sie den Ring von ihrem Freund Walter bekommen hatte.

Die beiden in der Gaststätte Festgenommenen wurden getrennt auf dem Präsidium verhört. Sie bestritten, sich zu kennen. Walter behauptete, den Ring von einem Straßendealer gekauft zu haben. Rebecca allerdings sagte aus, dass sie Walter flüchtig kannte. Dies waren die ersten Widersprüche. Den Raub des Ringes und den Mord an Frau Roth konnte die Kripo den beiden nicht nachweisen. Deshalb wurde Rebecca freigelassen, durfte die Stadt aber nicht verlassen.

Walter musste sich wegen Körperverletzung verantworten. Ihm wurde durch eine einstweilige Verfügung verboten, sich Manuela zu nähern. Dann wurde er auf freien Fuß gesetzt.

Daniel sagte: „Was ist los, Amelie? Freu dich, der Ring ist wieder da!"

„Aber reicht das, um mich zu rehabilitieren? Außerdem ist der Mörder nicht gefasst und ich bin noch immer schuldig gesprochen! Und … die beiden Verdächtigen laufen draußen frei herum, das ist ungeheuerlich!"

„Zornig sein steht dir nicht! Also reg dich ab. Den Rest der Wahrheit erfahren wir noch", versuchte Daniel sie zu trösten.

***

„Amelie, kommen Sie in mein Büro. Es gibt Neuigkeiten! Wir müssen nach Mecklenburg!"

„Aha, und warum?"

„In einem Telefonat habe ich Rieke Neumann klargemacht, dass die beiden Täter nicht im Geringsten ahnten, dass es eine Zeugin für den Raubmord gibt. Außerdem habe ich ihr angeboten, wenn sie als Zeugin aussagt, ihrem Niklas zu einer Bewährungsstrafe zu verhelfen."

„Wirklich? Will sie endlich aussagen? Mit so etwas macht man keine Scherze."

182

„Nein, es ist kein Scherz. Packen Sie, wir fliegen morgen früh nach Berlin. Dieses Mal komme ich persönlich mit."

Amelies Reisetasche war schnell gepackt.

Am Flughafen mieteten sie sich einen Wagen und fuhren ins Präsidium, wo die Zeugin bereits im Vernehmungsraum wartete.

„Hallo, schön, Sie wiederzusehen. Es … es tut mir alles so leid", hörte sie Rieke sagen.

Schmidt ergriff das Wort, er mochte solche Höflichkeitsfloskeln nicht.

„Es ist vorbei, Sie brauchen nicht mehr wegzulaufen. Die Verantwortlichen werden wir der gerechten Strafe zuführen. Zwei Verdächtige haben wir. Sie müssen wahrheitsgemäß aussagen, was sie beobachtet haben. Die Staatsanwältin wird gleich hier sein."

„Es tut mir so leid, dass Ihnen so viel angetan wurde. Sie haben die Schuld für die anderen abgesessen. Ich hatte so viel Angst vor den Tätern."

„Niemand hätte ohne Ihre Aussage je erfahren, dass ich ohne Schuld bin", erwiderte Amelie.

„Gegen den hier, läuft ein Strafverfahren." Schmidt holte ein Foto aus der Tasche und zeigte auf Walter. „Vor dem brauchen Sie keine Angst mehr zu haben."

„Mag sein, aber die Frau läuft noch frei herum. Die bringt mich um, wenn ich auspacke."

„Erkennen Sie diesen Mann?"

„Ja, er war vor der Hütte." Sie schüttelte sich. „Der hat eiskalt und brutal die arme Frau Roth runtergestoßen, ohne nachzusehen, ob sie noch lebt. Und … und eine Frau hat ihm geholfen. Beide trugen sie Springerstiefel."

Amelie war fassungslos. Hastig holte sie das Handy aus der Tasche und suchte nach einem passenden Foto.

Auf dem Bild waren zwei Frauen zu sehen. Sie hielt es ihr hin.

„Diese da“, Neumann zeigte auf Rebecca. „Die war plötzlich aufgetaucht. Aber erst, nachdem Sie auf dem Stuhl zusammengesackt waren. Irgendetwas muss in Ihrem Glas untergemischt worden sein. Da bin ich mir sicher. So wie Sie zusammengesackt sind.

Gerade als ich den Mantel holen wollte, wurde es laut. Schnell habe ich mich hinter dem Vorhang versteckt. Die beiden Frauen, also Frau Roth und diese Frau, stritten sich wie die Kesselflicker. Danach ging alles sehr schnell. Was ich dann ansehen musste, war grausam und brutal. Mir wurde klar, Zeugen konnten die nicht gebrauchen. Voller Panik bin ich im Dunkeln den steilen Weg nach unten gelaufen. Irgendwann war ich am frühen Morgen an einem kleinen Bahnhof angekommen. Ohne nachzudenken, fuhr ich über Umwege zurück nach Mecklenburg. In der Nähe der polnischen Grenze habe ich einen anderen Namen angenommen.“

„Deshalb stand der Wagen von Frau Roth noch auf dem Parkplatz“, überlegte Amelie laut. „Bei der Staatsanwaltschaft müssen Sie diese Aussage wiederholen. Sicherlich ist Ihnen klar, dass Sie wegen Freiheitsberaubung und Vereitelung einer Straftat verurteilt werden können.“ Schmidt sah sie mit einem prüfenden Blick an.

„Ja, ich weiß. Aber zumindest bekomme ich mein Leben zurück.“

„Halb so wild, Sie sind nicht vorbestraft. Unsere Kanzlei wird Sie und Niklas vertreten. Versprochen.“

Der Durchbruch

„Amelie, Sie müssen Kontakt zu Ihrer keinen Freundin Mena aufnehmen. Wir brauchen sie als Köder für diesen Walter. Der ist aalglatt. Bisher ist er uns mehrfach entwischt. Nur diese Manuela kann wissen, wo er ist."

„Ich will es versuchen. Wohl ist mir nicht dabei. Ich habe am eigenen Körper erlebt, wozu dieser Kerl fähig ist."

„Wenn es zu einem Treffen kommt, wird Mena sofort aus der Schusslinie genommen. Der Kneipenwirt aus der ‚Hohler 26' ist informiert. Wir werden verdeckte Profis im Zivil hinschicken. Ihrer kleinen Freundin wird nichts passieren", hörte sie Berger sagen.

Tatsächlich wusste Mena, wo Walter zu finden war. Über eine dritte Person wurde ihm eine Nachricht zugespielt, dass Mena sich mit ihm treffen wolle. Walter sagte sofort zu. Das Treffen würde im ‚Hohler 26' stattfinden. Tobias wurde eingeweiht und sorgte dafür, dass die Kneipe leer blieb. Amelie gab Mena eine Beruhigungstablette und half, sie zu verkabeln. Ihr war nicht wohl dabei. Zumal sie bei der Verhaftung nicht zugegen sein durfte. Lediglich das Gespräch zwischen Mena und Walter durfte sie mit zuhören. Die Abhöraktion war von der Staatsanwaltschaft genehmigt worden. Auf Bergers Kommando sollte das eingesetzte SEK die Kneipe stürmen und diesen Walter überwältigen.

Amelie saß zwischen Schmidt, Berger und den Kollegen im Wagen. Sie hörte, wie die Tür zur Kneipe aufging und Walter Mena mit einem „Tach" begrüßte. Stühle wurden hin und her geschoben. Es musste wohl Tobi gewesen sein, der die Getränke auf den Tisch stellte. Mena ergriff das Wort: „Danke, dass du gekommen bist. Es wird Zeit, reinen Tisch zu machen. Ich … ich will dich nie wiedersehen. Du hast mich verprügelt und mir damit meinen Willen genommen. Außerdem glaube ich, dass du ein Mörder bist. Du hast mir einen Ring geschenkt, an dem Blut klebt. Ruf mich nie wieder an." Für Sekunden wurde es still.

„Das kannst du nicht machen. Was denkst du dir? Du kannst mich jetzt nicht sitzen lassen. Wem hast du von dem Ring erzählt? Du dumme Kuh, du. Glaubst du, ich will für Jahre wieder einfahren? Ist das der Dank dafür, dass ich dich von der Straße geholt habe? Das Geld brauchte ich, um für dich zu sorgen. Mit der Maloche kam ich nicht klar. Deshalb habe ich mir anderweitig Jobs gesucht. Diese Frau kam mir gerade recht. War gerade aus dem Knast, da braucht jeder Kohle. Erst sollte ich sie nur fahren. Tja, und dann ist alles aus dem Ruder gelaufen. Und nun will die mir alles in die Schuhe schieben. Und du, du willst mich im Stich lassen?"

„Dann geh zu den Bullen und erzähl, wie es war. Sei einmal ein Mann und nicht nur jemand, der schwache Frauen verprügelt."

Das war das Stichwort! Die Kneipentür wurde aufgestoßen und die SEK-Männer stürmten herein. Stimmen schrien: „Auf den Boden, Hände auf den Rücken!"
Es folgte ein heftiges Poltern, so, als würden Stühle oder Tische durch den Raum fliegen. Sie hörten, wie Walter schrie: „Ihr Scheißbullen, lasst mich los! Und du, du wirst es bereuen, mich ans Messer geliefert zu haben!"

Amelie konnte mit ansehen, wie Walter von drei SEK-Leuten, mit den Händen auf dem Rücken, aus der Kneipe geführt wurde.
Harry riss die Tür auf und Amelie stieg fast gleichzeitig mit Berger aus dem Wagen. In diesem Augenblick sah Walter sie mit einem kalten, hasserfüllten Blick an. Ein eiskalter Schauer lief ihr über den Rücken. Sie versuchte, ihn zu ignorieren. Die Beamten drückten ihn in den für die Verhaftung vorgesehenen Wagen und fuhren los. Amelie lief in die Kneipe, sie musste wissen, ob Manuela in Ordnung war. Leichenblass saß diese noch immer am Tisch. Ihre Hände zitterten. Amelie nahm ihr das Cola-Glas aus der Hand. Tobias erholte sich als Erster von dem Schreck und brachte einen Schnaps für alle. Ihm war diese Aktion stark an die Nieren gegangen. Er prostete allen zu und

kippte mit einem Schluck das bittere Zeug runter.

***

Amelie wurde auf eine harte Probe gestellt. Es dauerte Tage, bis Walter bereit war, ein umfangreiches Geständnis abzulegen. Er nannte als Mittäterin den Namen Rebecca. In seinem Vernehmungsprotokoll stand, dass er diese Frau zu der Hütte gefahren hatte und später wieder abholen sollte. Mit dem Mord selbst hätte er nichts zu tun gehabt. Auf die Frage, ob er wüsste, wer Amelie mit dem Goldschmiedehammer verletzt habe, nannte er den Namen Sputnik. Rebeccas Freund. Der habe Amelie, nach der Entlassung aus dem Knast, verfolgt. Er selbst beteuerte, nur hinter dieser Frau aufgeräumt zu haben. Er gab zu, Amelie mit diesem Sputnik in die Kiste gesperrt zu haben. Auf die Frage, ob Melitta Roth etwas damit zu tun gehabt habe, zuckte er mit den Schultern. Er kannte diese Frau nicht. Walters Aussage reichte, um gegen Rebecca einen Haftbefehl auszustellen. Wenige Tage später bekam die Kripo einen anonymen Hinweis. In der Garage der Villa Roth wurde sie festgenommen. Die Roths hatten keine Ahnung, wie die Frau an den Garagenschlüssel gekommen sein könnte.

Allmählich begriff Amelie, dass die Zeit des quälenden Wartens ein Ende haben würde. Ein schwerer Felsbrocken fiel von ihrer Seele. Trotzdem, es war für sie eine Folter, auf die neue Verhandlung warten zu müssen. Tobias versuchte, sie abzulenken, und organisierte eine Party im „Hohler 26". Geladen waren ihre Kollegen, Schmidt, Max und Marlies. Natürlich auch Mena. Tobias servierte Pommes mit Currywurst.

„Herzlichen Glückwunsch. Niemand von uns hat je an dir gezweifelt. Wir freuen uns mit dir."

„Wir auch, wir haben ebenfalls an dich geglaubt", schob Harry sofort hinterher.

„Von deinen beiden Freundinnen aus der JVA soll ich dich grüßen. Mächtig stolz sind sie auf dich. Vielleicht besuchst du sie mal. Ich lass dich auch rein", meinte Marlies. Ein befreiendes Lachen folgte. Es war für Amelie die erste entspannte Party seit Jahren. Alle waren sich einig darüber, dass sie an den Verhandlungen gegen Rebecca und Walter teilnehmen würden.

Schmidt unterbrach die gute Laune und erläuterte ihr das weitere Prozedere. „Gestern habe ich einen Schriftsatz per Eilantrag an das Gericht eingereicht. Die gesetzlichen vorgeschriebenen Gründe für eine Wiederaufnahme des Verfahrens habe ich mitgeliefert. Genaueres als unsere neuen Beweismittel kann es nicht geben. Das Gericht wird das Vorliegen der vorgebrachten Wiederaufnahmegründe sowie die neuen Beweismittel prüfen. Ist der Wiederaufnahmeantrag zulässig, folgt das Prüfverfahren. In diesem Stadium erfolgt insbesondere die Beweisaufnahme. Ist auch das Verfahren erfolgreich durchlaufen, wird die Wiederaufnahme angeordnet. Erst dann kommt es zur erneuten Hauptverhandlung. Der Richter könnte Sie auch ohne neue Verhandlung freisprechen. Die Staatsanwaltschaft und der Richter des zuständigen Gerichts müssen sich nur einig sein. Du musst Geduld haben, Amelie."

„Wie lange muss sie warten?", fragte Daniel nach.

„Selbst mit dem Eilverfahren kann es einige Wochen und Monate dauern. Unter Umständen wird erst das Verfahren gegen Rebecca und Walter eröffnet. Vielleicht läuft es auch parallel. Keine Ahnung."

Schmidt lehnte sich nach seiner Erklärung zurück. Er genoss das Glas Wein, das Tobi ihm erneut eingeschenkt hatte.

„Für mich ist es nach wie vor unbegreiflich, dass ein Mensch so hasserfüllt sein kann. Wie viel Verbitterung muss in einem Herzen sein, um so etwas zu tun? Ich kannte diese Frau nicht einmal. Warum diese Lügen?" Amelie konnte das Zittern in ihrer Stimme nicht verbergen.

„Ein Leben lang steht man auf der richtigen Seite. Dann folgt eine einzige falsche Entscheidung und man steht auf der anderen Seite des Abgrundes. Die Hintergrundgeschichte dieser Frau werden wir bald hören", tröstete Harry.

Gerichtsverhandlung gegen Rebecca

Amelie betrat den Gerichtssaal. Sofort tauchten vor ihrem inneren Auge Bilder der eigenen Verurteilung auf. Als Nebenklägerin würde sie an beiden Verhandlungen teilnehmen. Mit einem Grummeln im Bauch setzte sie sich neben Schmidt. Die Kollegen saßen in der vordersten Reihe. Rebecca nahm neben ihrem Verteidiger Platz. Wenige Minuten später kamen Bernd und Melitta dazu.

Obwohl sie, Amelie, nicht die Angeklagte war, fühlte sie kalten Schweiß in ihrem Nacken. Die Tür des Gerichtssaals schloss sich. Richterin Scholz, eine Frau mit streng zurückgekämmten Haaren, betrat durch eine Nebentür den Saal. Jegliches Getuschel verstummte. Erst als Rieke Neumann als Zeugin den Gerichtssaal betrat, hob Amelie ihren Kopf.

Diese Frau trug einen grauen weiten Mantel, der wohl ihr Schutz und Schild sein mochte. Dennoch schaffte sie es nicht, darüber hinwegzutäuschen, dass sie eine schüchterne Person war. Das mochte an ihrer krummen Nase, den vorstehenden Zähnen und dem fast viereckigen Gesicht liegen. Sie hielt den Kopf gesenkt, als sie zum Zeugenstand schritt.

Die Richterin fragte sie: „Warum haben Sie sich damals nicht als Zeugin zur Verfügung gestellt?"

„Weil mich diese Frau", sie zeigte mit dem Finger auf Rebecca, „und der große Mann mich sicherlich ebenfalls ermordet hätten. Deshalb bin ich abgehauen und habe einen anderen Namen angenommen."

„Was hat sich wirklich an diesem Abend zugetragen?" Erwartungsvoll blickten alle auf Rieke Neumann. Stockend fing sie an zu erzählen.

„An jenem Wochenende bat mich Frau Roth, sie und ihre zukünftige Schwiegertochter zu der besagten Almhütte zu begleiten. Als ich die Zimmer gerichtet und die fertige Bowle auf den Tisch der Terrasse gestellt hatte, wurde ich von Frau Roth nach Hause geschickt. Am Sonntagabend wollte sie abgeholt werden."

„Wurde die Bowle von Ihnen zubereitet?", fragte die Richterin.

„Nein, die war schon fertig! In der Villa hatte ich diese in Flaschen gefüllt, um sie besser tragen zu können. Ich wusste, wie steil der Weg dorthinauf zur Almhütte war. Später habe ich die Bowle wieder umgeschüttet und die Ananas dazugegeben."

„Wer hatte noch Zugang zu der Bowle?"

Amelie wartete angespannt auf die Antwort.

„Jeder hatte Zugang, die Haustür der Villa war nie verschlossen, und das Getränk stand auf dem Küchentisch. Ich musste doch alles verpacken, was nicht so einfach war. Die Bowle hatte ich zum Schluss eingepackt." Rieke schnäuzte sich die Nase.

„Erzählen Sie weiter", forderte die Richterin Rieke Neumann auf.

„Als ich auf dem Weg nach draußen war, merkte ich, dass ich den Autoschlüssel hatte liegen lassen. Also ging ich zurück. Ich sah und hörte durch die offene Terrassentür, dass die beiden Frauen sich unterhielten. Worum es ging, habe ich nicht verstanden. Als es still wurde, wollte ich nachsehen, ob alles in Ordnung war. Ich sah, wie der Kopf von Frau Hardt wie ein Stein aufs Kinn fiel und sie anschließend vom Stuhl rutschte. Frau Roth schrie, sie war ebenso erschrocken wie ich. Danach ging alles sehr schnell. Diese Frau", sie zeigte auf Rebecca, „tauchte auf der Terrasse auf. Meine damalige Chefin war aufgesprungen und außer sich. Unmissverständlich hatte Frau Roth sie aufgefordert, zu verschwinden. Doch die Frau blieb hartnäckig und beschimpfte sie als Rabenmutter. Sie forderte lautstark ihr Erbe. Die Chefin schrie, dass sie sie als Halbschwester niemals ihrem Sohn vorstellen werde. Es kam zum Gerangel, Frau Roth stolperte und fiel rückwärts auf einen Steinkübel. Reglos war sie liegen geblieben. Wie hypnotisiert starrte ich auf diese Frau, die kurz danach zum Handy griff. Wie aus dem Nichts stand plötzlich dieser Kerl Walter vor ihr. Ich musste mit ansehen, wie sie Amelie zu Frau Roth zogen. Dann nahmen sie die Hand von ihr und kratzten mit deren Fingernägeln im Gesicht und an den Armen meiner Chefin herum. Dies machten sie so lange, bis diese anfing zu bluten. In aller Ruhe nahmen sie den Schal von ihrem Hals und ratschten mit den Fingernägeln von Amelie durch den Schal. Dann half der Mann, Eva Roth rückwärts zum Abhang zu ziehen. Bevor er ihr einen Stoß verpasste, nahm er den teuren Ring von ihrem Finger und steckte ihn in seine Tasche. Und diese – diese – Frau – war – wie – besessen. Sie schrie, dass sie es nicht besser verdient hätte. Und nun ihr Erbe anderweitig einklagen müsse. Niemand würde auf sie kommen, schließlich läge Amelie ja mit abgebrochenen Fingernägeln auf dem Boden. Nachdem sie alle Spuren beseitigt hatten, lachten beide und verschwanden ins Nichts. Ich war so geschockt, dass ich nicht in der Lage war, mich zu bewegen. Glauben Sie mir, Frau Richterin, ich hatte gewaltig Schiss bekommen. Wenn die mich gesehen hätten, würde ich jetzt hier nicht stehen."

Amelie hörte das Raunen durch den Gerichtssaal. Erst als die Richterin um Ruhe bat, wurde es wieder still.

„Frau Neumann, warum haben Sie nicht die Polizei gerufen oder nachgeschaut, ob die Frau noch lebt?"

„Ich … ich hatte damals genug Probleme mit mir selbst und wollte nicht auch noch die Probleme der anderen lösen. Deshalb habe ich geschwiegen, es wusste ja keiner, dass ich alles beobachtet hatte. Dann bin ich zurück ins Mecklenburgische gezogen und habe einen polnischen Namen angenommen. Mit keinem Gedanken habe ich damit gerechnet, dass man diese arme Frau", sie schob ihr Kinn Richtung Amelie, „ins Gefängnis sperren würde! Es tut mir so leid!"

Amelie war aufgesprungen und starrte diese Frau, die mitgeholfen hatte, ihr Leben zu zerstören, an. Sie war außer sich.

„Haben Sie überhaupt eine Ahnung, was Sie getan haben? Sie haben mein Leben, meine Existenz, mein Glauben an mich selbst zerstört!"

Amelie spürte die Hand von Gerold Schmidt auf ihrem Arm. Er war es, der sie auf den Sitz zurückzog. Die Richterin ermahnte sie zur Ruhe.

Beim nächsten Verhandlungstermin wurde Rebecca in den Zeugenstand gerufen. Unter dem Druck der Staatsanwaltschaft und der Kripo hatte sie kurz zuvor die Tat gestanden. Sie beteuerte aber, dass es ein Unfall mit Todesfolge gewesen sei.

Aussage von Rebecca Zeltis

Wieder saß Amelie auf der Nebenklägerbank. Ihr war übel, seit einigen Tagen bekam sie keinen Bissen herunter. Diese Verhandlung ging ihr stark an die Nieren. Immer wieder schluckte sie die aufkeimende Wut herunter. Mit dieser kaltschnäuzigen Tat hatte man ihr die besten Jahre ihres Lebens genommen.

Fünf Jahre Gefängnis waren fünf Jahre nicht gelebt!

Es war ein weiterer Beleg für die Abneigung an die Justiz.

In ihrem Fall wurde eindeutig geschlampt, nicht richtig ermittelt! Für einen kurzen Moment schloss sie ihre Augen, als sie die Richterin sagen hörte: „Frau Zeltes, Sie wissen, dass Sie unter Eid stehen und die Wahrheit sagen müssen."

„Ja", hörte Amelie die Angeklagte antworten.

„Wie sind Sie an die Adresse der Almhütte gekommen?"

„Melitta Roth war damals meine Freundin. Bewusst habe ich ihre Freundschaft gesucht. Von ihr habe ich durch Zufall erfahren, dass Eva Roth in die Almhütte fahren wollte. Für mich war es die Gelegenheit, mit ihr alleine reden zu können. Sie müssen wissen, Frau Richterin, ich bin die uneheliche Tochter von Frau Roth. Während mein Bruder in Saus und Braus großgezogen wurde, musste ich mein Dasein in den unterschiedlichsten Heimen verbringen. Mit achtzehn Jahren habe ich sie gesucht und auch gefunden. Ständig hatte sie mich weggeschickt und mich beschimpft. Sie wollte mich nicht bei sich haben. Warum es so war, habe ich nie verstanden."

„Was haben Sie dann gemacht?"

„Also, ich bin den beiden zur Almhütte gefolgt. Und in einem passenden Moment habe ich die K.-o.-Tropfen in das Glas von Frau Hardt gekippt. Ich wollte alleine mit meiner Mutter reden, ohne Zeugen. Doch sie schupste mich weg, schimpfte mich als unberechtigte Erbschleicherin. Keinesfalls wollte sie mit mir zu tun haben. Meinen eingeforderten Erbanteil verweigerte sie mir. Es kam zum Streit und Handgemenge. Dann habe ich das getan, was bereits die Zeugin Rieke ausgesagt hatte. Sie ist gestolpert und auf einen Stein geknallt. Als sie sich nicht bewegt hat, haben wir die Frau zum Abhang gezogen und dann hinuntergestoßen. Mit dem einsetzenden Regen haben wir die Spuren beseitigt."

„Haben Sie den Ring von der Hand Ihrer Mutter gezogen?"

„Nein, habe ich nicht. Walter wurde von mir vorher bezahlt. Er bekam 1.000 € fürs Hinfahren und Abholen. Dann allerdings ist es irgendwie eskaliert."

Ein Flüstern ging durch den Gerichtssaal.

„Kam Ihnen nie der Gedanke, dass die Frau noch gelebt haben könnte? Laut dem Untersuchungsbericht ist sie nicht durch den Sturz gestorben."

„Das wusste ich nicht. Es ging alles so schnell. Ich dachte, sie sei tot. Walter zog sie dann einfach zum Abhang. Als er mich anschnauzte, ihm gefälligst zu helfen, habe ich das getan. Plötzlich bekam ich Angst vor ihm. Wie er mich angesehen hat, nachdem meine Mutter unten am Hang lag." Rebecca drehte sich zu Bernd und Melitta um. „Verzeiht mir. Schade, dass wir uns unter diesen Umständen kennengelernt haben."

Die Richterin rief sie zur Ordnung.

„Was haben Sie dann getan?"

„Mich verkrochen, nachdem ich von meiner Freundin erfahren hatte, dass Frau Hardt als Schuldige verurteilt worden war."

Die Richterin schloss die Verhandlung. Amelie konnte die Kaltschnäuzigkeit, mit der Rebecca die Aussage gemacht hatte, kaum fassen. Drei Tage lang beschäftigte sich das Gericht mit dem Fall Rebecca, bevor das Urteil gesprochen wurde.

Das Gericht hielt zwölf Jahre Haft für tat- und schuldangemessen. Angerechnet wurde, dass sie gegen sich selbst und Walter ausgesagt hatte. Ebenfalls wurde berücksichtigt, dass sie von ihrer Mutter verstoßen und gedemütigt worden war. Eine Schwere der Schuld konnte daher nicht erkannt werden.

Walter wurde Mord in Tateinheit mit anschließendem Raub sowie Körperverletzung und Freiheitsberaubung zur Last gelegt.

Die besondere Schwere der Schuld wurde festgestellt. – Urteil: lebenslänglich.

Am Ende der Verhandlung, bei der sie ebenfalls als Nebenklägerin anwesend war, konnte sie kaum atmen. Die Stimmung war bedrückend. Sie spürte nicht, wie von ihr erhofft, eine Genugtuung über die gesprochenen Urteile. Keine innere Befreiung darüber, dass der Albtraum endlich ein Ende haben würde. Immer wieder holte sie in diesen Tagen die Erinnerung an den schlimmsten Tag ihres Lebens ein. Es kam zurück, dieses grauenhafte Gefühl, wenn sie an den *einen* Satz dachte, der ihr weiteres Leben bestimmen sollte.

Fünf Jahre Gefängnis!

Fürchterlich, das konnte sich niemand vorstellen, der das nicht selbst mitgemacht hatte.

Amelie zuckte, als Harry freundschaftlich den Arm um sie legte.

„Du hast es überstanden. Alle Beteiligten haben die gerechte Strafe bekommen. Kopf hoch! Deine Verhandlung ist in den nächsten Tagen. Und – du wirst freigesprochen!"

„Da kann ich ja von Glück reden, dass ich das Angebot der Staatsanwaltschaft damals abgelehnt habe."

„Welches Angebot?", fragte Harry erstaunt.

„Na ja, nach einem Geständnis wäre ich nach zwei Dritteln der Strafe entlassen worden. Aber ich habe es gegenüber der Staatsanwaltschaft abgelehnt. Es gab für mich nichts zu gestehen", erwiderte Amelie leise. Also blieb mein Leben auf acht Quadratmeter zusammengeschrumpft. Und das die vollen fünf Jahre." Amelie drehte sich um, sie musste raus hier.

Als sie gemeinsam mit den Kollegen aus dem Gerichtssaal gehen wollte, hielt sie jemand am Jackenärmel fest. Hastig zog sie ihren Arm zurück und drehte sich entrüstet zur Seite.

Es war bekannt, dass sie es hasste, angefasst zu werden.

„Es tut mir so leid, dass ich dir nicht geglaubt habe." Amelie blickte in die trüben Augen ihres Ex-Verlobten. Ohne darauf zu antworten, schritt sie erhobenen Hauptes an ihm vorbei, ins Freie. Langsam ging sie die Treppe hinunter und atmete tief die kühle Luft ein. Der Kollege Daniel wartete bereits mit dem Wagen vor dem Gerichtsgebäude. Allesamt fuhren sie zurück in die Kanzlei. Wie in Trance lief sie ihren Kollegen hinterher, in den Konferenzraum. Noch konnte sie nicht glauben, dass sie ihr Leben in Kürze zurückbekommen würde. Aber sie wusste auch, dass es nie wieder so sein würde, wie es einmal gewesen war.

Schmidt holte eine Flasche Sekt aus dem Kühlschrank und schenkte jedem ein Glas ein.

„Nun kann ich nur noch auf meinen Freispruch hoffen."

„Nicht nur das, Amelie. Die Entschädigung für die gesessenen Jahre wird von mir separat ausgehandelt. Ich brauche nur Ihre Vollmacht dazu."

„Was nützt mir das Geld? Der Makel auf mir bleibt. Mein Leben ist ein anderes geworden. Mich beschäftigt noch immer, warum die Justiz und die Polizei in meinem Fall so geschlampt haben. Heißt es nicht – keine Tat ohne Motiv? Was sollte mein Motiv gewesen sein?"

„Lass das Grübeln. Auf deinen Freispruch!" Fast gleichzeitig riefen die Kollegen diese Worte.

„Du bleibst bei uns in der Kanzlei, oder hast du was anderes vor?", fragte Daniel plötzlich. Gespannt richteten sich alle Blicke auf sie.

Freispruch durch Urteil

Amelie sah sich im Gerichtssaal um. Alle, die sie bis hierhin begleitet hatten, waren anwesend. Max, Marlies, ihre Kollegen, Manuela, Tobias, Kommissar Berger und natürlich Schmidt, ihr Chef. Sie wollten den Freispruch hören. Dennoch blieb ein Wermutstropfen. Ihre Eltern waren nicht gekommen. Die Hin-und Rückfahrkarten sowie eine Hotelbuchung hatte sie rechtzeitig in einem Brief nach Konz geschickt. Es belastete sie noch heute, dass ihr eigen Fleisch und Blut sie für schuldig befunden hatten. *Wie wenig sie doch ihr eigenes Kind kannten!,* dachte sie voller Traurigkeit. Dann hörte sie den Richter sagen: „Amelie Hardt, hiermit werden Sie von allen Vorwürfen, die Ihnen zur Last gelegt wurden, freigesprochen. Im Namen der Justiz entschuldigen wir uns ausdrücklich für das ausgesprochene Unrecht an Ihnen. Auch Richter sind nur Menschen. Fehler können passieren. Ihr Leben, die verlorenen Jahre können wir Ihnen nicht zurückgeben, aber wir geben Ihnen Ihre Würde zurück."

Wie Hohn klangen die Worte des Richters in ihren Ohren. Vor genau sechs Jahren hatte ein anderes Gericht ihr Leben zerstört, sie eingesperrt und sie ihrer Würde beraubt.

Dennoch … ein schwerer Stein fiel von ihrer Seele.
Erhobenen Hauptes schritt sie durch den Gerichtssaal. Viele Hände musste sie bis zum Ausgang schütteln. Sie wusste, dass sie eine Weile brauchen würde, um tatsächlich zu begreifen, dass sie von aller Schuld freigesprochen worden war.
Wofür hatte sie die ganzen Jahre gelitten?
Wegen Gier und Habsucht?
Mit Bitterkeit begriff sie, dass sie sich im falschen Moment am falschen Ort aufgehalten hatte. Dafür hatte sie unvorstellbare seelische Qualen leiden müssen und für die Ungerechtigkeit, die ihr widerfahren war, gebüßt.

Noch einmal winkte sie ihren Kollegen zu. Dann stieg sie auf ihre Maschine und fuhr mit einem Lächeln auf den Lippen los. Wie Musik klang das unregelmäßige Tuckern des Motors in ihren Ohren ... „Alles andere wird sich zeigen, jetzt bin ich wirklich frei", murmelte sie und drehte am Gashahn.

Weitere van Marvik Bücher:

ISBN 9 783752 806977

ISBN 9789-3-7418-3409-7

Zusätzlich erschienen:

Luisas Abenteuer
Sanft und anders
Wie ein Blatt im Wind

www.van-marvik.de